中国矿业大学教材建设工程资助教材

欧洲文学简编

（古希腊文学—启蒙运动时期文学）

魏凤娥　主编

中国矿业大学出版社
·徐州·

图书在版编目(CIP)数据

欧洲文学简编. 古希腊文学—启蒙运动时期文学 / 魏凤娥主编. —徐州 : 中国矿业大学出版社, 2020.12

ISBN 978-7-5646-4889-3

Ⅰ. ①欧… Ⅱ. ①魏… Ⅲ. ①欧洲文学—文学史—高等学校—教材 Ⅳ. ①I500.9

中国版本图书馆 CIP 数据核字(2020)第 253578 号

书　　名	欧洲文学简编:古希腊文学—启蒙运动时期文学
主　　编	魏凤娥
责任编辑	姜　翠
出版发行	中国矿业大学出版社有限责任公司
	(江苏省徐州市解放南路　邮编 221008)
营销热线	(0516)83884103　83885105
出版服务	(0516)83995789　83884920
网　　址	http://www.cumtp.com　**E-mail**:cumtpvip@cumtp.com
印　　刷	广东虎彩云印刷有限公司
开　　本	700 mm×1000 mm　1/16　**印张** 14.25　**字数** 227 千字
版次印次	2020 年 12 月第 1 版　2020 年 12 月第 1 次印刷
定　　价	52.00 元

(图书出现印装质量问题,本社负责调换)

前　言

为响应教育部关于“进一步深化本科教育教学改革，提高本科教育教学质量，大力提升人才培养水平”的号召，实施“高等学校本科教学质量与教学改革工程”，我国高等院校紧密结合各自学校实际，积极开展了一系列本科教育的理论研究和教学改革实践工作，大胆探索人才培养模式、教学内容和教学方法等方面的改革。《欧洲文学简编：古希腊文学—启蒙运动时期文学》正是中国矿业大学响应教育部的号召，为全面提高本科教学质量而实施的教学改革和教学研究项目中的“中国矿业大学教材建设工程资助教材”之一。

众所周知，目前我国高等学校中国语言文学专业所使用的外国文学方面的教材很多，经典的教材也不少，如李赋宁主编的三卷四册《欧洲文学史》、郑克鲁主编的上下两册《外国文学史》、朱维之主编的二卷本《外国文学史》等。但是，一方面，随着高校通识教育和人文素质教育的加强，外国文学在本科通识教育和理工科跨专业拓展课程中逐渐得以普及；另一方面，随着本科教育阶段大学生理论学习和实践创新能力提升齐头并进的发展，大学生实验、实践创新训练的学时不断增加，外国文学的理论专业课在课时课量上大幅缩减。为了适应新课改、新课时的需要，外国文学教材的内容编排和理论知识重点的讲授必然要做出及时合理的调整。《欧洲文学简编：古希腊文学—启蒙运动时期文学》就是应教学改革而新编的教材。就复合型人才培养来说，无论是对中国语言文学系专业学习的学生，还是对跨专业选修人文通识课程学习的理工农林类专业的学生，出版这本新编教材都很有必要。

我们的编写目的是：通过具体解读和阐释欧洲古代经典作品的丰富思想蕴涵、多重艺术形象意义和艺术成就，提高学生的审美鉴赏水平，培养学生的人文情怀，同时，也融进外国文学史理论知识的学习。所以，《欧洲文学简编：古希腊文学—启蒙运动时期文学》和通常流行的外国文学史教材不同。它不以讲授欧洲文学史的理论知识为主，不面面俱到地讲解欧洲各国的文学发展历程、纷繁的文学现象、文学流派以及众多的作家作品，而是注重突出经典作品的价值和意义，以解析欧洲古典文学中最具里程碑意义的代表性作家作品为主。

《欧洲文学简编：古希腊文学—启蒙运动时期文学》通过深入阐释伟大作家的经典作品，如荷马史诗、古希腊戏剧、但丁的《神曲》、莎士比亚的《哈姆莱特》、莫里哀的《伪君子》、歌德的《浮士德》，剖析了其中的思想意义、审美价值和艺术成就，揭示了其中所蕴含的时代精神和文化精髓。同时，由于时代编排的顺序性，《欧洲文学简编：古希腊文学—启蒙运动时期文学》也串联起欧洲从公元前12世纪发端的古希腊文学，到公元18世纪启蒙运动时期文学的发展变化进程。这样的内容编排，可以在有限的时间里，让学生对伟大作家的经典作品有一个充分深入的阅读、欣赏和理解，能够比较深入地掌握欧洲古代各个时期经典文学的精髓。在全球化进程不断加速的情况下，面对国别众多、文学思潮和流派纷繁的外国文学史以及浩如烟海的外国文学名著，广大知识青年往往充满求知的困惑和选择的迷茫。这部《欧洲文学简编：古希腊文学—启蒙运动时期文学》，也可以为他们解除一些这方面的困惑和迷茫，带给他们求知的便捷和阅读的喜悦。

《欧洲文学简编：古希腊文学—启蒙运动时期文学》讨论和解析经典文学作品，充满了知识性和趣味性，也可以作为人文通识教材和外国文学爱好者的课外阅读书。

编　者

2020年6月

目　录

导　论

任何民族的文学，都深深扎根于民族的文化土壤之中。文化是文学生长的精神土壤，制约着作家的审美理想和精神追求。文化具有时代性、民族性、地域性，文学亦然。离开了文化视角，便难以把握文学的主要特质和基本风貌。欧洲文学，是与中国文学异域异质的文学，呈现出独特的文化特质和精神风貌。

从古希腊文学的人本主义，到中世纪基督教文学的神本主义，到文艺复兴文学的人文主义，再到启蒙文学以后的人道主义，直至今天现代主义文学所追求的内在心灵世界的真实，欧洲文学的发展史真实地反映了西方人精神发展的历程，反映了欧洲文化的基本特征和文化精髓。

欧洲文学赖以存在和发展的基本文化传统，可以用一个名词术语来概括，就是“两希文化”，即古希腊文化和古希伯来-基督教文化。古希腊文化和古希伯来-基督教文化，是欧洲文化和欧洲文学的两大源泉，它们在历史流变中既矛盾冲突又互补融合。欧洲文学的人文观念和文学艺术审美精神的基本内核，均来自这两大传统。

一、古希腊文化传统

欧洲人“言必称希腊”。古希腊文化是整个西方文化的摇篮。古希腊文化作为欧洲文化的源头之一，其中所蕴含的“人”的思想观念，在古希腊文学中有突出的表现，对后世的欧洲文学产生了深远的影响。

希腊奴隶制发展的全盛时期是希腊城邦制时期。这一时期，作为城邦主体的公民个人的作用不断得到体现，因而也就不断强化了对个人价值、个人主义与个人尊严的信念。古希腊哲学家普罗泰戈拉更是提出了“人是万物的尺度”这个命题。

因此，古希腊文化传统的基本精神是以人为本，崇尚人的智慧、重视个人尊严、尊崇个体生命价值的实现、热爱世俗生活、探索灵与肉的矛盾问题。古希腊人主张人对自然与社会的征服和改造，重视作为个体的人的价值的实现，强调人在自己的对立物——自然与社会面前的自由意志选择即主观能动性。

受古希腊人文观念的影响，古希腊文学呈现出张扬个性、放纵原欲、肯定人的世俗生活和个体生命价值的特征，具有根深蒂固的世俗人本意识。

在希腊神话中，以宙斯为众神之王的诸神，与人“同形同性”，具有人的七情六欲，天上人间，尽情享受现实生活的欢娱，彰显着“神的人性”；荷马史诗中，无论是特洛伊小王子帕里斯为爱情拐走美女海伦，还是阿喀琉斯在特洛伊战争中的“两次愤怒”，无论是阿伽门农称霸希腊的权力欲望，还是赫克托尔捍卫特洛伊城的英勇拼杀，抑或是奥德修斯的“木马计”，各路英雄都无不绽放原欲、张扬个性，高举着个体生命价值的旗帜；古希腊悲剧中，普罗米修斯因“盗天火、守神谕”而被神鹰啄食肝脏，俄狄浦斯王因反抗命运而“杀父娶母”，美狄亚因报复爱情背叛而“杀子惩夫”等等，所有这些悲剧都强调“个人尊严和自由意志的不可撼动”，鲜明地体现出古希腊文化崇尚自由人性的特点。

这种以人为本的文化精神，借着但丁的《神曲》，穿越了中世纪一千年的基督教文化桎梏发展成为欧美文学的人文主义传统，在 16 世纪文艺复兴时期，蔚为大观。这时期，莎士比亚的喜剧，充分反映了人文主义理想的光辉；莎士比亚的悲剧，深刻揭示了人文主义理想和现实黑暗的剧烈冲突，揭示了人性善与恶复杂的内在矛盾性；在他的悲剧杰作《哈姆莱特》中，哈姆莱特的“生存还是毁灭”之问，“默然忍受命运暴虐的毒箭，或是挺身反抗人世无涯的苦难，在奋斗中结束了一切。这两种行为，哪一种是更勇敢的?”这艰难的抉择，具有人文主义文化精神的力度和深度。到 17 世纪，在莫里哀的喜剧中，剧作家借吝啬鬼阿巴贡、伪君子答尔丢夫（又译达尔杜弗）等艺术形象，剖析了人性恶的贪婪和伪善面相，显示了人文主义文化精神的批判锋芒。人文主义传统经由 18 世纪的启蒙运动，在歌德的创作中获得了更为丰厚的精神蕴意。歌德在他的哲理诗剧《浮士德》中，通过浮士德在探索人生意义的艰难历程中面临的“浮士德难题”所表现出来的“浮士德精神”，探寻了人性的多面性、复杂性、丰富性，探寻了人的感性与理性、灵与肉的矛盾张力，探寻了善与恶相互制约与转化的复杂关系，追问人与生俱来的是理智、道德，还是欲望、罪恶，人们应该崇尚制约还是解放本性。这些探索，直接与哲学的终极之问“我是谁？从何来？欲何往？将何为？有何义？”相通。对人性的深度思考，对人类灵魂的拷问，追问人生终极意义和出路的人文主义文化传统，自始至终影响和推动着欧洲文学的发展和变化。直到今天的现代主义文学、后现代主义文学，依然如此。

二、古希伯来-基督教文化传统

古希伯来文化是欧洲文化的另一个源泉。

古希伯来人，又被称为犹太人。他们信仰上帝，强调人对上帝的绝对服从。在希伯来文化基础上产生的犹太教及其经典著作《圣经·旧约》，拥有一套严谨而完整的宗教神学体系，它为后来产生的基督教文化提供了充分的信仰基础。

古希伯来文化是一种重灵魂、重群体、重来世的宗教文化。其中所蕴含的“神-人”观念，经由中世纪基督教文化对后来的欧洲文学产生了深远的影响。

从古希伯来犹太教发展而来的基督教，以《圣经·新约》和《圣经·旧约》一起构成《圣经》典籍，宣扬绝对“神性”，强调人对上帝的绝对服从；尊重灵魂，主张用人的理智抑制肉体的欲望；轻视人的现世生命的价值和意义，重视来世天国的幸福。

与古希腊的人文主义文化传统不同，古希伯来-基督教文化传统的主要精神是以神为本、崇尚“神性”，强调灵魂理性、宣扬神性崇高与人性渺小。实质上，上帝的神性是人的理性意志的体现，因而，原初意义上的上帝便是人的理性本质的升华。

早期希伯来文学和中世纪基督教文学的主要文化价值观念是重视人的精神和理性本质，强调理性对原欲的限制。这种尊重理性、群体本位、崇尚自我牺牲和忍让博爱的宗教人本意识，形成了之后欧洲文化及欧洲文学的宗教传统。基督教文学中的英雄是神化了的人，他们往往因为神性的附着才显得威力无穷，而不是因人智的充分显现才显得神通广大;人的欲望被来自神的那种理性制约着,他们的形象一方面显示出了神的崇高,另一方面却使人性显得苍白与贫乏。

但丁的《神曲》充分反映了“两希文化”的两重性。《神曲》采用中世纪宗教梦幻文学的形式,通过诗人自己幻游“地狱”“炼狱”和“天堂”三界的经历,表明为善者进天堂,过幸福生活;作恶者入地狱,遭受永世的痛苦;回头向善者入炼狱,有升入天堂的希望。但丁相信上帝是万能的,惩恶扬善正是上帝的意旨。这是典型的中世纪的基督教思想,但是,但丁宣扬这种思想,为的是惩恶扬善,从道德上探索人类的出路。所以,《神曲》中表现出新时代人文主义的新思想。但丁在《神曲》中无情揭露和谴责了教会的罪恶。在揭露、谴责教会人士的卑鄙行径的同时,但丁提出“政教分离”的进步思想;推崇古典文化,作品中对荷马、贺拉斯与苏格拉底、柏拉图等古希腊和古罗马的诗人、哲学家,都表达了深深的敬意;还盛赞和歌颂人的智慧和理性,通过笔下的俄底修斯之口指出,人不能像走兽一般活着,应当追求美德和知识。《神曲》中对意大利的分裂和现实的丑恶给予强烈批判,对统一的意大利民族国家前途命运充满忧虑和关切。可见,《神曲》既是中世纪基督教文化传统的充分表达,又是文艺复兴时期人文主义新文化的反映,具有里程碑式的文化意义和审美价值。

16 世纪以后,欧洲资本主义经济迅速发展以来,物欲的兴盛对人性产生了巨大的腐蚀和破坏作用。但是,作家们在暴露和批判现实社会、针砭人性堕落的同时,依然保有浓郁的基督教文化传统,包括莎士比亚、歌德、雨果、巴尔扎克、狄更斯、哈代、托尔斯泰、陀思妥耶夫斯基等在内的伟大作家,在他们的作品中都表现出基督教文化的原罪感、末日审判恐惧、忏悔情结、救赎情结、圣母情怀、悲天悯人的基督教博爱精神。第一次世界大战、第二次世界大战以来,尽管基督教文化遭到怀疑、不满甚至反叛,但是基督教文化的思想、精神,仍然是西方社会重要的道德规范,影响广泛。

学习欧洲文学,了解和掌握了“两希”文化传统,才能更好地、准确地理解欧洲作家及其文学作品。

第一章　荷马史诗

荷马史诗，包括《伊利亚特》和《奥德赛》两部叙事长诗，代表着古希腊文学最辉煌的成就，被后人誉为“最伟大的古代史诗”，为后来的史诗提供了主要范式，对西方诗歌产生了深远影响。学习本章，要求了解荷马其人其事，了解荷马史诗的产生和形成过程；熟悉荷马史诗与希腊神话的关系；掌握荷马史诗的主要内容、英雄形象塑造、思想价值、艺术成就，理解古代的战争观念、英雄观念和道德观念，认识荷马史诗的社会价值和审美价值，以及荷马史诗在欧洲文学发展史上的独特性。

第一节　荷马史诗与古希腊文学

荷马史诗，相传大约在公元前 9 世纪，一位叫荷马的失明游吟诗人，根据古希腊各城邦流传的口头传唱的战争英雄故事收集整理而成，包括《伊利亚特》和《奥德赛》两部。

荷马史诗是古希腊文学的最伟大成就之一。古希腊文学是世界文学宝库中一颗璀璨夺目的明珠，它在思想上和艺术上都具有首创精神。西方文学的主要体裁，如史诗、教谕诗、抒情诗、田园诗、悲剧、喜剧、演说、对话录、文学评论、传记、传奇和寓言等，那时都已具备。古希腊神话史诗中的很多故事成为古典神话原型，它们形成了西方文学的传统。荷马史诗更是集中体现了古希腊文学的特质和古希腊文化的核心内容。它不仅是伟大的古典文学作品，也是古代希腊从氏族社会过渡到奴隶制社会时期的一部社会史、风俗史，具有历史、地理、考古学和民俗学方面的很高价值。史诗所表现的人本主义思想，对人的尊严、价值和力量的肯定，反映了古希腊时代的文化观念。

一、古希腊的地理条件和社会发展概况

古希腊的地理范围包括今天的希腊半岛、爱琴海诸岛屿、克里特

岛和小亚细亚半岛西部沿海地带。到后来，随着领土扩张，也包括今天的北非、西亚、意大利半岛南部及西西里岛等地中海地区。希腊半岛境内多山，约占总面积的五分之四，加上雨量稀少，不利于农业的发展，只能生产少量的大麦、小麦和豆类，需要输入谷物，粮食问题是古希腊的重要社会问题。山区多大理石和陶土，矿产丰富，山坡丘陵地带盛产橄榄和葡萄，为建筑、冶金、榨油、酿酒等手工业提供了原料。此外，希腊半岛三面环海，拥有全世界最曲折蜿蜒的海岸线，多良港，有利于航海业的发展和海外贸易。亚细亚半岛西部沿海地带与希腊半岛东部类似，多港口，为希腊半岛上的海外移民提供了广阔的天地。地中海内岛屿星罗棋布，共400多个，相距不远，也利于航海贸易。

希腊半岛的原住民是非希腊语种的人，公元前2000年左右，一批操希腊语的人从多瑙河下游逐渐南移，进入希腊各地。他们与原住民混居通婚，形成了多民族的古希腊人。

概括地说，古希腊的地理条件特点，一是山脉纵横、河流交错——把希腊分割成小平原、小山丘、小河流；二是岛屿众多、海湾密布——形成许多天然良港，便于古希腊人航海经商、贸易交往；三是景色秀丽、气候温和、土地贫瘠——古希腊的地理条件提供给古希腊人精神娱乐的东西多、物质享受的东西少。

和这样的地理条件相适应，古希腊的社会发展，经历了从自然经济到商品经济、从血缘关系到契约关系、从城市文明的兴起到城邦民主制度诞生的历程。

古希腊城邦民主制度形成以后，公民享有相对的高度民主，在思想上允许百家争鸣，在社会风气上重视人的个性，也重视对人的创造力的发掘；同时，希腊航海业发达，商品经济繁荣，从而在思想和经济两方面为文化的繁荣创造了条件，为古希腊的社会发展创造了条件。古希腊人奉行的是泛神论观念，即认为一切事物后面都有神灵存在，如果说一神教强制人们的思维向一个模式发展，那么这种泛神论则给了古希腊人一个无拘无束的思维空间。

此外，古希腊的社会发展和文化发展也受到东方文化、爱琴文化的影响。

古希腊受到东方文化——苏美尔文明、巴比伦文明、亚述文明的影响;受到爱琴文化——克里特文化、迈锡尼文化的影响。

古希腊很早就与东方有文化交流,古埃及、古巴比伦、波斯的文化都对古希腊文化有重要影响。古希腊人逐渐形成了兼容并蓄的开阔胸襟,而一个善于吸收外来事物的民族,其文化必然有一种博大的气象。

如马克思所说,历史上的人类童年,有粗野的儿童,有早熟的儿童……希腊人是正常的儿童。与其他民族相比,古希腊人的想象力更天真优美,古希腊人的精神更雄浑昂扬,古希腊的文学堪称乐而不淫、哀而不伤。正因为如此,古希腊文化历来受到全世界人民的喜爱和赞扬。

二、古希腊文学的分期与成就

古希腊的历史从公元前 12 世纪到公元前 2 世纪中叶希腊被罗马占领为止,经历了大约 1 000 年的时间。古希腊文学分期,大致可以分为四个阶段。

第一阶段:公元前 12—前 8 世纪,这是古希腊氏族社会向奴隶制社会的过渡时期,史称“荷马时代”(也有观点认为“荷马时代”为公元前 11—前 9 世纪)或“英雄时代”,主要的文学成就是神话和史诗。

希腊神话是原始氏族社会的精神产物,是古希腊最早的文学形式,也是欧洲文学的源头。它源于民间口头文学,散见于荷马史诗、赫西俄德的《神谱》、古希腊悲剧等古希腊的各种文献中。

荷马史诗《伊利亚特》和《奥德赛》是欧洲文学史上最早的重要作品和人民口头创作。

荷马史诗之后,出现了叙事诗人赫西俄德(享年不明,大约生活在公元前 8 世纪),他有两首长篇叙事诗流传于后世:一是《工作与时日》,内容是诗人劝诫他的弟弟要诚实正直勤劳,不要走巧取豪夺的邪路。学界认为,《工作与时日》是古希腊流传下来的第一首以现实生活为题材的长诗。二是《神谱》,这是最早系统描述宇宙的形成、希腊诸神的由来和谱系的长诗,也是研究神话学的重要史料。

第二阶段:公元前 8—前 6 世纪,这是古希腊奴隶制社会形成时期,文学成就主要包括抒情诗和寓言。

抒情诗是氏族社会解体后出现的诗歌形式，没有氏族庇护的人们，摆脱了氏族重视集体情感的意识和传统的束缚，个人的遭遇引起了种种复杂的情感，抒发个人自由和个人独立自主情绪的抒情诗逐渐发展起来。抒情诗源于民歌，多以双管、排箫和竖琴伴唱，主要体裁有哀歌、讽刺诗和琴歌，反映上层贵族的情趣。著名的独唱诗人有萨福（约前 7—前 6 世纪）和阿那克里翁（约前 6—前 5 世纪），合唱抒情诗人是品达（约前 518—前 442 或前 438 年）。女诗人萨福以写作爱情抒情诗为主，她的诗歌感情真挚热烈，语言朴素自然。她的诗体被后世诗人模仿，称为“萨福体”。柏拉图称萨福为“第十位文艺女神”。萨福对后世欧洲诗歌有很大影响。拜伦到希腊游历，曾凭吊萨福。画家也以她为题材进行创作。

当时，民间还流传着以动物生活为内容的许多小寓言，相传由公元前 6 世纪的奴隶伊索所作。现在流传的《伊索寓言》是后人根据拜占庭僧侣普拉努德斯搜集的寓言及以后陆续发现的古希腊寓言抄本编订的，有些故事还可能来自亚洲、非洲，所收篇目有 300 余篇。《伊索寓言》主要反映的是下层平民与奴隶的思想感情和哲学观点。作者在保留寓言中动物本性特征的同时，赋予它们以人的语言和思想，几乎每则寓言都要阐明一种道理或观点，发人深省。它的形式短小精悍，比喻生动恰当。在文学史上，《伊索寓言》曾产生深广的影响，后世的寓言作家如法国的拉封丹、德国的莱辛、俄国的克雷洛夫，都得益于它。早在明代，《伊索寓言》就传入我国。我国读者常常引用《伊索寓言》来说明问题，如《狼和小羊》《农夫和蛇》《龟兔赛跑》《狼来了》等。

第三阶段：公元前 6—前 4 世纪初，这是古希腊奴隶制城邦全盛期，史称“古典时期”。由于当时雅典是古希腊的政治、经济和文化中心，在雅典全盛时期，奴隶制经济的繁荣和公民民主政治的发展，带来了古希腊文学的繁荣，所以，历史上也称这一时期为“雅典时代”。这时期文学成就包括古希腊戏剧、散文和文艺理论等，其中戏剧成就最大。

古希腊文学在雅典全盛时期达到了高峰，涌现出著名的三大悲剧诗人埃斯库罗斯（约前 525—前 456 年）、索福克勒斯（约前 496—前 406 年）、欧里庇得斯（约前 480—约前 406 年）和著名的喜剧诗人阿里斯托芬(约前 448—前 380 年)。他们的戏剧创作反映了雅典城邦民主制时期的社会生活。

同时,雅典全盛时期,几次著名的战争使古希腊出现了正式的历史著作,从文学角度看,它标志着散文的新发展。著名的历史著作有"历史之父"的希罗多德(约前 484—约前 425 年)的《历史》(《希腊波斯战争史》)、修昔底德(约前 460—约前 400 年)的《伯罗奔尼撒战争史》和色诺芬(约前 430—约前 355 或前 354 年)的《远征记》。

由于民主空气活跃,政治纷争激烈,雄辩的本领成为争夺政权者的必备条件,雄辩术(演说)在议事会、陪审法庭和公民大会上兴起。古希腊各地知识分子群趋雅典,产生了十大雄辩家。他们的演说词也是优美的散文,文体讲究和谐,注重节奏,强调修辞和文学技巧。其中最著名的雄辩家伊索克拉底(前 436—前 338 年)和狄摩西尼(前 384—前 322 年,又译德摩斯梯尼),对后世雄辩术和散文作家有很大影响。

文学艺术创作的繁荣,史书的出现,演说的兴盛,自然科学的昌明,带动了哲学研究,公元前 4 世纪是哲学著作大量问世的时期。哲学家们既注意社会问题,也注意文艺问题,同时美学问题也得到重视,由此促进了文艺理论的产生和发展。

在古希腊,文艺理论和美学是哲学的组成部分,因此,当时杰出的文艺理论家和美学家同时也是著名的哲学家。文艺理论家的代表是柏拉图(前 427—前 347 年)和亚里士多德(前 384—前 322 年)。

第四阶段:公元前 4 世纪末—前 2 世纪中叶,这是古希腊奴隶制衰微时期,史称希腊化时代。这个时期文学的成就不大,较有影响的是新喜剧和田园诗。新喜剧的代表作家是米南德(约前 342—前 291 年),田园诗的代表作家是忒奥克里斯托(约前 310—约前 250 年)。

公元前 146 年科林斯陷落,古希腊被并入罗马版图,宣告了希腊化时代结束。古希腊文学经过古罗马文学被后世所继承、发展和传播。古希腊文学在中世纪长期被湮没,欧洲人是通过古罗马文学的折射才看到古希腊文学的。古罗马文学对欧洲文学的发展起了承前启后的作用。

第二节　荷马史诗与希腊神话

荷马史诗充满了神话传奇色彩，描写了众神的故事及其对战争的发生、发展、结局的影响力量。荷马史诗中的英雄，大都具有神的血统，具有神所赋予的力量，他们的命运往往受到神的干预和影响。希腊神话最早见于荷马史诗，后又见于古希腊诗人赫西俄德的《神谱》，以及古希腊的悲剧和一些预言家、历史家的著作中。

因此，要学习和理解荷马史诗，必须首先了解和学习希腊神话。

神话是人类童年时代的产物。人类在同自然的斗争中无法科学地认识自然，战胜自然，于是便借助想象以征服自然力，支配自然力，把自然加以形象化，这样便产生了神话。希腊神话经过几百年的口头流传，在荷马史诗、赫西俄德的《神谱》以及古希腊的诗歌、戏剧、历史、哲学中记录了下来。

希腊神话是整个西方文明的精神家园，是西方文化的摇篮。

希腊神话中性格各异的众神及其之间错综复杂的关系、奇特惊险的故事，既保存着远古人类对人性的最初理解，又以其优美的形象和浓郁的诗意，为后世欧洲的文学艺术、哲学、宗教、建筑、雕塑提供了丰富而永恒的素材。同时，它也以其深刻而多元的人文内容，营造了多层面的解读空间，为后世的人们提供了无限的审美享受和深刻的人生启示。

鉴于希腊神话的丰富性和多义性，根据理解荷马史诗的需要，本节主要讲解希腊神话的内容、希腊神话的特点。

一、希腊神话的内容

希腊神话包括神的故事和英雄传说两大部分内容。

（一）神的故事

神的故事包括讲述老辈神故事的前奥林匹斯神系和讲述新辈神故事的奥林匹斯神系。

前奥林匹斯神系（又译前俄林波斯神系）：主要叙述了宇宙起源、开天辟地、众神的诞生和人类的起源等神话故事。

天地开始是一片混沌，最先产生的是混沌之神卡俄斯和大地之母该亚。混沌之神生下黑暗之神厄瑞玻斯和黑夜女神尼克斯，黑暗之神和黑夜女神结合，生下光明和白昼之神。地母该亚独自生下了天空乌拉诺斯。乌拉诺斯一生下来就趴在该亚的身上，不再分离。天与地连在一起。乌拉诺斯和母亲结合，生下 6 男 6 女 12 个提坦神。乌拉诺斯成为第一代天神。

提坦神是最初原始野蛮的自然神。名字的意思是"敢于反抗父亲的人"。乌拉诺斯害怕儿女造反，将他们关进地牢。该亚不满，鼓动提坦神造反。小儿子克洛诺斯用一把石镰将父亲阉割。从乌拉诺斯被阉割的那一刻起，天空与大地分离，一个在上，一个在下。克洛诺斯开创了新纪元，混沌被战胜。

在克洛诺斯的命令下，时间开始运行。克洛诺斯的意思是"流逝的时间"。克洛诺斯做了第二代天神，娶姐姐瑞亚为妻，生了 3 男 3 女 6 个提坦神。克洛诺斯也担心自己的儿女会像他一样夺取父亲的权力，于是就把生下的儿女都吞掉。小儿子宙斯出生时，瑞亚听从了该亚的建议，将一块用襁褓裹好的石头代替婴儿，递给克洛诺斯，克洛诺斯像往常一样吞下。瑞亚把幸免于难的宙斯藏在克里特岛的一个山洞里，并且关照山林水泽女神抚养他。宙斯就这样长大了。

长大后的宙斯听从祖母该亚和母亲瑞亚的建议，推翻了父亲克洛诺斯的统治。他得到祖母该亚的帮助，给父亲喝了催吐药，强迫他将吞下去的哥哥姐姐吐了出来。他夺了父亲的权，做了第三代天神。

在这组神话里，两次"政变"都是由女神该亚发动的，在家庭关系方面，男神与家庭没有任何道德感情上的联系。关心子女的是女神，这是母权制社会的反映。母子通婚，兄妹结合，是典型的"血缘家庭"，天神吞食儿女则是古代吃人现象的反映。这组神话虽然怪诞、荒唐，但它却是人类蒙昧时期现实生活的曲折反映。

奥林匹斯神系（又译俄林波斯神系）讲述的是居住在奥林匹斯山上以宙斯为众神之父的神的大家族的故事。

宙斯夺权做了第三代天神以后，将天下与两个哥哥三分，自己管天，掌管雷电，统治一切，是天神和雷电之神；兄弟波塞冬管海为海神，另一兄弟哈得斯管冥界为冥神。在地中海文化中，闪电是统治地位的象征，体现了超自然的力量，是天神和天父的标志。希腊神话中，闪电是独眼巨人送给宙斯的礼物，闪电是宙斯作战的强力武器。

宙斯同他的姐姐赫拉结合，生了一大群神族儿女，同时也同其他的女神结合生了许多神族儿女。其中，主要的神有太阳神阿波罗，猎神阿耳忒弥斯，战神阿瑞斯，智慧女神雅典娜，火神和匠神赫淮斯托斯（又译赫菲斯托斯），爱与美的女神阿佛洛狄忒，神使赫耳墨斯，酒神狄俄尼索斯，九个文艺女神缪斯等。他们就是奥林匹斯山上的众神。

这组神话反映了父系家长制社会的生活，宙斯的权力高于一切，也是氏族首领权力增长的表现。

（二）英雄传说

英雄传说起源于古希腊人对祖先的崇拜，产生于氏族社会末期。英雄是神与人结合而生的后代，是半神半人的英雄。他们智勇超群，体力过人。英雄传说主要反映的是人征服自然的斗争和社会纷争。他们实际上是集体力量和智慧的化身。

最著名的英雄传说有特洛伊战争、奥德修斯的游历、伊阿宋寻找金羊毛、赫拉克勒斯的功绩、忒修斯的冒险、珀耳修斯杀蛇怪美杜萨、七雄攻忒拜，俄狄浦斯王与命运斗争的故事等。这些英雄传说，大多在荷马史诗和古希腊悲剧中都有所表现。

此外，还有小爱神厄洛斯：厄洛斯的罗马名字叫丘比特。他是爱与美的女神阿佛洛狄忒（阿佛洛狄忒的罗马名字叫维纳斯）的儿子，据说他的父亲是战神阿瑞斯。厄洛斯一生下来就长有双翅，会飞翔。他是一个长不大的盲童，身上背着弓箭。他喜欢恶作剧，经常拿箭乱射。谁中了金箭就陷入恋爱，谁中了铅箭就失恋。为了报复母亲阿佛洛狄忒（维纳斯）打他，厄洛斯向母亲射了一箭，让阿佛洛狄忒（维纳斯）心里燃起对阿多尼斯的爱情。由于小爱神是盲童，闭着眼睛乱射箭，就有了莎士比亚曾言爱情是盲目的。

二、希腊神话的主要特征

吉尔伯特·穆莱在《希腊宗教的五个阶段》中指出："大多数民族的神都自命曾经创造过世界，奥林匹克的神并不自命如此。他们所做的，主要是征服世界。他们都是些嗜好征服的首领，是些海盗之王。

他们既打仗又豪饮，既游玩又作乐，他们只怕自己的王，从来不知惧怕别的。除了在恋爱和战争中外，他们从来不说谎。”古希腊的神是快乐的神、英雄的神、人间的神。

第一，希腊神话的最主要特征是神与人同形同性。

神同人一样，有着人的样貌和肉体，会变老，知冷热，会流血，怕疼痛。

神同人一样，有男女性别之分，男神之所以为男神，是因为他比男人更具有男人的特点；女神之所以为女神，也是因为她比女人更具有女人的特点。

神同人一样，有七情六欲。诸神都是人格化的，他们有正常的婚配、婚姻关系，有婚外情关系，有爱恨、忧烦等各种情感。如：万神之王宙斯是一个多情种子，他在天上与众多女神偷情，还不断变幻形象到人间与凡女谈情说爱，到处留下私生子。而天后赫拉活脱脱是一个妒妇形象，四处追逐、迫害宙斯的凡间情人和私生子。火神的妻子是爱与美之神阿佛洛狄忒，而阿佛洛狄忒同时又是战神阿瑞斯的情人，可怜的火神赫淮斯托斯长相丑陋，又瘸了一条腿，还长期要为妻子的不忠而苦恼。

神也与人一样，从事各种生产劳动。比如火神和匠神赫淮斯托斯是个心灵手巧万能的制造家，跟人一样打铁拉风箱，只不过他拉的风箱有 20 口，他是人间打铁匠的化身。

神也与人一样，不是万能的，更不是全知的，也同样受到命运的控制和作弄。

神与人有什么不同呢？唯一的不同就是：神长生不死，而且有超越人的力量和法术。此外，其他与常人无异，因此说神人同形同性。

可见，希腊神的存在并不是为了让人盲目崇拜，而是表现一种对生命的热情和对生活的热爱，是对现实生活的真实反映。神实质上是人的观念的具象和外化，神就是人，神话就是人话。

第二，希腊神话具有爱智的特点，崇拜知识，探求自然和人性的奥秘。

诸神的职责，就是分别管理自然界和创造多种多样的文化。如宙斯掌管雷电；天后赫拉掌管婚姻和生育；海神波塞冬掌管海洋和一切海洋生物；太阳神阿波罗掌管射术、艺术、音乐、太阳、预言与医药，是人类的保护神、迁徙和航海者的保护神、医神以及消灾弥难之神；雅典娜掌管智慧，善于运用计谋赢取战争胜利而少让战争双方拼杀流血；阿佛洛狄忒司掌性爱与美丽；普罗米修斯是人类的创造者和保护者，最有智慧的神之一，被称为“先知神”；九个缪斯掌管文艺，为诗人们带去灵感和创造力；等等。

希腊神话具有对知识的崇拜、对世界的好奇心、爱智慧的特点，这与希腊的地理环境有关。险恶的自然环境迫使希腊人要通过知识、智慧去战胜自然；对外的征服欲使希腊人崇拜强大、神奇的力，很少有道德的“善”“恶”之分。

第三，希腊神话具有系统性。

希腊神话系统而完整，是具有内在联系的神族系统。希腊的神一般都有严密的世家谱系，有第一代天神乌拉诺斯、第二代天神克洛诺斯以及他们所构成的老辈神系“前奥林匹斯神系”，有第三代天神宙斯及其新辈神系“奥林匹斯神系”。“奥林匹斯神系”系统讲述了以宙斯为众神之父的神族大家庭的故事。宙斯同他的姐姐以及其他的女神结合，生了许许多多的男神和女神，又同人间的许多女子结合生育了很多半人半神的英雄。他们分工明确，各司其职。众神系统完整，神话故事都互相有内在联系。可以说，希腊神话是目前世界上保存最完整的系统神话。

第四，希腊神话反映了古希腊人蓬勃向上的生活理想和积极进取的乐观主义精神。

希腊神话虽然都是超现实的，但它直接和间接地反映了人类生活与人类改造自然的愿望。它所体现的根本思想是肯定人世欢乐，以人为本，反映了古希腊人蓬勃向上的生活理想和积极进取的乐观主义精神，对欧洲文学的发展有极大的影响。

欧洲文学从希腊神话开始，贯穿了一条歌颂人性的线索，文艺复兴歌颂幸福在人间的人生理想就源于此。并且希腊神话中的某些内容已经深入欧洲现代人的生活与词汇中，成为典故和日常生活用语。如宇宙飞船“阿波罗号”以太阳神命名，“阿喀琉斯之踵”成为典故，用以比喻致命弱点或薄弱环节。

希腊神话是原始氏族社会的精神产物，是人类童年时代的“美丽诗篇”。希腊神话不仅是希腊文学的武库和土壤，而且对后世的欧洲文学有着深远的影响。在今天，希腊神话仍是一种高不可及的范本，显示出永久的魅力，给我们以美的享受。希腊神话简表，见表1-1。

表1-1　希腊神话简表

职司	希腊名	拉丁名
主神（雷电神）	宙斯	朱庇特
神后（生殖神）	赫拉	朱诺
海神	波塞冬	尼普顿
冥神	哈得斯	普路托
爱与美的女神	阿佛洛狄忒	维纳斯
太阳神	阿波罗	赫利俄斯
农神	得墨忒耳	色列斯
火神和匠神	赫淮斯托斯	伏尔甘
猎神	阿耳忒弥斯	狄安娜
智慧女神	雅典娜	密涅瓦
战神	阿瑞斯	马尔斯
神使	赫耳墨斯	墨丘利
酒神	狄俄尼索斯	巴克科斯
爱神	厄洛斯	丘比特

第三节　荷马史诗的内容与价值

一、荷马史诗的形成过程

在古希腊历史上，公元前12世纪在迈锡尼时代，曾发生过一次真实的战争。战争结束后，许多以此为素材的短歌和英雄歌谣在希腊境内，特别是小亚细亚一带广为流传，内容彼此关联。

到公元前9世纪至公元前8世纪时，相传在小亚细亚一带有一位盲人歌手荷马，在流传已久的英雄短歌的基础上，对大量有关特洛伊战争的素材进行加工、整理、润色，形成了情节完整、风格统一的两部史诗——《伊利亚特》和《奥德赛》，后人统称为“荷马史诗”。公元前6世纪中叶，经过雅典学者的删改编订，荷马史诗才以文字的形式记录下来。在公元前3世纪至公元前2世纪的希腊化时代，亚历山大城的几位学者对荷马史诗又做了校订整理，史诗的定本才最后形成并流传至今。

二、盲诗人荷马

关于史诗的作者荷马，是否有其人，千百年来争论不休，今天的希腊就有7个地方争当荷马的故乡，以致近代有作家写了两句诗来讽刺这件事：“七大城市抢得了死荷马就心满意得，可是荷马当年在这七大城市流浪行乞。”

相传荷马穷困潦倒，乞讨为生。曾经在古希腊的七八个城邦之间，荷马背着希腊古代的乐器七弦竖琴，流浪、行吟，靠说唱世代流传的希腊的历史故事、英雄事迹、神话和传说等为生。荷马的地位、身份都和他在《奥德赛》卷八里所描写的老乐师差不多。这些双目失明的老艺人，经常带着竖琴，出入贵族厅堂演唱一些歌咏英雄事迹的诗歌。

三、荷马史诗的情节与内容

（一）《伊利亚特》的情节与内容

《伊利亚特》（又译《伊利昂记》），叙述希腊人远征特洛伊（又译特洛亚）城的战争故事。当时的特洛伊城叫“伊利昂城”，史诗的名字由此而来，它的原意是“伊利昂之歌”，全诗共15 693行，分为24卷。

根据神话传说，特洛伊战争起因于“不和的金苹果”。阿喀琉斯（又译阿基琉斯）的父母举行盛大的婚礼，邀请众神来参加，但是偏偏遗漏了不和女神厄里斯。厄里斯来到婚宴上留下了一个不和的金苹果，上面写着“给最美的女神”。天后赫拉、智慧女神雅典娜和爱与美的女神阿佛洛狄忒为争最美女神的头衔争吵起来。她们争执不休，都认为自己是“最美的女神”，于是，来到天神宙斯那里让他评判。宙斯让她们去找特洛伊国王普里阿摩斯之子帕里斯评判。三位女神找到帕里斯，都许诺给他不同的好处。赫拉许诺让他成为最伟大的国王，雅典娜许诺他成为最伟大的英雄，阿佛洛狄忒则许诺他娶最美丽的女人为妻。最后，帕里斯将金苹果判给了阿佛洛狄忒。

帕里斯远游到希腊的斯巴达，受到国王墨奈劳斯的热情款待，当他见到国王美丽的妻子海伦时，他知道是爱与美的女神帮他实现愿望的时候了。在阿佛洛狄忒的帮助下，他引诱海伦并把她带回特洛伊城。蒙受奇耻大辱的墨奈劳斯向哥哥——迈锡尼国王阿伽门农求救。于是在阿伽门农的统帅下，希腊的英雄们纷纷出征，十万希腊联军驾驶一千多艘战船，越过爱琴海，围攻特洛伊城。希腊人和特洛伊人展开了持续十年之久的战争。奥林匹斯山上的众神也分成了两派，各自支持一方助阵。

战争到了第十年，阿伽门农和阿喀琉斯为了争夺一个女俘发生争执，阿伽门农夺走了阿喀琉斯的女俘，受辱的阿喀琉斯愤而退出战斗。《伊利亚特》就以阿喀琉斯的愤怒为开端，描写了战争中最后 51 天的故事。阿喀琉斯的退出使希腊联军节节败退，阿伽门农、奥德修斯等将领都受了伤。特洛伊主将赫克托尔在宙斯和阿波罗的鼓动下，发起凌厉攻势，企图烧毁希腊战船。阿伽门农向阿喀琉斯请求和解，遭到拒绝。阿喀琉斯的密友帕特罗克洛斯在紧要关头请求阿喀琉斯，穿上了阿喀琉斯的盔甲去参战，但自己却被赫克托尔所杀。悲痛欲绝的阿喀琉斯重新参战，他杀死赫克托尔，并将尸首带走。特洛伊国王普里阿摩斯到阿喀琉斯的营帐去请求要回儿子赫克托尔的尸首。双方约定休战 12 天，分别为帕特罗克洛斯和赫克托尔举行了隆重的葬礼。《伊利亚特》这部围绕特洛伊城的战争的史诗，写到这里便结束了。

根据神话传说，战争并未结束。特洛伊人发誓要报仇，帕里斯掌握了阿喀琉斯脚跟上的致命弱点，用暗箭射死了阿喀琉斯，之后他也被希腊神箭手射死。最后奥德修斯献计造了一只大木马，内藏伏兵。希腊军队佯败退走，特洛伊人把木马拖进城，结果希腊联军里应外合，攻陷特洛伊城，结束了战争。离开故土很久的将领们纷纷回国，奥德修斯也带着他的伙伴，乘船向他的故乡伊塔卡出发。从这里就开始了以奥德修斯在海上的历险为中心的另一部史诗《奥德赛》的故事。

《伊利亚特》没有叙述战争的起因和过程，只集中描写了战争的第十个年头中最后几十天发生的事情，叙事情节非常集中，重在写氏族之间的战争。史诗描写战争分为两个层次，人间战场是希腊人对抗特洛伊人，天上战场是奥林匹斯山的众神各助一方。以赫拉、雅典娜为代表的神支持希腊人，以阿波罗、阿佛洛狄忒为代表的神支持特洛伊人。尽管天上人间都在打仗，但它的主体是写人，以人的英雄业绩为中心，用大量篇幅描写英雄们的战斗，歌颂他们的勇敢忠诚，充满英雄主义气息。

（二）《奥德赛》的情节与内容

《奥德赛》叙述了希腊的伊塔卡岛的国王奥德修斯（又译俄底修斯）在特洛伊战争结束后，回国途中在海上漂流 10 年的故事，全诗共 24 卷 12 110 行。

特洛伊战争结束后，希腊将士们纷纷回到故乡，只有足智多谋的奥德修斯在海上漂流未归。起初，奥德修斯率自己的船队离开特洛伊后，路过喀孔涅斯人的岛国，遭到当地人的袭击，又漂流到另一个海岸。一些船员吃了“忘忧果”之后，便流连忘返，不想再回家了。于是奥德修斯便把这些船员绑在船上继续前进，不久航行到了波塞冬的儿子独眼巨人的海岛，被囚在吃人的独眼巨人波吕斐摩斯的山洞里。最后奥德修斯用一根削尖了的巨大木头刺瞎了巨人的独眼，把活着的同伴一个个缚在公羊的肚子下面，才逃出了洞口。

从此海神便同奥德修斯作对，一路兴风作浪，存心害他。奥德修斯他们逃到了风神岛，风神送给他们一个口袋，可以把所有的逆风都装进去，这样便能一帆风顺回家了。不料当船快行驶到家时，众水手以为口袋里面装的是金银财宝，趁奥德修斯睡觉时打开了口袋，结果各路风神顷刻呼啸而至，又把他们吹到了风神岛。风神拒绝再次帮助奥德修斯他们，他们任凭船漂流到巨人岛。居住在这里的巨人们用巨石击沉了船队的 11 条船，而且还凶狠地用鱼叉捕捉溺水的人充饥。奥德修斯所乘坐的船因为没有靠岸而幸免于难。奥德修斯带领水手们来到了魔女喀耳克的海岛上，喀耳克把他的一些同伴变成了猪，由于神的保佑奥德修斯战胜了魔女，并受到魔女的款待。为了打探回家的道路，他在魔女的帮助下游历了冥府，从先知忒瑞西阿斯的预言中得知了自己的未来。

接着奥德修斯遇到了许多特洛伊战争时战友的亡灵，并与阿伽门农、阿喀琉斯的幽灵交谈。之后奥德修斯他们继续航行，顺利地通过了有女妖塞壬以歌声诱人的妖鸟岛。经历了海神怪斯库拉和大漩涡卡律布狄斯的惊险。在日神岛上,由于同伴不顾奥德修斯的警告,宰食了神牛,激怒了宙斯,宙斯用雷霆击沉了渡船。大多数人因此丧命,他只身被冲到女神卡吕普索的岛上,被多情的女神卡吕普索挽留了数年。

与此同时,百余名贵族子弟盘踞在奥德修斯的宫殿里,向他美丽的妻子珀涅罗珀求婚。这些贵族子弟终日宴饮作乐,尽情地消耗奥德修斯的家产。珀涅罗珀始终忠于自己的丈夫,为拒绝求婚者她借口要为公爹准备殓衣,等她织好布后她才可以改嫁。于是她白天织,晚上拆,这样往返重复,以此来拖延时间。奥德修斯的儿子忒勒马科斯受女神雅典娜的暗中指点,离家去寻找父亲,最后在墨涅拉俄斯那里才知道奥德修斯还活着,在女神卡吕普索的岛上。

奥林匹斯山上的众神非常同情奥德修斯的遭遇,派了神使赫耳墨斯叫卡吕普索放奥德修斯回去。女神恋恋不舍地送奥德修斯乘木筏离开了海岛。奥德修斯在海上航行了 17 天,家乡的山峦已隐约可见,却不幸被波塞冬发现,奥德修斯的木筏被击碎。

奥德修斯在众神的帮助下,漂到了斯克里亚岛。国王阿尔咯诺俄斯的女儿瑙西卡遵照雅典娜的授意在海边洗衣,发现了奥德修斯,把他带回王宫,国王设宴招待他,席间歌手吟咏特洛伊战争的故事,其中也有奥德修斯本人的英雄事迹,他听后不禁掩面而泣。应主人的要求,他讲述了自己十年来的遭遇。国王阿尔咯诺俄斯听了奥德修斯的叙述,大为感动,派了一只船和许多水手送奥德修斯回国。雅典娜把奥德修斯变成了一个衣衫褴褛的乞丐,然后让他到牧猪人家里与儿子忒勒马科斯见面。忒勒马科斯向父亲讲述了家中的事情,父子俩共同商议了回家复仇的计划。第二天,父子相继回宫,衣衫褴褛的奥德修斯因向求婚者乞求施舍而遭到侮辱。当晚,珀涅罗珀被告知奥德修斯还活着,而只有给奥德修斯洗脚的老奶妈从脚上的疤痕认出了主人。次日,奥德修斯在大厅中利用比武的机会杀死了所有的求婚者,一家人终于团聚。

《奥德赛》着重描写人生的艰厄。奥德修斯面对神的刁难、敌人的阻挠以及自然的挑战时,他始终坚持自己的信念,在苦难中搏击,在夹缝中求生,最终赢得了自己的幸福。《奥德赛》突出强调了求生的努力,讴歌了为求生拼搏的精神。人在拼搏中进取，摆脱被动的局面，也在拼搏中迸发力量，争得比现状美好的前景。这是另一种意义上的英雄。

四、荷马史诗的思想观念

荷马史诗反映了远古时代人们的生活和观念，内容丰富，对希腊文化精神的形成具有深远的影响。

（一）战争观念

原始社会的战争观念与今天不同。在阶级社会里，一切战争都是政治的继续，可是原始社会关于战争的观念却和今人的观念大相径庭。在原始社会，最早的战争是在原始部落的共同狩猎中产生的，它具有生存竞争的性质。为了争夺一片森林或原野的狩猎权力，部落之间经常发生摩擦和战斗。随着部落由狩猎向从事农业过渡，战争的掠夺对象由争夺森林发展为争夺土地。由于原始人类对自然的认识能力和改造能力还很低，在从事农业中不懂施肥和田间管理，土地种过一遍就转换一个地方，使得部落在寻找新地的迁移中，常为争夺肥沃土地而战。到了荷马时代，部落的组织结构发展为军事民主制，战争成为部落的"事业"，掠夺对象由土地发展为金属和奴隶。正如恩格斯在《家庭、私有制和国家的起源》中所指出的：古代部落对部落的战争，已经开始蜕变为在陆上和海上为攫取家畜、奴隶和财宝而不断进行的抢劫，变为一种正常的营生，一句话，财富被当作最高福利而受到赞美和崇敬。

荷马史诗描写战争，鲜明地反映了原始社会的战争观念。它把战争当作既光荣又有利的事业，对战争双方都进行了热情的歌颂，没有涉及今人关于战争的道义是非观念，无所谓正义与非正义。

特洛伊战争就是处于文明门槛的希腊人和特洛伊人相互掠夺财富的大规模抢劫，参战双方都没有可耻感。普列汉诺夫在论述原始部落的劫掠时指出：这不是个人主义，而是协作，甚至是分工。[①] 修昔底德指出，古希腊人和沿海蛮族都把海上掠劫作为共同的职业，在那个时候，这种职业完全不认为是可耻的，反而被当作是光荣的。《奥德

① 普列汉诺夫.没有地址的信[M].北京：人民文学出版社，1962：64.

赛》里反映了这种历史现象。在卷三和卷九里，奥德修斯父子分别被问到是否是海盗，无论是他们自己还是问他们的人，都没有畏惧或谴责海盗的意思。这些事实说明了原始社会的互相掠夺是时代的风气，是全社会公认和肯定的事业。

“肯定战争”这种风气在《伊利亚特》里得到了充分反映，史诗处处都洋溢着对战争双方的热情歌颂与肯定。首先，在诗人的叙述语言里，他对双方都采取称颂的态度。他称赞双方将领都是“伟大的”“高贵的”“最最优秀的”，阿喀琉斯像“刚刚上升的太阳”，赫克托尔“所向无敌，意气风发”。诗人把双方鏖战的场面，描写得五光十色，没有半点贬责之词。其次，在人物语言里，双方都对自己的敌人竭尽赞颂之词。特洛伊老王钦佩阿伽门农是“神所祝福的幸运之骄子”。阿喀琉斯称赞赫克托尔是“贤明的”。再次，在人物行动中，双方没有战争的道义是非观念。交战双方在战场上握手言欢，互赠礼物，并且让人人都知道。战后，死者亲属还和杀人者一起喝交杯酒。最后，在丝织品和雕刻艺术中，也无意表现战争双方的是非。海伦毫无倾向地把双方的战斗场面织入绸缎里，匠神刻在阿喀琉斯盾牌上的战争图，双方都是“闪亮的装备”，显得威武雄壮。

当然，荷马史诗在歌颂战争的同时，也反映了希腊联军部分将士的不满和厌战情绪。这是因首领独断专横，贪得无厌，战争时间拖得太长，士兵吃尽苦头引起的，没有人怀疑掠夺的正当性或否定战争本身。当奥德修斯用好言语把士兵抚慰一番后，广大士兵的不满情绪一扫而光，又积极准备投入新的恶战。

（二）尚武精神

荷马史诗对参战双方的歌颂，也是出于对尚武精神的尊崇。在古希腊军事民主制下，部落中每个成年男子都是战士，当时的时代风气崇尚勇敢，通过战争显示勇敢。勇敢的战士也就成为理想的爱人，受到全部落妇女、老人的尊重和爱戴；缺乏战斗精神的男子受到妇女、老人的轻视和嘲笑。社会舆论和掠夺财富的风气养成了部落男子渴望战斗荣誉的尚武精神和英雄观念，一个人无论他是敌是友，只要具有勇敢无畏的品质就受人尊敬。荷马史诗中，赫克托尔为了赢得英勇无畏的声誉，明知特洛伊城将被摧毁，却义无反顾，视死如归。神预言阿喀琉斯有两种命运，要么默默无闻长寿，要么出征参战轰轰烈烈早死。阿喀琉斯选择了出征参战赢得光荣而早死的命运。战斗中，激发战士攻城夺寨的动力不是战斗的道义观念，而是尚武的荣誉感。

勇敢是古代战争制胜的首要因素和古代英雄的最高美德。荷马史诗中，两个最有名的大将阿喀琉斯和赫克托尔各自使用的武器不过是一支桦木杆枪和两丈长的矛枪。武器的简陋，要求他们在战斗中要有无比勇敢的精神，靠比勇敢去获胜疆场。一次战役的胜败，常常决定于个别英雄的骁勇善战。

（三）重视埋葬礼仪

尽管荷马史诗对双方的勇武精神都作了歌颂，但在赫克托尔之死上，诗人却站在特洛伊人一边，对阿喀琉斯拖尸泄恨的行为进行了谴责。诗人的这种谴责，并非是怀疑这场战争的正当性，而是从当时的道德风气出发，对战争中破坏习俗的行为表示愤慨。古代氏族社会非常重视埋葬礼仪，荷马时代有一条明确的规定：对于战争中死亡的将士，在战役结束时，必须让敌方埋葬他们的尸首。这一规定旨在保护死者身前的英雄声誉，让死者的灵魂得到安息；同时又让死者亲属尽义务，以表示对神灵的敬畏，因为希腊人相信露尸不葬冒犯神明。

这个风习，一直到公元前 5 世纪都被希腊人保持着。马拉松战役（前 490 年）胜利后，雅典人帮助埋葬了波斯人的尸首。阿耳癸努赛战役（前 406 年）胜利后，因风浪过大，无法打捞尸首，雅典人竟把战胜的将领处死。悲剧家埃斯库罗斯的《七将攻忒拜》、索福克勒斯的《安提戈涅》《埃阿斯》、欧里庇得斯的《特洛伊妇女》等剧本就有对葬尸的争执和葬仪的描述。

由此可见，埋葬礼仪在古代是被看得很神圣的，成为衡量人的一条道德标准。这条道德标准，在荷马史诗中被反复提到，人死了要“照应有的礼节焚化”，不能“施行习惯所不批准的暴行”。就连专横的阿伽门农也不敢违反这条规则，特意停战火化尸首。阿喀琉斯将赫克托尔的尸首倒拖在战车后面狂奔，扬言要让狗和飞禽吃掉他。这种暴行严重地违背了当时的风俗，激起了天怨人怒，诗人怒不可遏地谴责他的“可耻办法”。

今天的读者没有古希腊人的宗教信仰和道德风习，却也有同情特洛伊人的倾向。这是我们今天的战争道义观念在起作用，习惯地把古希腊人的征讨当作一场民族侵略、阶级压迫的非正义战争。而实际上，无论是特洛伊人还是古希腊人，当时都还没有形成不同的民族和不同的阶级。仅就古希腊人一方而言，荷马史诗没有一处提到"希腊"或"希腊人"这个完整的名词概念，诗人按他们的部落称他们为"阿开亚人""玻俄提亚人""阿班忒斯人"等。希腊联军是根据相邻的部落有互相支援的义务，由28个部落自愿组成，战争结束后，联军自行解散，各自回自己的家乡。因此，这场战争是原始社会中习以为常的互相掠夺，不同于帝国主义、殖民主义侵略弱小国家的非正义战争，也不同于帝国主义国家之间争夺霸权的非正义战争。此外，古希腊人在战争中表现出来的残酷性和破坏性与我们今天的文明观念不相容。我们以较高的文明水平来看待野蛮时代希腊人以粗暴的破坏来发泄心中的怨恨，自然而然会同情惨遭杀戮的特洛伊人。

(四) 抢夺妇女的风气

古希腊流传的海伦被抢的故事，真实性不可考，也可能特洛伊战争的直接起因不是为了一个女人。但是，在远古时代，是有过抢夺妇女的风气的，其实质是父权制社会掠夺财富的一种表现。妇女被物化，被当作男人的财产和性奴隶。妇女被抢，侵占了被抢妇女丈夫的私有财产。私有财产是不可侵犯的，为此会引发战争。战争是为了争夺和抢劫财富，包括妇女在内。为妇女而战只是一个借口。特洛伊战争中海伦被抢的实质也应如此。

可以佐证的资料有许多。历史学家希罗多德认为希腊与波斯的战争的起因就是希腊人和异邦互相抢妇女；喜剧家阿里斯托芬在《阿卡奈人》一剧中，谈到伯罗奔尼撒战争爆发的原因也是妇女被抢。当然，这些传闻不足为凭，战争的真正原因应该从社会发展的内部冲突中去寻找。但这些传闻说明了在古代，以妇女为导火线而进行征讨的战争是常有的事，以至史学家、文学家在其著作中会提到它。

在古罗马传说中，也有罗马人打入萨宾城，抢劫萨宾妇女的故事。后世的多位世界级大师都根据这一题材创作了油画作品。特别著名的有两位：一是法国古典主义画家普桑(1594—1665年)根据这个神话传说，创作的油画作品《抢劫萨宾妇女》；二是法国新古典主义画派的代表大卫(1748—1825年)创作的《萨宾妇女的调停》。

正如我们往往以阶级社会的道义观念去看待无阶级社会的战争，我们也往往以人类成年的眼光去看待人类童年的作为。有人认为，古希腊人为了一个女人去打了十年仗是不值得的。在现代，为了一个女人的被抢或私奔而发动战争的事是没有的。

五、荷马史诗的史料价值

荷马史诗中社会信息的容量相当大，广泛地反映了荷马时代的社会形态和人类生活的各个侧面，这个时期的史料主要来自荷马史诗。

(一) 军事民主制

荷马时代，社会的发展处于原始制向奴隶制的过渡时期。社会经济出现土地占有不平等现象，史诗反映出氏族成员只有小块土地，富有的贵族则占有大片土地，但私有制还未出现。社会组织细胞是父系氏族，若干氏族组成部落，几个部落组成部落联盟，还没有出现统一的国家。希腊联军就是由二十多个部落组成，战后解散。部落的组织结构是军事民主制，重大事件必须召开公民大会讨论，并征求氏族长老的意见。在荷马史诗中，希腊联军的统帅阿伽门农和奥德修斯的儿子忒勒马科斯就召开过这样的大会。

(二) 家奴制

荷马时代的富有氏族贵族开始拥有少数从事家务劳动的奴隶，《奥德赛》中的奥德修斯就有50名奴隶搞家务。但这种奴隶不是阶级制确立后的奴隶，他们和主人之间没有明显的阶级界限，贵族和家奴同桌吃饭。对于劳动，部落成员都具有崇高的道德观念，肯定劳动，热爱劳动。许多英雄人物同时也是劳动能手，奥德修斯和求婚人比赛劳动，亲自制作结婚用的床。公主和女仆一起在海边洗衣，王后在家中织布。有的史学工作者把这个时期称为家奴制阶段，因为阶级还未产生。

(三) 社会大分工

荷马时代，社会分工正处于第一次和第二次社会大分工之间，农业和畜牧业比较发达，农作物有大麦、小麦，果木有葡萄、苹果，劳动工具多是铜制品，开始使用铁犁、铁耙。商品交换还是物物交换，以牛为价值尺度，1 副铠甲值 9 头牛，1 口锅值 12 头牛，1 个女奴值 4 头牛，奥德修斯的老奶妈是用 20 头牛换来的。

（四）家庭组织

荷马时代，家庭组织已确立了一夫一妻制，正在向以男性为中心的社会发展，妇女的地位比较低下。《奥德赛》里奥德修斯的儿子忒勒马科斯可以随意打断他母亲珀涅罗珀的话，并加以责备："亲爱的母亲，你为何阻挡可敬的歌人按照他内心的激励歌唱，娱悦人们？……现在你还是回房去操持自己的事情，看守机杼和纺锤，吩咐那些女仆们认真把活干，谈话是所有男人们的事情，尤其是我，因为这个家的权力属于我。"[①]妇女被歌颂的美德是保持贞操，珀涅罗珀等候丈夫 20 年，被作为贞德歌颂的典型。男人却可以实行公开或秘密的多妻制，不受谴责。如《伊利亚特》里众将领分配女俘，《奥德赛》里奥德修斯在一个岛上和一个女神同居了 7 年。这说明了从那时起，就已经出现男女不平等，一夫一妻制仅仅是专门限制妇女的。

六、荷马史诗的艺术特色

荷马史诗虽然产生于古希腊时期，但是，它成熟的叙事艺术堪称"高不可及的范本"。

（一）结构完整、规模宏大

荷马史诗属于英雄史诗，规模宏大，结构完整，剪裁得当。两部史诗的故事时间跨度都是十年，都采取倒叙的方法，从结尾处写起。过去发生的事件通过人物的回忆和讲故事的形式叙述出来。史诗回溯倒叙的结构布局，成为西方戏剧和小说的一个传统结构，即从中间写起，从高潮写起，从结尾写起。

《伊利亚特》集中描写了战争结束前 51 天的战事，重点描写只有 4 天，概括了 10 年战争的面貌和精神。在剪裁和精选典型事件上突出重点，整个故事没有旁枝侧线，时间直线发展，符合歌颂英雄的主题。《伊利亚特》以阿喀琉斯的两次愤怒为情节枢纽，第一次愤怒为我们拉

① 荷马. 荷马史诗·奥德赛[M]. 王焕生，译. 北京：人民文学出版社，2003：14.

开了战争的帷幕，展示了两军集结兵力的宏大阵容，表现了众多英雄的光辉业绩。第二次愤怒使战局急转直下，突出了阿喀琉斯在联军中的决定作用。

《奥德赛》的结构比《伊利亚特》更巧妙，全诗有两条情节线索并行发展，一是奥德修斯回家，一是忒勒马科斯寻父，似中国的“花开两朵，各表一枝”的写法。最后两条线索合二为一，统一到对求婚人的斗争中，父子俩合力杀死了118个求婚人，全家团圆。整个故事采取倒叙和直叙相兼的手法，10年经历压缩在42天中表现，体现了形式为内容服务的艺术原则。

（二）兼具现实主义和浪漫主义两种艺术特征

荷马史诗兼具现实主义和浪漫主义两种艺术特征。《伊利亚特》的格调比较雄壮，战争场面宏伟壮观，气势磅礴，节奏急促，具有阳刚之美。《奥德赛》的格调平静，场景瑰丽，变化多端，节奏轻慢，具有阴柔之美。其中，真实的社会生活与幻想的情节交织在一起，有关战争场面、家庭生活场面、劳动场面的描写都是写实的，可以说是朴素的现实主义；神话传说、理想人物、离奇经历、幻想故事的描写则是瑰丽的，具有浪漫主义的色彩。

（三）语言具有立体感

荷马史诗的语言都是从民间口头语言发展而来的，生动、准确、富于形象性。特别是大量比喻都是动作语言和视听语言，具有立体感，增添了语言的色彩和史诗的魅力。这些语言大都是具体的名词、具体的动词、具体的形容词，抽象性不强。

例如，形容死：希腊英雄埃阿斯杀死敌方，“于是黑暗笼罩住阿卡马斯的眼睛”。形容黎明：“曙光踮着她的猩红的脚趾偷偷走近他们”。形容山影：“好像是一个牛皮的盾牌”。形容阿喀琉斯和赫克托尔之间的战斗：山鹰追鸽子，猎犬追小鹿。

其中对人的勇敢的比喻别具一格：“在他的胸膛里种进了一个苍蝇的勇气”。也许人们对用苍蝇来做比喻不以为然，为什么不用老虎狮子来形容人的勇气呢？这是因为苍蝇要吃人血，无论你怎么赶它，它都要飞回来。诗人用苍蝇这么个微不足道的小生物来形容一个军人在战场上的勇敢无畏，收到了奇效，这个比喻可以说在文学史上都是罕见的。这个比喻表现了诗人非常准确细致的观察力。

另外，荷马史诗还运用了大量富有哲理性的民间谚语，如“聪明得太晚就是愚蠢到极点”“人的天赋才能是各不同的”“狮子不跟人来讲条件，狼也不跟羊来分庭抗礼——它们始终是仇敌”“坏事总没有好结果，迟钝的也能赶上快腿的”。这些语言跟后来的《伊索寓言》中的结论十分相似，有的已成了至理名言。荷马史诗语言的具体性特点，说明了原始民族的抽象概括能力较差，感知具体形象的能力较强，感性认识先于理性认识，形象思维先于抽象思维，表现了人类思维发展的趋势，人类思维是一个运动过程，它首先体现在荷马史诗中。

《奥德赛》在叙事上更加成熟，细节描写简洁生动。比如奥德修斯与家人见面时，诗人只用了短短的一二十个字（“他感到一种甜蜜的情感，想要放声大哭，他认得出每个人”）就把奥德修斯悲喜交集的内心情感和动作淋漓尽致地表现出来了。

（四）英雄人物的塑造各具特色

荷马史诗塑造了一系列古代英雄的形象。他们具有古代英雄的共性特征：勇猛顽强、武艺高超。同时又有各自的个性：狄俄墨得斯鲁莽但肯听人劝，埃阿斯憨厚自信，赫克托尔沉着精明，阿伽门农专横自私，墨涅拉俄斯温柔敦厚。他们的性格基本上都是固定不变的，不同于后世文学中描写的“发展中的性格”。其中塑造得最为丰满的形象是阿喀琉斯、赫克托尔和奥德修斯。

阿喀琉斯是希腊联军中首屈一指的大英雄，他的性格特征既有单纯执拗、暴躁易怒、英勇善战、重视个人荣誉的一面，又有不畏权势、宽厚仁慈、珍视友谊、热爱人生、富有集体主义精神的另一面。他是一个具有多重性格特征的古代氏族英雄的典型，是古代尚武精神的象征。阿喀琉斯是海洋女神忒提斯和凡人帕琉斯国王所生。他是参加特洛伊战争的唯一的一个半人半神的人物。由于忒提斯不想要凡人儿子，所以女神忒提斯便想方设法保护他。在阿喀琉斯出生后，她将阿喀琉斯倒提起放到冥河里去浸泡，以使得阿喀琉斯全身刀枪不入，谁也伤害不了他。但是阿喀琉斯被她抓在手里的脚踵没有接触到冥河的水，因而成了阿喀琉斯的致命弱点，最后被特洛伊王子帕里斯的暗箭射中脚踵而死，所以后来才有了“阿喀琉斯之踵”这个典故。

赫克托尔是特洛伊的英雄。他是老王普里阿摩斯的大儿子，是特洛伊军方面的主将。他的骁勇善战仅次于阿喀琉斯。他为了保卫城邦，英勇牺牲，更富于集体主义精神，他把为部落牺牲看成是一种荣誉。根据战争形势，他明知死后自己热爱的娇妻弱子都将忍受奴隶的悲惨命运，但为了保卫国家，他英勇奋战，视死如归。他和妻子安德洛玛刻辞别上阵的场面感人至深。他不顾老父老母的劝阻，毅然迎战阿喀琉斯的挑战，在与阿喀琉斯的决战中，表现出一个意识到自己光荣职责而不惧强敌忠勇无畏的氏族英雄的形象。

奥德修斯是一个智多星形象。他是希腊伊塔卡岛的国王。他聪明、勇敢、坚毅而又善用计谋。在特洛伊战争中，他是一个足智多谋的政治家和领袖。他曾多次献计，屡建奇功。在《奥德赛》中，他与惊涛骇浪和妖魔鬼怪斗智斗勇，巧用谋略，勇敢地战胜了无数次艰险。困难吓不倒他，任何的荣华富贵也动摇不了他。他智勇双全、聪明狡诈，在他身上体现了人类克服重重困难改变命运的意志力量。在他回到伊塔卡岛以后，为了自己的王位和维护财产，他杀死了众多的求婚者，又处死了许多帮助过求婚者的奴隶。这里，奥德修斯的形象，带有早期奴隶主的特点。

另外，荷马史诗中采用了多种艺术表现手法，如直接描写、间接描写和第三人称叙述手法的运用，注意场景描写、细节描写、艺术概括和心理刻画。如荷马史诗通过众将的议论，间接描写了海伦的美貌；通过奥德修斯的反应，间接描写了女妖塞壬歌声的迷人。《伊利亚特》对夜间偷袭的描写绘声绘色，现代很多表现突然袭击的战斗描写都与之相似，说明荷马史诗的艺术表现已具有很高的功力。

两千多年来，荷马史诗以它博大精深的内容、庄严流畅的风格、动人心魄的故事，感染着一代又一代读者，欧洲许多文学艺术家都从中提取素材，吸收养料，至今它还在很多方面成为艺术上的一种标准和高不可及的范本。

思考题

1. 荷马史诗的内容构成有哪些？

2. 荷马史诗的战争观念与现代的战争观念有什么不同？为什么？

3. 荷马史诗中的英雄有什么特征，体现了怎样的希腊精神？

推荐阅读图书

1. 荷马. 荷马史诗・伊利亚特[M]. 罗念生，王焕生，译. 北京：人民文学出版社，2003.

2. 荷马. 荷马史诗・奥德赛[M]. 王焕生，译. 北京：人民文学出版社，2003.

附　录　《荷马史诗・伊利亚特》精彩篇章选读[①]

第二十二卷　赫克托尔被阿基琉斯杀死遭凌辱(节选)

特洛亚人[②]像一群惊鹿逃进城里，
他们抹去汗污，饮水解除了燥渴，
依靠着坚固的雉堞喘息。阿开奥斯人
继续向城墙冲来，把盾牌靠在肩头。
恶毒的命运却把赫克托尔束缚在原地，
把他阻留在伊利昂城外斯开埃门前。
福波斯・阿波罗这时对佩琉斯[③]之子这样说：
"佩琉斯之子，你为何这样快腿追赶我，
一个有死的凡人追赶不朽的神明？
显然你没认出我是神，才这样追赶。
你放弃同那些逃跑的特洛亚人作战，
他们已经逃进城，可你却跑来这里。
你杀不了我，因为命运注定我不死。"

① 荷马. 荷马史诗・伊利亚特[M]//罗念生. 罗念生全集：第五卷. 上海：上海人民出版社，2004：546-560.

② 又译"特洛伊人"。

③ 又译"帕琉斯"。

捷足的阿基琉斯无比愤怒地回答说：
“射神，最最恶毒的神明，你欺骗了我，
把我从城墙引来这里，要不还会有
许多人没逃进伊利昂便先趴下啃泥土。
你夺走了我的巨大荣誉，轻易地挽救了
那些特洛亚人，因为你不用担心受惩处。
倘若有可能，这笔账我定要跟你清算。”

他这样说，重新勇猛地奔向城市，
如同竞赛中得胜的骏马拖着战车，
奔跑得那样轻快，敏捷地奔过平原，
阿基琉斯也这样快捷地迈动两腿和双膝。

老王普里阿摩斯第一个看见他奔来，
如同星辰浑身光闪地奔过平原。
那星辰秋季出现，光芒无比明亮，
在昏暗的夜空超过所有其他星星，
就是人称猎户星座中狗星的那一颗。
它在群星中最明亮，却把凶兆预告，
把无数难熬的热病送来可怜的人间，
阿基琉斯奔跑时胸前的铜装也这样闪亮。
老王长叹一声，不由得举起双手
捶打自己的脑门，连连沉重长叹，
恳求儿子回城；赫克托尔站在城外，
心情热切地要同阿基琉斯打一场恶战。
老王把手伸向赫克托尔，可怜地哀求：
“赫克托尔，儿子啊，不要独自在那里
等那家伙，你这是想让他打倒寻死，
因为他远比你强大，又很凶残。
如果他令神明也像令我这样讨厌，
那他早就该躺在地上死于非命，

被猎狗鹰鹫撕碎，消释我心头的痛隐。
他夺走了我的许多高贵的儿子，
卖往遥远的海岛或把他们杀死。
在逃进城里的特洛亚人中我没有看见
吕卡昂和波吕多罗斯，我的两个儿子，
拉奥托埃——一个杰出的女子生了他们。
如果他们活在敌营，我们便用
青铜和黄金去赎他们：家里有贮存，
高贵的老人阿尔特斯给女儿丰厚的馈赠。
如果他们已被杀死前往哈得斯，
便又给我和他们的母亲增添了哀楚。
特洛亚人不会为他们痛心太长久，
除非你也一起被阿基琉斯杀死。
我的孩子，进城来吧，为了拯救
特洛亚男女，也为了不让阿基琉斯赢得
巨大的荣誉，你不至于失去宝贵的生命。
可怜可怜不幸的我吧，我还活着，
已进入老迈，天父宙斯却要让我
度过可怕的残年，看见许多不幸：
看见我的儿子们一个个惨遭屠戮，
女儿们被掳丧失自由卧室遭洗劫，
幼儿被敌人无情地杀害抛到地上，
儿媳们一个个落入阿开奥斯人的魔掌。
当有人用锐利的铜刃把我刺中或砍伤，
灵魂离开身体，我最后死去的时候，
贪婪的狗群将会在门槛边把我撕碎，
它们本是我在餐桌边喂养的看门狗，
却将吮吸我的血，餍足地躺在大门口。
年轻人在战斗中被锐利的铜器杀死，
他虽已倒地，一切仍会显得很得体，
他虽已死去，全身仍会显得很美丽，

但一个老人若被人杀死倒在地上，
白发银须，甚至腹下被狗群玷污，
那形象对于可怜的凡人最为悲惨。”

老王说完，伸手乱扯他那头白发，
但仍不能动摇赫克托尔既定的决心。
他的母亲这时也伤心得痛哭流涕，
她一手拉开衣襟，一手托起乳部，
含泪对他说出有翼飞翔的话语：
“儿啊，赫克托尔，可怜我，看在这份上
我曾经用它里面的汁水平抚你哭泣！
想想这些，亲爱的孩儿，退进城来，
回击敌人，不要单独和那人对抗。
阿基琉斯性情凶残，如果你被他杀死，
亲爱的儿啊，你便不可能安卧停尸床，
被我和妻子哭泣，你会远离我们，
在阿尔戈斯船舶边被敏捷的狗群饱餐。”

他们一面痛哭，一面对儿子这样说，
苦苦哀求，但没能打动赫克托尔的心灵，
他仍站在原地，等待强大的阿基琉斯。
有如一条长蛇在洞穴等待路人，
那蛇吞吃了毒草，心中郁积疯狂，
蜷曲着盘踞洞口，眼睛射出凶光；
赫克托尔也这样心情激越不愿退缩，
把那面闪亮的盾牌倚着突出的城墙，
但他也不无忧虑地对自己的傲心这样说：
“天哪，如果我退进城里躲进城墙，
波吕达马斯会首先前来把我责备，
在神样的阿基琉斯复出的这个恶夜，
他曾经建议让特洛亚人退进城里，

我却没有采纳，那样本会更合适。
现在我因自己顽拗损折了军队，
愧对特洛亚男子和曳长裙的特洛亚妇女，
也许某个贫贱于我的人会这样说：
‘只因赫克托尔过于自信，损折了军队。’
人们定会这样指责我，我还远不如
出战阿基琉斯，或者我杀死他胜利回城，
或者他把我打倒，我光荣战死城下。
当然我也可以放下这凸肚盾牌，
取下沉重的头盔，把长枪依靠城墙，
自作主张与高贵的阿基琉斯讲和，
答应把海伦和他的全部财产交还
阿特柔斯之子，阿勒珊德罗斯当初用空心船
把它们运来特洛亚，成为争执的根源。
我还可以向阿开奥斯人提议，让他们
和我们均分城里贮藏的所有财富，
我可以召集全体特洛亚人起誓，
什么都不隐藏，把我们可爱的城市
拥有的一切全都交出来均分两半。
可我这颗心为什么考虑这些事情？
我决不能走近他，他丝毫不会可怜我，
不会尊重我，他会视我如同弱女子，
赤裸裸地杀死，当我卸下这身铠甲时。
现在我和他不可能像一对青年男女
幽会时那样从橡树和石头絮絮谈起，
青年男女才那样不断喁喁情语。
还是让我和他尽快地全力拼杀吧，
好知道奥林波斯神究竟给谁胜利。”

赫克托尔思虑等待，阿基琉斯来到近前，
如同埃倪阿利奥斯，头盔颤动的战士，

那支佩利昂产的梣木枪在他的右肩
怖人地晃动，浑身铜装光辉闪灿，
如同一团烈火或初升的太阳的辉光。
赫克托尔一见他心中发颤，不敢再停留，
他转身仓皇逃跑，把城门留在身后，
佩琉斯之子凭借快腿迅速追赶。
如同禽鸟中飞行最快的游隼在山间
敏捷地追逐一只惶惶怯逃的野鸽，
野鸽迅速飞躲，游隼不断尖叫着
紧紧追赶，一心想扑上把猎物逮住。
阿基琉斯当时也这样在后面紧追不舍，
赫克托尔在前面沿特洛亚城墙急急逃奔。
他们跑过丘冈和迎风摇曳的无花果树，
一直顺着城墙下面的车道奔跑，
到达两道涌溢清澈水流的泉边，
汹涌的斯卡曼德罗斯的两个源头。
一道泉涌流热水，热气从中升起，
笼罩泉边如同缭绕着烈焰的烟雾。
另一道涌出的泉水即使夏季也凉得
像冰雹或冷雪或者由水凝结的寒冰。
紧挨着泉水是条条宽阔精美的石槽，
在阿开奥斯人到来之前的和平时光，
特洛亚人的妻子和他们的可爱的女儿们
一向在这里洗涤她们的漂亮衣裳。
他们从这里跑过，一个逃窜一个追，
逃跑者固然英勇，追赶者比他更强，
迈着敏捷的双脚，不是为争夺祭品
或者牛革这些通常的竞赛奖赏，
而是为了夺取驯马的赫克托尔的性命。
如同在为牺牲的战士举行的葬礼竞赛中
许多单蹄马为能夺得三脚鼎或女人

这样丰厚的奖品，绕着标杆飞驰，
他们也这样绕着普里阿摩斯的都城，
迈着快腿绕了三周，神明众睽睽。
天神和凡人之父终于对神明这样说：
“啊，我亲眼看见我们宠爱的人被追赶，
沿城墙落荒奔逃，赫克托尔使我怜悯，
他经常在崎岖的伊达山的高峰上，
或在特洛亚城堡虔诚地敬献给我
壮牛的肥厚腿肉，现在被勇敢的阿基琉斯
围绕着普里阿摩斯的都城紧紧追赶。
神明们，你们好好想想，帮我拿主意，
我们是救他的性命，还是让这个高尚的人
今天倒毙于佩琉斯之子阿基琉斯的手下。”

目光炯炯的女神雅典娜立即回答说：
“掷闪电的父亲，集云之神，你说什么话！
一个有死的凡人命运早作限定，
难道你想让他免除可怕的死亡？
你看着办吧，但别希望我们赞赏。”

集云之神宙斯这样回答雅典娜：
“特里托革尼娅，亲爱的孩子，你别着急，
我所言并非有什么打算，但愿你称心，
你想怎么办就怎么办，不要迟延。”

宙斯的话鼓励了跃跃欲试的女神
雅典娜迅速飞下奥林波斯峰巅。

捷足的阿基琉斯继续疯狂追赶赫克托尔，
有如猎狗在山间把小鹿逐出窝穴，
在后面紧紧追赶，赶过溪谷和沟壑，

即使小鹿转身窜进树丛藏躲，
也要寻踪觅迹地追赶把猎物逮住。
赫克托尔也这样摆脱不了捷足的阿基琉斯，
每当他偏向达尔达尼亚城门方向，
企图挨着建造坚固的城墙奔跑，
城上的人们朝下放箭保护他的时候；
每次阿基琉斯都抢先把他挡向平原，
自己始终占着靠近城墙的道路。
有如人们在梦中始终追不上逃跑者，
一个怎么也逃不脱，另一个怎么也追不上，
阿基琉斯也这样怎么也抓不着逃跑的赫克托尔。
赫克托尔怎么能这样躲过残忍的死神？
只因为阿波罗最后一次来到他身边，
向他灌输力量，给他敏捷的脚步。
神样的阿基琉斯向他的部队摇头示意，
不许他们向赫克托尔投掷锐利的枪矢，
免得有人击中得头奖，他屈居次等。
当他们一逃一追第四次来到泉边，
天父取出他的那杆黄金天秤，
把两个悲惨的死亡判决放进秤盘，
一个属阿基琉斯，一个属驯马的赫克托尔
他提起秤杆中央，赫克托尔一侧下倾，
滑向哈得斯，阿波罗立即把他抛弃。
目光炯炯的女神雅典娜迅速来到
佩琉斯之子身边，说出有翼飞翔的话语：
“宙斯的宠儿阿基琉斯，我们渴望
今天让阿开奥斯人带着全胜回船，
难以制服的赫克托尔将被我们杀死。
现在他已不可能逃脱我们的手掌，
不管射神阿波罗怎样费心帮助他，
甚至匍匐着哀求提大盾的天父宙斯。

你且停住脚步喘喘气，我这就去
上前找他，劝他和你一决胜负。”

阿基琉斯听从雅典娜心中欢喜，
拄着那杆铜尖梣木枪停住脚步。
雅典娜离开他赶上神样的赫克托尔，
模仿得伊福波斯的外貌和洪亮的嗓音，
站到他近旁说出有翼飞翔的话语：
“亲爱的兄弟，捷足的阿基琉斯如此快步，
绕着普里阿摩斯的都城把你追赶，
现在让我们停下来就在这里迎战。”

头盔闪亮的伟大的赫克托尔回答雅典娜：
“得伊福波斯，在赫卡柏和普里阿摩斯
给我的所有兄弟中，你一向对我最亲近，
现在我心中比以前更为深挚地敬爱你，
只有你看见我被追赶，愿意出城帮助我，
其他人都不敢出来，在城里惊惶地藏躲。”

目光炯炯的女神雅典娜这样回答说：
“亲爱的兄弟，父王和母后都曾抱膝
哀求我不要出城，部下也这样力劝，
他们全都如此害怕那个阿基琉斯，
但我在城里心中为你痛苦难忍，
现在让我们大胆迎战和他厮杀，
枪下不留情面，看看如何结果：
是他杀死我们，带着血污的铠甲
返回空心船，还是他倒在你的枪下。”

雅典娜这样说，用狡计带领他冲上前去，
待他们这样相向而行，互相逼近时，

头盔闪亮的伟大的赫克托尔首先说话：
“佩琉斯之子，我不再逃避你，像刚才
绕行普里阿摩斯的都城三遭不停步，
现在心灵吩咐我停下来和你拼搏，
或是我得胜把你杀死，或是你杀我。
但不妨让我们敬请神明前来作证，
神明能最好地监督和维护我们的誓言：
如果宙斯让我获胜，把你杀死，
我不会侮辱你的躯体，尽管你残忍，
阿基琉斯，我只剥下你那副辉煌的铠甲
尸体交阿开奥斯人。你也要这样待我。”

捷足的阿基琉斯狠狠地看他一眼回答说：
“赫克托尔，最可恶的人，没什么条约可言，
有如狮子和人之间不可能有信誓，
狼和绵羊永远不可能协和一致，
它们始终与对方为恶互为仇敌，
你我之间也这样不可能有什么友爱，
有什么誓言，惟有[1]其中一个倒下，
用自己的血喂饱持盾的战士阿瑞斯。
鼓起你的全部勇气，现在正是你
表现自己是名枪手和无畏战士的时候。
不会有别的结果，帕拉斯·雅典娜将用
我的枪打倒你，你杀死了我那么多朋友，
使我伤心，你将把欠债一起清算。”

阿基琉斯说完，举起长杆枪投了出去。
光辉的赫克托尔临面看见，把枪躲过。
他见枪飞来，蹲下身让铜枪从上面飞过，

① 同“唯有”。

插进泥土，但帕拉斯·雅典娜把它拔起，
还给阿基琉斯，把士兵的牧者赫克托尔瞒过。
赫克托尔对勇敢的佩琉斯之子大声说：
“神样的阿基琉斯，你枉费力气没投中，
并非由宙斯得知我的命运告诉我。
你这是企图用花言巧语把我蒙骗，
想这样威吓我失去作战的力量和勇气。
我不会转身逃跑让你背后掷投枪，
我要临面冲上来让你正面刺胸膛，
如果这是神意。现在你先吃我一枪，
但愿你把这支铜枪能全部吃进肉里。
只要你一死，这场战争对于特洛亚人
便会变容易：你是他们最大的灾祸。”

赫克托尔说完，晃动着投出他的长杆枪，
击中佩琉斯之子的神造盾牌的中心，
他没有白投，但长枪却被盾牌弹回。
赫克托尔懊恼长杆枪白白从手里飞去，
又不禁愕然，因为没有第二支梣木枪。
他大声叫喊手持白盾的得伊福波斯，
要他递过来长杆枪，但已匿迹无踪影。
赫克托尔明白了事情真相，心中自语：
“天哪，显然是神明命令我来受死，
我以为英雄得伊福波斯在我身边，
其实他在城里，雅典娜把我蒙骗。
现在死亡已距离不远就在近前，
我无法逃脱，宙斯和他的射神儿子
显然已这样决定，尽管他们曾那样
热心地帮助过我：命运已经降临。
我不能束手待毙，暗无光彩地死去，
我还要大杀一场，给后代留下英名。”

赫克托尔这样说，一面抽出锋利的长剑
那剑又大又重，佩带在他的腰边，
他挥剑猛扑过去，有如高飞的苍鹰，
那苍鹰穿过乌黑的云气扑向平原，
一心想捉住柔顺的羊羔或胆怯的野兔，
赫克托尔也这样挥舞利剑冲杀过去。
阿基琉斯也冲杀上来，内心充满力量，
把那面装饰精美的盾牌举在胸前，
头上晃动着闪亮的四行饰槽的头盔，
美丽的金丝在盔顶不断摇曳，
赫菲斯托斯把它们密密地紧镶盔脊。
夜晚的昏暗中金星太白闪烁于群星间，
无数星辰繁灿于天空，数它最明亮，
阿基琉斯的长枪枪尖也这样闪光辉。
他右手举枪为神样的赫克托尔构思祸殃，
看那美丽的身体哪里戳杀最容易。
赫克托尔全身有他杀死帕特罗克洛斯
夺得的那副精美的铠甲严密护卫，
只有连接肩膀和颈脖的锁骨旁边
露出咽喉，灵魂最容易从那里飞走。
神样的阿基琉斯一枪戳中向他猛扑的
赫克托尔的喉部，枪尖笔直穿过柔软的颈脖。
沉重的梣木铜枪尚未能戳断气管，
赫克托尔还能言语，和阿基琉斯答话。
阿基琉斯见赫克托尔倒下这样夸说：
“赫克托尔，你杀死帕特罗克洛斯无忧虑，
见我长时间罢战无惊无恐心安然，
愚蠢啊，那里还有一个比帕特罗克洛斯
强很多的人在，我还留在空心船前，
现在我杀了你，恶狗飞禽将把你践踏，
阿开奥斯人却将为帕特罗克洛斯行葬礼。”

头盔闪亮的赫克托尔声音虚弱地回答说：
“我求你，以你的心灵、双膝和双亲的名义，
不要把我丢给阿开奥斯船边的狗群，
你会得到许多黄金、铜块作赎金，
我的父王和母后会给你送来厚礼，
让我的身体运回去吧，好让特洛亚人
和他们的妻子给我的遗体火葬行祭礼。”

捷足的阿基琉斯怒目而视回答说：
“你这条狗，不要提膝盖和我的父母
凭你的作为在我的心中激起的怒火，
恨不得把你活活剁碎一块块吞下肚。
决不会有人从你的脑袋旁把狗赶走，
即使特洛亚人为你把十倍二十倍的
赎礼送来，甚至许诺还可以增添。
即使普里阿摩斯吩咐用你的身体
秤量[1]赎身的黄金，你的生身母亲
也不可能把你放上停尸床哭泣，
狗群和飞禽会把你全部吞噬干净。”

头盔闪亮的赫克托尔临死这样回答说：
“我这下看清了你的本性，我曾预感
不可能说服你，因为你有一颗铁样的心。
不过不管你如何勇敢，也请你当心，
我不要成为神明迁怒于你的根源，
当帕里斯和阿波罗把你杀死在斯开埃城门前。”

他这样说，死亡降临把他罩住
灵魂离开肢体前往哈得斯的居所，

① 司“称量”。

留下青春和壮勇，哭泣命运的悲苦。
捷足的阿基琉斯对死去的赫克托尔这样说：
“你就死吧，我的死亡我会接受，
无论宙斯和众神何时让它实现。”

第二章　古希腊戏剧

学习本章，要求了解古希腊戏剧产生和发展的历史文化背景；熟悉古希腊悲剧和喜剧的起源及发展历程。重点掌握古希腊三大悲剧诗人埃斯库罗斯、索福克勒斯、欧里庇得斯对悲剧发展的不同贡献，掌握他们悲剧代表作的思想蕴意和艺术特点。

第一节　古希腊戏剧的产生和发展

古希腊戏剧是公元前 5 世纪雅典城邦制时期希腊文学的主要体裁和最高文学成就。古希腊戏剧分为悲剧和喜剧。

一、古希腊戏剧的起源

作为西方戏剧源头的古希腊戏剧，没有人确切知道它是如何开始的，但一般认为古希腊戏剧的起源与祭祀酒神活动的仪典有很大的关系。根据古希腊哲学家亚里士多德（前 384—前 322 年）在《诗学》中的记载，悲剧起源于祭奠酒神狄俄尼索斯的庆典表演。每年春季葡萄藤长出新叶或秋季葡萄成熟时，古希腊人都要举行盛大的庆典祭祀酒神狄俄尼索斯。

关于酒神狄俄尼索斯的传说，在希腊神话中有多种。

第一种说法，狄俄尼索斯是宙斯和塞墨勒的儿子。塞墨勒是忒拜公主，宙斯爱上了她，与她幽会。天后赫拉得知后十分嫉妒，变成公主的亲戚，怂恿公主向宙斯提出要求，要看宙斯的真身，以验证宙斯对她的爱情。宙斯拗不过公主的请求，现出原形（雷电神的样子），结果塞墨勒在雷火中被烧死，宙斯抢救出不足月的婴儿狄俄尼索斯，将他缝在自己的大腿中，直到足月才将他取出，因他在宙斯大腿里时宙斯走路像瘸子，因此得名狄俄尼索斯（意为“瘸腿的人”，又译狄俄倪索斯）。

第二种说法，狄俄尼索斯是宙斯与珀耳塞福涅的儿子。赫拉派提坦神将刚出生的狄俄尼索斯杀害并毁掉尸身，却被宙斯抢救出他的心，并让他的灵魂再次投生到塞墨勒的体内重生。于是，关于酒神重生不死的故事遍传希腊各地，使人们崇拜不已。

狄俄尼索斯成年后赫拉仍不肯放过他，使他疯癫，到处流浪。在大地上流浪的过程中，他教会农民们酿酒，并将种植葡萄和采集蜂蜜的方法传播各地，因此成为酒神，也是古希腊农民最喜欢的神明之一。古希腊农民每年以酒神祭祀来纪念他，并由此发展出古希腊戏剧。

据后人的研究，狄俄尼索斯的崇拜是在公元前 13 世纪左右，自小亚细亚传入希腊的。到了公元前 8 世纪前后时，在拜祭他的节庆中已经有歌队舞蹈者的竞赛了。伴随这些舞蹈的是称颂狄俄尼索斯狂喜的“狄俄尼索斯神颂”(或称“酒神颂”)。一直到公元前 6 世纪时，纪念他的节庆，一年中共有四个：即十二月的“乡镇的狄俄尼索斯神节”，一月的“勒纳节”，二月底的“安特斯节”与三月底的“城市的狄俄尼索斯神节”。除了“安特斯节”之外，其他三个节庆都有了戏剧的演出，这在祭祀其他神祇的祭仪中是没有的节目。

亚里士多德认为人有模仿的天性，而模仿乃是人认识环境的主要方法。因此，原始仪典和人类模仿的天性是戏剧形式的主要因素。不过，这也并不是说每个社会都会自仪典中发展出戏剧，理论家认为还需要有两个附带条件，一是认可戏剧艺术价值的社会，二是能够组织戏剧元素而成为高度经验的个人。

二、古希腊悲剧

古希腊悲剧源于一年一度的春祭仪式。现存资料显示，一般认为，古希腊的春祭仪式有多种，一是对农神得墨忒耳的祭祀，以歌舞形式表现对农神母女悲欢离合的情感。二是对英雄的祭祀，这些英雄是城邦的保护者或部落的创始人。这种祭祀祖先的感情逐渐演变为一种宗教的感情。三是对酒神狄俄尼索斯的祭祀仪式中的酒神颂歌，这是古希腊悲剧最主要的来源。古希腊悲剧主要是从赞美酒神狄俄尼索斯的酒神颂和祭祀仪式发展而来的。在举行酒神颂和祭祀仪式时，祭者披上羊皮，模拟酒神的随从——半人半羊神的萨提儿，所以“悲剧”一词，希腊文原意是“山羊之歌”。

每年春天，葡萄发芽的时候，农民用歌舞向酒神狄俄尼索斯祈求丰收，赞美酒神熬过严冬，迎来春天。公元前560年，希腊农村的酒神颂搬到雅典城里演出，悲剧得以产生。酒神颂由50人的歌队组成，队员身披羊皮，称“山羊队”。祭祀时，由歌队长朗诵某一神或祖先的事迹，歌队载歌载舞表现这一事迹。

从公元前7世纪起，酒神的祭仪便流行于希腊的许多城市。公元前6世纪末，雅典的统治者庇士特拉妥首创全民性的“酒神大节”。从此，酒神祭仪开始变成了“政府行为”，戏剧演出成了教育民众、统治民众的一种工具。

公元前5世纪，古希腊悲剧艺术日益臻于成熟，在希腊奴隶主民主政治的全盛时期达到繁荣。雅典政府非常重视戏剧创作和“酒神大节”的群众活动，还认真举办悲剧竞赛会，建了大型剧场。古希腊剧场是露天剧场，修建在半山上。山脚是舞台，看台沿山坡呈扇形。没有帷幕，由合唱队充当。公元前5世纪的剧场规模很大，比如著名的埃比道拉斯剧场最高处直径有120米，舞台以南面的山峦树林为天然背景，剧场可容纳15 000人。再比如著名的狄俄尼索斯剧场能容纳30 000名观众，后来希腊化时代的剧场可以容纳50 000甚至100 000名以上的观众。剧场大理石的座位下有陶制的容器减少回声。剧场的首要功能是祭神，人们演出歌舞戏剧，感谢医神治愈了他们的疾病。

最初的古希腊悲剧没有演员，公元前534年，第一个悲剧诗人忒斯庇特增加了第一个演员，和歌队长对答。这带来了戏剧的根本成分：对白与动作。酒神颂转化为悲剧。最初的演员从属歌队长。后来“悲剧之父”埃斯库罗斯增加了第二个演员，索福克勒斯增加了第三个演员。此后，古希腊悲剧再没增加演员人数。一出戏即使剧中人物多于此数，也都由这三个演员轮流扮演。因此，除了主角因为戏份太重以外，演员一般都不只扮演一个人物。他们戴面具，穿高底靴，扮演各种角色，促使戏剧情节趋于完美。古希腊戏剧的演员都是男性，女角也由男演员扮演。

古希腊悲剧结构分为5个部分：开场，歌队入场前，由一个或几个人出场，介绍或者暗示全剧内容；进场歌，歌队入场；场，场就是幕，表演主要故事，一出剧由3～7场组成；合唱歌，每场完后由歌队歌舞，起拉幕的作用;退场,退场也就是尾声。全剧完。

歌队即合唱队。最初由50人组成,有了演员后,歌队的作用减弱,人数由50减为15,由剧中人退居舞台两侧。古希腊戏剧的演出没有帷幕,悲剧发展到成熟的时候,歌队的主要作用是充当帷幕,绕场一周,表明时间地点的转换。由于演员都是男性,扮演女歌队的男演员都穿长袖,以遮挡自己的粗胳膊。

古希腊悲剧的主要题材是神话,只有极少数作品以当代重大事件为题材,如埃斯库罗斯的《波斯人》。古希腊悲剧的主人公,大多是神话中的英雄或其后代,因此人们称希腊悲剧为"英雄悲剧"。

古希腊悲剧表现出这样一种观念:命运是不可战胜的,但人有自由意志,应该以自己的积极行动显示出自身的力量。这种观念,就是我们所推崇的"悲剧观念"。如同文艺理论家亚里士多德所认为的,古希腊悲剧不着意于"悲",而着意于"严肃事件"。它通过主人公的意外的不幸遭遇,引起观众的怜悯与恐惧,导致道德上的"净化"。其基本冲突表现为人的意志和命运的冲突。因此人们又称古希腊悲剧为"命运悲剧"。

三、古希腊喜剧

古希腊喜剧的起源主要有两个因素:一是秋天葡萄收获时对酒神的感谢,二是崇拜生殖的宗教歌舞。"喜剧"的原意是"饮酒狂欢歌"。大约在公元前500年雅典剧场开始有正规的喜剧比赛。

古希腊喜剧比悲剧发展要晚,直至公元前487年雅典政府才将喜剧纳入城市的狄俄尼索斯酒神节,并且举行喜剧竞赛。这是喜剧正式受到肯定,也是喜剧有历史记录的开始。

在喜剧发展的过程中,厄皮卡玛斯做出了重要的贡献。厄皮卡玛斯是住在西西里岛的希腊移民,生卒年代不详,只知他在公元前485—前476年间写了不少剧本,剧情中闹剧场面甚多,人物多为市井之徒(厨子、妓女等),同场可以有多达3个演员,有时甚至有5个之多,他们以日常行为为基础,嬉笑嘲讽,颇多妙语趣谈。剧中有无歌舞队不能确定,但根据有的剧名如《跳舞的人们》来推测,使用歌舞队也很有可能。

古希腊喜剧与古希腊悲剧最主要的不同在于它的主题。古希腊喜剧反映的是当时的政治或艺术问题(战争与和平的问题),以及喜剧作家所不喜爱的人或作为。古希腊喜剧通常也不依神话故事,而且自创情节,并且常常提及当时的人物和社会局势。因此,对于现代人来说,因为远离了当时的社会生活,古希腊喜剧的剧情故事便显得模糊不清。

古希腊喜剧结构有 6 个部分:开场;进场;对驳场,表现矛盾高潮;评议场;插曲,歌队发表意见;退场,大团圆,歌队最后一次歌舞。

流传下来的古希腊喜剧作品的作家是阿里斯托芬(约前 448—前 380 年)。阿里斯托芬被称为“喜剧之父”,他生活于雅典城邦民主制危机时代,相传写作喜剧 40 余部,流传下来 11 部,如《阿卡奈人》《鸟》《骑士》等。阿里斯托芬作品的题材取自现实生活,很少用神话,内容反映当时重大的政治问题和社会问题,干预时政,批判社会。阿里斯托芬的喜剧是政治讽刺剧,讽刺当权人物,讽刺对象都源于生活中的某个人。这一点受到权势人物的反对,雅典法律于公元前 416 年禁止讽刺个人。阿里斯托芬的喜剧人物缺少个性,惯用夸张手法来产生喜剧效果,是一种“漫画喜剧”。“开场”充满民间滑稽剧的插科打诨,但主题严肃。恩格斯称阿里斯托芬是“有强烈倾向的诗人”。

阿里斯托芬的喜剧《鸟》是一部纯幻想性的作品。鸟们在天空中建成了一个“云中鹁鸪国”,这里没有压迫,人人平等,劳动是生存的唯一条件。这是欧洲文学中最早的“乌托邦”思想的形象表现。在艺术性方面,《鸟》无疑是阿里斯托芬最优秀的作品。剧中情节丰富多彩,由合唱队扮演的飞鸟出入林间,五色缤纷。全剧富于幻想,抒情气氛浓厚。在阿里斯托芬的剧作中,这部喜剧的结构最完整。

阿里斯托芬还是欧洲文艺批评的奠基人之一。他关于文艺的言论散见于《蛙》《地母节妇女》等剧中。

第二节　三大悲剧诗人

古希腊戏剧在雅典全盛时期达到了高峰,涌现出了著名的三大悲剧诗人埃斯库罗斯、索福克勒斯、欧里庇得斯。他们的戏剧创作,反映了雅典城邦民主制发展时期的社会生活。

一、埃斯库罗斯(约前525—前456年)

埃斯库罗斯是古希腊悲剧的开创者,生活于雅典城邦民主制形成时期。他的剧作提倡民主精神,反对僭主制度,反对不义战争。他在悲剧艺术和演出技巧方面进行了很多改革,因此被称为"悲剧之父"。

(一)埃斯库罗斯的生平

约公元前525年,埃斯库罗斯生于古希腊的厄琉西斯的一个贵族之家。他经历了雅典从一个普通城邦上升为德利亚联盟"盟主"的历史巨变。公元前490年波斯军队入侵希腊,作为坚定的爱国者,埃斯库罗斯参加了著名的马拉松战役。公元前480年,雅典人在萨拉弥斯水域大败波斯海军,次年又在陆路的普拉泰亚重创波斯陆军,埃斯库罗斯亦可能在这两次战役中效力。埃斯库罗斯似乎采取了有保留地支持民主派的立场。埃斯库罗斯曾二访西西里,并应僭主希厄荣请求上演了一场《波斯人》。和其他早期悲剧诗人一样,埃斯库罗斯亲自参加演出。他增设了第二位演员,使严格意义上的戏剧对话成为可能。公元前456年,这位被后人尊为"悲剧之父"的诗人埃斯库罗斯卒于西西里的格拉。

(二)埃斯库罗斯的创作及其代表作《俄瑞斯忒亚》

史料中关于埃斯库罗斯的创作,在作品数量的记载上颇有出入,约在80～90部剧作之间。埃斯库罗斯从青年时代起开始写作,至公元前484年首次夺魁,一生中共13次获胜。埃斯库罗斯的悲剧完整传至今天的共有7部作品,即《波斯人》《七将攻忒拜》《祈援人》《俄瑞斯忒亚》(包括《阿伽门农》《奠酒人》《报仇神》)《被缚的普罗米修斯》。就现存的剧作看,埃斯库罗斯的创作绝大部分采用神话题材,一般使用三联剧的形式(又称为"三部曲")。只有《波斯人》是唯一取材于现实生活(希腊与波斯的战争)的单部悲剧。

《俄瑞斯忒亚》无疑是埃斯库罗斯悲剧作品中的翘楚,也是流传至今的唯一一部完整的古希腊三联剧。剧情取材于希腊神话,以阿耳戈斯国王阿特柔斯家族的世仇为背景。《阿伽门农》讲述了阿特柔斯之子阿伽门农献祭女儿的经过,以及阿伽门农在荡平特洛伊后返回家乡，被王后克吕泰墨斯特拉所杀。《奠酒人》描写了阿伽门农之子俄瑞斯忒斯回国，遵照阿波罗的谕令，先杀母亲的情人埃吉斯托斯，经犹豫复杀母亲，在复仇女神追踪下逃离。《报仇神》描写了俄瑞斯忒斯按照太阳神的指令前往雅典，求雅典娜帮助。当俄瑞斯忒斯被复仇女神指控后，经法庭审判，定罪票与赦罪票持平，雅典娜最终投赦罪票赦免被告。这个三部曲的基本主题是反映父权制对母权制的斗争和胜利。

《被缚的普罗米修斯》取材于普罗米修斯盗天火给人类而受到宙斯惩罚的神话。普罗米修斯因为盗天火给人类，宙斯惩罚他，让火神和匠神赫淮斯托斯打造钢镣铐锁，把普罗米修斯绑缚在高加索荒凉的悬崖上，宙斯每天派恶鹰来啄食他的肝脏，晚上又使肝脏长好。但他仍然不向宙斯妥协。在埃斯库罗斯笔下，普罗米修斯事实上是一个伟大的英雄形象，是人类的恩神。他为人类盗火而遭受无穷无尽的折磨。他是心甘情愿地为人类而做出这一切的。他的所作所为表现出一种伟大的自我牺牲精神。正是由于这一点，马克思才说普罗米修斯是“哲学的日历中最高尚的圣者和殉道者”。

（三）埃斯库罗斯悲剧的艺术特征

埃斯库罗斯的悲剧气势磅礴，线条粗犷，手法大刀阔斧，纵横捭阖，并不精雕细琢，而且布局开阔豪放，充分利用三部曲的篇幅，以大容量的构思展现异常激烈的冲突。

埃斯库罗斯采用被亚里士多德称为“简单剧”的形式，平铺直叙，并不注重内容上的精巧接连。例如《俄瑞斯忒亚》借助三部曲各自独立又互相关联的总体格局，借助克吕泰墨斯特拉在三出剧中的出现统贯全剧，描述了一幕幕惊心动魄的场面，较成功地把握了作品的节奏，虽然没有“突转”和“发现”的帮衬，但埃斯库罗斯以自己的方式，完善了悲剧艺术的组合形式，相当深广地发掘了题材的潜力，为后世剧作家提供了宝贵经验。

埃斯库罗斯继承了荷马的带有浓烈悲剧色彩的世界观。在《俄瑞斯忒亚》中，他通过对阿特柔斯家族的世仇描述，深化了古希腊文学所一再强调的命运主题，表述了人的生存始终与痛苦相伴，受到灭顶之灾和常处于身不由己的状态之中，家族仇恨具有世代相传的特点，祖先欠下的血债将由子孙偿还。生活的险恶或许超过人们想象的程度，血污带来的报复令他们毛骨悚然。

埃斯库罗斯的深刻不仅在于对命运主题的“负面”认识，还在于对命运主题的“正面”思考。在他看来，善与恶、美与丑、正确与错误等都不是孤立的概念，“对”中往往包含“错”的基因，而“错”也往往具备“对”的理由。生活的险峻或许并非因为人们难以从善，而是因为他们常常无法避恶。错的举动自然会受到报应，但对的行为也可能使人家破人亡。在《俄瑞斯忒亚》三部曲中，作为统帅，阿伽门农有理由维护全军利益，服从宙斯意志，杀祭自己的女儿；而作为女儿的母亲，克吕泰墨斯特拉也有理由报复丈夫的“恶行”。在该剧中，克吕泰墨斯特拉声称杀夫是实践神的意志，正义在她一边，埃吉斯托斯也认为自己没错。然而严酷的现实是，阿伽门农攻克了特洛伊城堡却倒毙在自家的澡盆里；其妻报了杀女的怨仇也被自己的儿子所杀。俄瑞斯忒斯必须在两种“对”之间选择：替父报仇或让母亲存活。然而不管他做何种选择，结果都走向“对”的反面，并因此而受到惩罚：倘若杀母，他将受到母亲的复仇精灵的报复；如果放过母亲，他又会得罪父亲的复仇精灵，结果同样糟糕。两千多年后，黑格尔基本重复了埃斯库罗斯的观点，指出古希腊悲剧的精髓，就在于凸显了冲突双方在实现自己片面的伦理要求时道德力量的局部的“对”与“对”的抗争。

在艺术手段方面，埃斯库罗斯不以对人物性格的刻画见长，而以置景的浪漫、形式的光怪陆离著称。他的文风刚健雄奇，文字古朴瑰丽且形象化，表现力很强。作为剧作家，他使用明喻的技巧似乎不如荷马，但他无疑擅长创造隐喻（包括转喻、提喻等），无须刻意思索，似乎信手拈来。在《阿伽门农》里，处于极端亢奋之中的克吕泰墨斯特拉，把胜利归来的丈夫比作“一条牧狗”“前顶的支索”“坚实的长柱”“父亲的唯一儿子”“船员眼中的大地”“黑夜和风暴之后最为绚丽的曙光”“潺潺的流水，使口干舌燥的路人心花怒放”。

埃斯库罗斯对悲剧艺术做出了巨大的贡献：他增加了第二个演员，加强了戏剧性的对话；他首创了“三联剧”的艺术形式；他在演出技巧方面进行了很多改革，首先利用了画景、高底靴、定型面具和鲜明艳丽的服装等，对希腊戏剧艺术和悲剧发展具有奠基作用，因此被后人称为“悲剧之父”。

二、索福克勒斯(约前 496—前 406 年)

索福克勒斯是雅典城邦民主制繁荣时期的悲剧诗人。他的创作标志着希腊悲剧进入了成熟的阶段,被文学史家们誉为“戏剧艺术的荷马”。

(一) 索福克勒斯的生平

关于索福克勒斯的生平,史料并没有留下多少清楚的记载。一般认为,索福克勒斯生于雅典附近的克罗诺斯的一个富裕家庭,曾受过很高的教育,在音乐与体育这两种古希腊最重要的教育方面受过严格的训练,且在这两方面得过花冠奖品。少年时代他曾以美貌和音乐天赋引导过庆贺萨拉弥斯海战胜利的歌队。为了抗击波斯人,小亚细亚沿岸和爱琴海中绝大部分海岛于公元前 478—前 477 年组成“德利亚联盟”,公推雅典为盟主。公元前 443 年他出任联盟的财政总管,后又两次担任重要的将军职务。公元前 431 年伯罗奔尼撒战争爆发,翌年雅典流行瘟疫,当公元前 420 年崇祭医圣阿斯克勒庇俄斯的礼仪传入雅典时,他担任祭司之职。索福克勒斯早年就盛名远扬,他于公元前 468 年初次在戏剧上崭露头角,那时他约 27 岁,在戏剧竞赛中总能获得胜利,很能得雅典人的欢心。自从公元前 468 年索福克勒斯在戏剧比赛中赢了埃斯库罗斯,到 72 岁后败给欧里庇得斯,其间罕有人能与之匹敌。索福克勒斯的一生大抵是平静而成功的。阿里斯托芬曾称赞他“生前完满,身后无憾”。古今的批评家都认为索福克勒斯是古希腊最伟大的悲剧诗人。他的悲剧风格雄壮,艺术表现完美,很受文学评论家称誉。

(二) 索福克勒斯的创作及其代表作《俄狄浦斯王》

索福克勒斯是一位多产的作家、一个虔诚的悲剧诗人。他的悲剧是雅典城邦民主制盛极而衰时期社会生活的反映。据说索福克勒斯写了 100 余个剧本,一共得了 18 次悲剧头奖。索福克勒斯的悲剧现存 7 部,即《埃阿斯》《安提戈涅》《俄狄浦斯王》《特拉基斯妇女》《厄勒克特拉》《菲洛克忒忒斯》《俄狄浦斯在克罗诺斯》。

索福克勒斯的代表作是被亚里士多德尊为悲剧典范的《俄狄浦斯王》。

《俄狄浦斯王》取材于希腊神话传说中关于俄狄浦斯杀父娶母的故事,展示了富有典型意义的希腊悲剧冲突——人的意志与命运的冲突。

这个悲剧,在希腊神话传说中有比较完整的前因后果的叙述。拉伊俄斯是忒拜国王拉布达科斯的儿子,他幼年丧父,监护人被政敌杀害,被夺去作为忒拜国王的一切权力。后来拉伊俄斯投奔了珀罗普斯,为珀罗普斯的儿子克律西波斯做家庭教师。可是拉伊俄斯爱恋上了美少年克律西波斯,将其诱拐并导致其死亡。珀罗普斯认为拉伊俄斯背叛并杀害了自己的儿子,就将"会被自己的儿子杀死"的诅咒施给了拉伊俄斯。再后来,拉伊俄斯成为忒拜国王,与伊俄卡斯忒结婚,这个来自珀罗普斯的诅咒——"将被儿子所杀"的神谕再一次出现。对这个预言和神谕感到万分恐惧的拉伊俄斯为了避免子嗣的降生,一直回避和妻子伊俄卡斯忒同房。拉伊俄斯在某日醉酒之后和妻子伊俄卡斯忒的一夜交合,导致了俄狄浦斯的降生。因为惧怕神谕,王后亲手把这婴儿交与一个仆人,吩咐把他弄死。这个仆人是拉伊俄斯家中的奴隶,因此很得主人信任。拉伊俄斯每年叫他上喀泰戎山上去牧羊,他在山上结识了科任托斯国王的仆人。拉伊俄斯的仆人可怜这孩子,把他交给了科任托斯国王的仆人,这个仆人把这孩子交给了科任托斯国王,科任托斯国王没有子嗣,便把这婴儿养为己有,奉他做太子。因为婴儿的足部钉上了铁丝,双脚肿胀,就给这孩子取名"俄狄浦斯",意思是"双脚肿胀的人"。他一直长到成人从未怀疑自己是国王的亲生儿子。但是有一天,一位客人在宴会里喝醉了,说俄狄浦斯并不是国王的亲生儿子。于是,俄狄浦斯跑去问国王和王后,他们痛斥了那醉汉,安慰了俄狄浦斯,但俄狄浦斯觉得到处都有人在议论他,便决心亲自去神庙求问太阳神。太阳神没有告诉俄狄浦斯他的亲生父母是谁,却说他会承受祖上之罪的惩罚,杀父娶母。俄狄浦斯为避免神谕成真,决定逃离命运的惩罚,离开科任托斯并发誓永不再回来。

他离开了神庙,在逃离的路上,当他走到一个三岔路口时,和忒拜国王拉伊俄斯及他的四个随从相遇。因为让路的事,他们粗暴地殴打俄狄浦斯。俄狄浦斯一怒之下杀死了拉伊俄斯和他的三个随从。第四个随从逃回忒拜城,说是一大群强盗杀害了国王他们。这个随从正是从前去抛弃那婴儿的牧人。俄狄浦斯就这样为了逃避神谕的厄运，在毫不知情的情况下，成了杀父的罪人。

索福克勒斯在悲剧《俄狄浦斯王》中，运用追溯的艺术方法，开头就是当俄狄浦斯勤勉地治理忒拜城十六年后，忒拜城发生了肆虐的瘟疫，人们聚集到王宫前向国王俄狄浦斯乞援。神示必须追查并且严惩那玷污了忒拜城、杀死先王拉伊俄斯的凶手，瘟疫才会消除。俄狄浦斯坚持不懈地追查凶手，一次次的查访最后都指向俄狄浦斯自己，一切都应验了，最终杀父娶母的命运还是降临到了他的身上。结果王后明白了一切，她绝望地冲进王宫，悲叹着自己的不幸而自尽，俄狄浦斯疯狂地叫着冲进卧房，发现伊俄卡斯忒已经悬梁自尽。他百感交集，从王后的尸体上摘下两支金别针，刺瞎自己的双眼。他把两个女儿托付给克瑞翁，按自己的诅咒自我放逐异邦接受惩罚。剧情到此结束。

《俄狄浦斯王》这部悲剧，从忒拜父老请求俄狄浦斯王设法消除瘟疫开始，描写了人的意志和命运的矛盾冲突，表现了善良刚毅的英雄俄狄浦斯在和邪恶命运的搏斗中遭到不可避免的毁灭，歌颂了具有独立意志的人的勇敢坚强的斗争精神，反映了当时奴隶主民主派的思想特征。

在这部悲剧中，“命运”被描写成一种巨大力量，它像一个魔影，总在主人公行动之前设下陷阱，使其步入罪恶的深渊。在诗人索福克勒斯的眼里，命运的力量是巨大的、不可抗拒的，命运的性质是邪恶的。因该剧主要表现了人的意志和命运的矛盾冲突，所以被称为“命运悲剧”。

《俄狄浦斯王》表现了人的意志与命运的冲突，在承认命运威力的同时，强调了人抗争命运的精神和自由意志。出于强烈的自由意志，不甘犯下十恶不赦的大罪，俄狄浦斯竭力抗拒杀父娶母的厄运；出于强烈的自由意志，想拯救城邦于水深火热之中，俄狄浦斯才求神免灾；出于强烈的自由意志，要为城邦尽职尽责，主持正义，铲除恶人，俄狄浦斯才亲自审理逆伦案；同样出于强烈的自由意志，当命运的绳索无情地套在自己这个无辜者的脖子上的时候，即使是满腔悲愤，俄狄浦斯还是自己刺瞎自己的双眼，主动请求城邦放逐了自己。然而，命运是无情的，它不因为俄狄浦斯是无辜的，就不再伸出它的魔爪；命运是强大的,它也不因为俄狄浦斯一再地逃避,一再地表现出人的自由意志,就放弃了它的肆虐——它像复仇女神一般,疯狂地追逐着俄狄浦斯,直至俄狄浦斯被公开地送上伦理的审判台。

索福克勒斯在表现人的自由意志与无法摆脱的厄运的冲突过程中,不但写出了人的自由意志的积极性、可贵性,而且与此同时,他也为千百年来一直支配着人类、压迫着人类、人类始终不敢审视的命运,画上了一个大大的问号,让人们对命运的公正性、合理性产生怀疑。这是《俄狄浦斯王》这部作品极具积极意义的一面。

俄狄浦斯是理想化的英雄。亚里士多德在《诗学》中认为,索福克勒斯按照人应当有的样子来描写,欧里庇得斯则按照人本来的样子来描写。索福克勒斯写的多是理想化的人物,欧里庇得斯写的则是现实的普通人。

作为理想化的英雄,俄狄浦斯在邪恶的命运面前总是努力抗争,而不是消极顺从,并且敢于面对现实,勇于自我惩处。俄狄浦斯的悲剧不是有意杀父娶母的结果,而是毫无犯罪动机,在竭力摆脱厄运时不知不觉地犯了罪,诗人通过主人公俄狄浦斯极力逃避犯罪,认真追查凶手和严厉地自我惩处,充分表现了俄狄浦斯诚实、正直、善良、坚强的优秀品质与敢于直面严酷现实、勇于承担责任的刚毅精神。

(三)索福克勒斯悲剧的艺术特征

索福克勒斯对悲剧的发展做出了巨大贡献,艺术成就突出:他增加了第三个演员,使对话和剧情变得复杂化,减轻了歌队的作用;他打破了埃斯库罗斯的"三联剧"的传统,在单部剧中使矛盾冲突更为集中;他改进了剧景以便于更换地点,还改进了服装,改进了剧中音乐。也正因此,他被文学史家誉为"戏剧艺术的荷马"。

首先,索福克勒斯悲剧创作的艺术特征表现在精妙的布局结构上。例如在《俄狄浦斯王》中,索福克勒斯继承了荷马史诗的倒叙式结构,剧情从临近结尾的高潮处写起,把追查凶手作为全剧的起爆点,强化了西方文学从高潮处写起的叙事传统。它优化了情节的组合,根据剧情发展的需要,设置多种互为关联的铺垫,巧妙地组织情节,细致合理地使用每一个事件;他善于处理巧合,把每个人物的出现、每一段台词的朗诵纳入剧情的轨道。诗人创造性地运用了一系列技巧,诸如惊异、悬念、突转、渲染，每一技巧都是前一技巧的发展，有很强的逻辑性。索福克勒斯的前情交代处理得十分精妙，使它成为剧情发展的动力。各个部分衔接巧妙，互为呼应，形成整体网状态势，通过情节的“突转”和人物的“发现”把剧情推向高潮。

其次，索福克勒斯悲剧创作的艺术特征还表现在善于刻画人物性格方面。诗人把性格的形成看作是一种目的明确的行动的必然产物。在《俄狄浦斯王》中，索福克勒斯用整部剧作的篇幅表现俄狄浦斯决心“找见真情”的行动过程。在这一动机的驱使下，俄狄浦斯一查到底，百折不回，表现了一位悲剧英雄必备的主动精神和豪迈气概。诗人突出了俄狄浦斯作为一个行动者所具有的魄力，用反复出现的“行动”烘托戏剧氛围的形成，为了保护城市“我将采用一切举措”。俄狄浦斯行动果敢，办事迅速，“赶快”“要快”是他的常用词语。当天要办的事俄狄浦斯不会拖到明天：当他想要牧羊人的证明时，便下令让此人马上过来。然而，坚强意志和不拖泥带水的作风在提高了办事效率的同时，也暴露了他性格的弱点：虽不轻易动怒但一旦爆发就会干扰理智的判断。如当预言者忒瑞西阿斯最终说出俄狄浦斯自己就是不洁的罪人时，俄狄浦斯怒不可遏，粗暴地赶走了忒瑞西阿斯；多年以前，也正是他的暴怒，在三岔路口杀死拉伊俄斯，应验了阿波罗的“杀父”谕言。诗人笔下的主人公俄狄浦斯无疑具有某种性格上的弱点，但这种弱点既是主人公整体性格的组成部分，又是主人公优点的必然或自然的延伸。

三、欧里庇得斯(约前480—约前406年)

欧里庇得斯被称为“舞台上的哲学家”，他生活于雅典城邦民主制由繁荣转衰落时期，是古希腊三大悲剧诗人之一。欧里庇得斯的作品反映了当时雅典城邦民主制度衰落时期的政治和思想危机，真实地揭示了雅典城邦民主制衰落时期存在的各种社会问题，特别是内战问题和妇女命运问题。欧里庇得斯是欧洲文学史上“社会问题剧”的创始者，也是第一个关怀妇女并大量地描写了妇女命运的悲剧诗人。由于欧里庇得斯的悲剧作品中出色的心理描写，他也被称为心理戏剧的鼻祖。

（一）欧里庇得斯的生平

根据有限的记载，欧里庇得斯出身于拥有土地的贵族家庭，少年时和一般贵族子弟一样，学习过摔跤与拳术，并且在雅典和厄琉西斯的运动会上得过奖。年轻时曾参加过只有贵族子弟才能参加的敬奉阿波罗的歌舞队和火炬游行。欧里庇得斯大概继承过一大笔财产，因此有钱购置许多书籍（抄本），他是第一个有大藏书室的雅典人。欧里庇得斯很少参加公共生活，很少担任公共职务，只做过阿波罗庙的祭司，出使过叙拉古。欧里庇得斯很早就醉心于哲学，喜爱宁静淡泊、深思默察的生活。他渴望和平，呼吁人们挂起盾牌，放下戈矛，读读圣贤的名言。可是他并不是一生都过着恬静的生活，他曾经服过长时期的兵役。

欧里庇得斯身为贵族，却突破了他所受的阶级限制，成为民主派的拥护者。他提倡民主精神，认为全体公民在法律面前一律平等，人人都有发言权。这种思想在他的剧中处处可见。他同情穷苦的人，特别是穷苦的农人，认为他们有德行，有正义感。在欧里庇得斯看来，决定命运的不再是神明，而是个人的自由意志。所以，欧里庇得斯对宗教信仰采取了怀疑态度，他否定神话里的不合理成分，攻击预言者，攻击神谶所，在他现存的每一出剧里都对神表示怀疑，甚至责备天神嫉妒、残忍、不道德、害死了好人的恶行。由此可见，欧里庇得斯对不义的战争、男女间的不平等关系、民主制度、贫富问题、宗教信仰以及奴隶问题所抱的态度，他在悲剧创作中借用神话传说暴露和批判的种种不合理的社会现象，都具有极大的进步意义。

在晚年，欧里庇得斯由于反对侵略战争，反对雅典对盟邦的暴政，对神表示怀疑，以至于不见容于雅典当局，只能以 70 多岁的高龄离开雅典，于公元前 408 年左右来到马其顿，客居在阿耳刻拉俄斯的宫中，约于公元前 406 年在马其顿去世。

（二）欧里庇得斯的创作及其代表作《美狄亚》

欧里庇得斯大概从 18 岁开始写戏，到去世前，至少写了 90 余部剧本，其中我们知道剧名的有 81 部，完整流传下来的有 18 部。这些剧本中较为重要的有《美狄亚》《希波吕托斯》《安德洛玛刻》《特洛伊妇女》等。

欧里庇得斯所处的时代是充满了矛盾的时代。当时雅典城邦存在着多种复杂的矛盾，有希腊奴隶主与奴隶之间的矛盾、城市新兴富豪与贫民之间的矛盾、雅典贵族的寡头派与工商界的民主派之间的矛盾、由雅典对外的政治和经济压力所引起的雅典与它的盟邦之间的矛盾、雅典集团与斯巴达集团之间的政治和经济矛盾，等等。这些矛盾逐渐发展，等到内战爆发后，它们便日益尖锐化，以至于引起雅典经济的破产、一般平民的贫困化、社会道德的堕落。欧里庇得斯的作品反映了当时的社会矛盾和社会问题。他反对内战，反对虐待妇女，拥护民主，对神表示怀疑，同情穷人和奴隶。因此，在欧里庇得斯的悲剧作品里，社会问题才表现得特别鲜明和集中，普通人的形象才逐渐取代神的形象而具有了重要地位，心理描写才更为深刻。

谴责侵略者、维护正义，是欧里庇得斯悲剧的主题思想之一。《赫剌克勒斯的儿女》《请愿的妇女》和《特洛伊妇女》就属于这一类的悲剧。《赫剌克勒斯的儿女》剧中的雅典国王得摩丰是为了拯救赫剌克勒斯的儿女，才同阿耳戈斯国王欧律斯透斯打了一仗。这说明诗人同情被侵略的弱者。《请愿的妇女》剧中的雅典国王忒修斯为了帮助阿耳戈斯妇女收回她们儿子们的尸首，同忒拜人打了一仗。反对侵略战争、对侵略者深恶痛绝、对被摧残者深刻同情等思想在《特洛伊妇女》一剧中表现得最为突出。

欧里庇得斯现存的剧本多数是家庭悲剧。在氏族社会开始瓦解的时期，妇女的地位还是相当高的，但是到了公元前 6 世纪和 5 世纪期间，希腊经过土地立法，私有财产的发展使家庭制度巩固下来，婚姻制度便逐渐固定为一夫一妻制。然而所谓“一夫一妻制”，不过是对妇女的一夫一妻制，而不是对男子而言。雅典妇女须严守贞操，甚至被禁锢在闺阁中。一般说来，她们不得参加公共生活，更说不上享受政治权利，而男子则可以有外室，或是在外面胡作非为，不受任何法律或道德力量的约束，因此雅典妇女的地位差不多降到奴隶的地位了。有的妇女不堪压迫，起而反抗，造成无数的家庭悲剧。欧里庇得斯的《美狄亚》《阿尔刻提斯》《伊翁》，都是批判雅典家庭制度的不合理和男女地位不平等的重要剧作。其中，《美狄亚》是这一主题的杰出作品，也是欧里庇得斯的代表作，被公认为最动人的希腊悲剧之一。

《美狄亚》取材于希腊神话中关于伊阿宋盗取金羊毛的英雄传说。它的剧情是这样的:伊俄尔科斯王子伊阿宋向篡夺王位的叔叔珀利阿斯讨回权杖和王位,珀利阿斯装作愿意让位,但是他必须去追回在科尔喀斯王国的金羊毛,并声称这是他们家族的财产。伊阿宋上了叔叔的当,带着希腊众英雄坐着大船阿耳戈号前往科尔喀斯去取金羊毛。科尔喀斯国王逼着他去驾两条喷火的牛来犁土,再战胜从那土里种出来的武士。此外他还得战胜那条盘绕着金羊毛的长龙。科尔喀斯国王有一个女儿名叫美狄亚,是个巫女。她爱上了伊阿宋。痴心公主美狄亚为了爱情背叛了父亲,帮助伊阿宋闯过了危险,盗取了金羊毛,杀死了前来追赶的亲弟弟,跟着伊阿宋离开故乡来到了遥远的国度伊阿宋的家乡伊俄尔科斯。

在伊俄尔科斯,美狄亚用巫术谋杀了伊阿宋的仇人珀利阿斯国王。因此伊阿宋和美狄亚被赶出家乡,带着两个儿子逃到了科任托斯。在那儿,夫妇二人开始生活得十分和睦,后来伊阿宋为了王位和财富抛弃了美狄亚,另娶科任托斯国王克瑞翁的女儿。美狄亚绝食痛哭,痛恨忘恩负义的伊阿宋。克瑞翁国王命令把美狄亚和她的儿子驱逐出去。美狄亚委屈地假意奉承,才得到国王的许可再住一天。雅典的国王埃勾斯经过这里,知道了美狄亚的遭遇,同情美狄亚,憎恶伊阿宋的行为。美狄亚请求埃勾斯让自己能够在他的雅典城邦得到一个安身之所,并且允诺用巫术来满足他求子嗣的心愿,因此他立刻就答应了美狄亚的请求。安排好了自己的后路,美狄亚就开始了报复伊阿宋的计划。

美狄亚打发她的老仆人请来了伊阿宋,谎称她已经改变了主意,求他帮忙向国王和公主呈请收回放逐她的儿子的命令。为要表达她的谢意,她要打发两个儿子送一件漂亮衣袍和一顶金冠进宫献与公主,作为求赦的礼物。

伊阿宋相信了美狄亚,于是带着两个儿子捧着衣袍和金冠进宫献与公主。不久,伊阿宋的佣人急忙奔来告诉美狄业赶快逃跑,因为公主穿戴上美狄亚让儿子捧送的衣袍和金冠以后,就被那上面的毒火烧死,国王跑来抱着公主的尸体,也一同被烧死了。美狄亚的报复计划得逞。她想到自己的儿子会死在那些替国王和公主报仇的人手中的惨状，于是就痛苦地亲自把儿子杀了。当伊阿宋带着随从前来责骂美狄亚谋杀了国王和公主并想拯救他的儿子时，美狄亚携着孩子的尸体自屋顶上乘着龙车出现，宣告了她的胜利，逃到雅典去了。

美狄亚爱上伊阿宋，为了伊阿宋，盗了镇国之宝，杀了弟弟，逃离了自己的国家。而伊阿宋却为了王位财富抛弃她，另娶科任托斯公主，科任托斯国王还要把她驱逐出境。美狄亚个人和压迫妇女的社会之间的矛盾就是这样开始的。

前面已经说过古希腊妇女在社会上完全没有地位，美狄亚无法借助社会力量来反抗压迫，在迫不得已的情况下，她采取了仇杀的办法复仇。

欧里庇得斯深深同情美狄亚的遭遇，痛恨当时男权社会对待妇女的不平等，赞成妇女的反抗。对于这个主题思想，作者一是通过美狄亚的个性描写呈现的。美狄亚是一个热情、聪明、勇敢的女性，她爱丈夫，爱儿子。为了他们的幸福，美狄亚曾经做了彻底的自我牺牲。当她被虐待、被抛弃、被驱逐，她才决心坚决反击。二是通过人物的内心冲突深刻地表现出来的。杀害自己的孩子，她不忍下手，犹豫、迟疑，内心充满搏斗。弃妇的恨和慈母的爱，在她心里展开了剧烈的冲突。她内心矛盾的高潮特别表现在第五场的独白里。神话传说中美狄亚的孩子是被科任托斯的人杀害的，而欧里庇得斯却叫他们死在美狄亚手中，可见欧里庇得斯表现美狄亚内心冲突的深刻性。

伊阿宋为了金钱，贪求权力，抛弃美狄亚，和公主结婚，却又虚伪地说他这样做是为孩子们着想，口口声声说他不愿对不住朋友，甚至在“退场”里还悲叹他不能享受新婚的快乐，可谓卑鄙和自私到了极点。在神话传说中，伊阿宋是个英雄。在欧里庇得斯的悲剧中，英雄已经失去了往昔的光彩，蜕变成了一个见利忘义、喜新厌旧的小人。伊阿宋就是一个典型的例子。因此可以说，欧里庇得斯的创作标志着“英雄悲剧”的终结。

美狄亚不是传统的贤妻良母形象，她以她的性格力量著称。她是西方文学史中第一个不甘愿被男性抛弃侮辱的女性形象，也是著名的复仇女性形象。欧里庇得斯通过《美狄亚》反映了妇女的不幸婚姻问题，揭示了妇女不幸婚姻的根源即社会地位问题。虽然它采用的是神话题材，但具有强烈的现实主义精神，具有突破时代局限的进步意义。

（三）欧里庇得斯悲剧的艺术特征

古希腊悲剧到了欧里庇得斯手中，在形式上已经相当完备。随着悲剧内容的革新，他在创作方法上有两点伟大的贡献，一是写实手法，二是心理分析。

因为写实手法的成功运用，欧里庇得斯的创作标志着旧的“英雄悲剧”的终结。索福克勒斯曾经说过，他的人物是理想的，而欧里庇得斯的人物则是真实的。这一语道出了古希腊悲剧的发展变化过程。

埃斯库罗斯和索福克勒斯剧作中的人物绝大多数是理想化的英雄人物。欧里庇得斯首先用日常生活来作题材，在他的剧作中，神话中的人物与现实中的普通人相去不远，例如《特洛伊妇女》剧中所描写的海伦简直像个搔首弄姿的妓女，他甚至把农人和奴隶当作他的悲剧中的角色。从这一点可以看出，欧里庇得斯使悲剧接近了生活，还可以看出他对被剥削、被压迫的阶级采取了新的看法。

欧里庇得斯的悲剧风格质朴而写实：语言流畅自然，对话有散文化的趋势，接近口语，明白清楚，容易听得懂，读得懂。

欧里庇得斯善于描绘人物的心理，特别是妇女的心理。《希波吕托斯》写变态的恋爱心理，《赫卡柏》写复仇的心理，《伊翁》写嫉妒的心理，《酒神的伴侣》写疯狂的心理。欧里庇得斯都是通过人物的内心描写来表达深刻思想的，这在古希腊文学里是难能可贵的。欧里庇得斯很能了解妇女的心理，尤其是在其代表作《美狄亚》中，对美狄亚爱而恨、恨而爱的矛盾心理以及杀子惩夫的复杂复仇心理的描写，具有极大的震撼力和感染力。因此有人说，欧里庇得斯首先在希腊文学的领域里发现了女人。

此外，欧里庇得斯基本消解了歌队的作用。在他的悲剧中歌队逐渐失去了重要性，成为剧中的装饰品，对剧情的发展没有什么帮助。在欧里庇得斯看来，歌队是剧情发展的障碍，可是古希腊戏剧的露天演出又少不了它（其功用与现代舞台上的布幕相似），所以欧里庇得斯把它摆在不显要的地位上，这显示了戏剧形式的新发展，即朝着现代剧的方向发展。

思考题

1. 三大悲剧诗人的创作特点有什么不同？他们对戏剧艺术发展的贡献各有哪些？

2. 如何理解《俄狄浦斯王》的悲剧性？

3. 美狄亚这一形象塑造反映了希腊文学怎样的文化特质？

推荐阅读图书

1. 埃斯库罗斯，等. 古希腊悲剧喜剧全集[M]. 张竹明，王焕生，译. 南京：译林出版社，2007.

2. 埃斯库罗斯悲剧三种 索福克勒斯悲剧四种[M]//罗念生. 罗念生全集：第二卷. 上海：上海人民出版社，2004.

3. 欧里庇得斯悲剧六种[M]//罗念生. 罗念生全集：第三卷. 上海：上海人民出版社，2004.

附录一 埃斯库罗斯的悲剧《普罗米修斯》精彩篇章选读[①]

第一场

【歌队长】 请把整个故事讲给我们听，告诉我们，为了什么过失，宙斯把你捉起来，这样不尊重你，狠狠地侮辱你？如果说起来不使你苦恼，就请告诉我们。

【普罗米修斯】 这故事说起来痛苦，闷在心里也痛苦，总是难受啊！

当初神们动怒，起了内讧：有的想把克洛诺斯推下宝座，让宙斯为王；有的竭力反对，不让宙斯统治众神。我当时曾向提坦们，天和地的儿女，提出最好的意见，但是劝不动他们；良谋巧计他们不听；他们仗恃自己强大，以为可以靠武力轻易取胜。我母亲忒弥斯——又叫该

① 埃斯库罗斯悲剧三种 索福克勒斯悲剧四种[M]//罗念生. 罗念生全集：第二卷. 上海：上海人民出版社，2004：103-108.

亚，一身兼有许多名称——时常把未来的事预先告诉我，她说这次不是靠膂力或者暴力就可以取胜，而是靠阴谋诡计。我曾把这话向他们详细解释，他们却认为全然不值得一顾。我当时最好的办法，似乎只好和我母亲联合起来，一同帮助宙斯，我自己愿意，也受欢迎。由于我的策略，老克洛诺斯和他的战友们全都被囚在塔耳塔洛斯幽深的牢里。天上这个暴君曾经从我手里得到这样大的帮助，却拿这样重的惩罚来报答我。不相信朋友是暴君的通病。

你问起他为什么侮辱我，我可以这样解答。他一登上他父亲的宝座，立即把各种权利送给了众神，把权力也分配了；但是对于可怜的人类他不但不关心，反而想把他们的种族完全毁灭，另行创造新的。除了我，谁也不挺身出来反对；只有我有胆量拯救人类，使他们不至于完全被毁灭，被打进冥府。为此，我屈服在这样大的苦难之下，忍受着痛苦，看起来可怜！我怜悯人类，自己却得不到怜悯；我在这里受惩罚，没有谁怜悯，这景象真是使宙斯丢脸啊！

【歌队长】 普罗米修斯，谁对你的苦难不感觉气愤，谁的心是铁打的，石头做的；我不愿意看见你遭受苦难；我一看见心里就悲伤。

【普罗米修斯】 在朋友们看来，我真是可怜啊！

【歌队长】 此外，你没有犯别的过错吧？

【普罗米修斯】 我使人类不再预料着死亡。

【歌队长】 你找到了什么药来治这个病呢？

【普罗米修斯】 我把盲目的希望放在他们心里。

【歌队长】 你给了人类多么大的恩惠啊！

【普罗米修斯】 此外，我把火也给了他们。

【歌队长】 怎么？朝生暮死的人类也有了熊熊的火了吗？

【普罗米修斯】 是啊；他们可以用火学会许多技艺。

【歌队长】 是不是为了这样的罪，宙斯才——

【普罗米修斯】 才迫害我，不让我摆脱苦难。

【歌队长】 你的苦难没有止境吗？

【普罗米修斯】 没有；除非到了他高兴的时候。

【歌队长】 什么时候他才高兴？你有什么希望？你看不出你有罪吗？可是说你有罪，我说起来没趣味，你听起来也痛苦。还是不提这件事；快想办法摆脱这苦难吧。

【普罗米修斯】 站在痛苦之外规劝受苦的人，是件很容易的事。

我有罪，我完全知道；我是自愿的，自愿地犯罪的；我并不同你争辩。我帮助人类，自己却遭受痛苦。想不到我会受到这样的惩罚：在这凌空的石头上消耗我的精力，这荒凉的悬岩就是我受罪的地方。

现在，请不要为我眼前的灾难而悲叹，快下地来听我讲我今后的命运，你们好从头到尾知道得清清楚楚。答应我，答应我，同情一个正在受难的神吧！苦难飘来飘去，会轮流落到大家身上。

【歌队长】 普罗米修斯，你的呼吁我们并不是不愿意听。我现在脚步轻轻，离开那疾驰的车子和洁净的天空——飞鸟的道路——来到这不平的地上；我愿意听你的整个苦难故事。

（歌队下了飞车，进入场中。）

（俄刻阿诺斯乘飞马自观众右方上。）

【俄刻阿诺斯】 普罗米修斯，我骑着这飞得快的马儿——没有用缰辔控制，它就随着我的意思奔驰——到达了这长途的终点，来到了你这里；因为我，你要相信，很同情你的不幸。我认为是血族关系使我同情你；即使没有亲属关系，我也特别尊重你。你会知道这是真心话；我从来不假意奉承。告诉我怎样帮助你；你决不会说，你有一个比俄刻阿诺斯更忠实的朋友。

【普罗米修斯】 啊，怎么回事？你也来探视我的苦难吗？你怎么有胆量离开那由你而得名的河流，离开那石顶棚的天然洞穴，来到这产铁的地方？你是不是来看我的不幸遭遇，对我的苦难表示同情和气愤？请看这景象，请看我，宙斯的朋友，曾经拥护他为王，如今却遭受苦难，被他压服了。

【俄刻阿诺斯】 我看见了，普罗米修斯；你虽然很精明，我还是要给你最好的忠告。

你要有自知之明，采取新的态度；因为天上已经立了一个新的君王。如果你说出这样尖酸刻薄的话，宙斯也许会听见，他虽是高坐在天上；那样一来，你现在为这些苦难而生的气就如同儿戏了。啊，受苦的神，快平息你现在的愤怒，想法摆脱这灾难吧！我这个忠告也许太陈腐了；但是，普罗米修斯，你的遭遇就是太夸口的报应。你现在还不谦逊，还不向灾难屈服，还想加重这眼前的灾难。你既看见一位严厉的、不受审查的君王当了权，你就得奉我为师，不要伸腿踢刺棍。

我现在去试试，看能否解除你的苦难。你要安静，不要太夸口。你聪明绝顶，难道不知道放肆的唇舌会招致惩罚么？

【普罗米修斯】 你有胆量同情我的苦难，又没有受罪之忧，我真羡慕你。现在算了吧，不必麻烦你了；因为他不容易说服，你绝对劝不动他。当心你这一去会给自己惹祸啊！

【俄刻阿诺斯】 你最善于规劝别人，却不善于规劝自己，这是我根据事实，不是根据传闻而得出的结论。我要去，请不必阻拦。我敢说，我敢说宙斯会送我一份人情，解除你的苦难。

【普罗米修斯】 你这样热心，我真是感激，永远感激。但请你不必劳神；即使你愿意，也是白费功夫，对我全没好处。你要安静，免得招惹祸事。我自己不幸，却不愿意大家受苦。不，决不；我的弟兄阿特拉斯的命运已经够我伤心了，他向着西方站着，肩膀顶着天地之间的柱子，重得很，不容易顶啊。当我看见那住在喀利喀亚洞里可怕的百头怪物，凶猛的堤福斯，地神的儿子，被暴力摧毁了的时候，我真是可怜他。他和众神对抗，可怕的嘴里发出恐怖的声音，眼里射出凶恶的光芒，就像要猛力打倒宙斯的统治权；可是宙斯不眨眼的霹雳向着他射来，那猛扑的闪电冒出火焰，在他夸口的时候，使他大吃一惊；他的心受了伤，骨肉化了灰，他的力量被电火摧毁了。到如今他那无用的直挺的残尸还躺在海峡旁边，被压在埃特那山脚底下，赫淮斯托斯坐在那山顶上锻炼熔化了的铁；总有一天，那里会流出火焰的江河，那凶恶的火舌会吞没出产好果子的西西里宽阔田地：那就是堤福斯喷出的怒气化成的可怕冒火热浪，虽然他已经被宙斯的电火烧焦了。

你并不是没有阅历，用不着我来教训你。快保全你自己吧，你知道怎么办；我却要把这眼前的命运忍受到底，直到宙斯心中息怒的时候为止。

【俄刻阿诺斯】 难道你不知道，普罗米修斯，语言是医治恶劣心情的良药吗？

【普罗米修斯】 如果话说得很合时宜，不是用来强消臃肿的愤怒，倒可以使心情平和下来。

【俄刻阿诺斯】 我这样热心，这样勇敢，你看有什么害处？告诉我吧。

【普罗米修斯】 那是徒劳，是天真的愚蠢。

【俄刻阿诺斯】 就让我害愚蠢的病吧；最好是大智若愚啊。

【普罗米修斯】 我派你去，就像是我愚蠢。

【俄刻阿诺斯】 你这话分明是打发我回家。

【普罗米修斯】 是的；免得你为我而悲叹，招人仇恨。

【普罗米修斯】 是不是招那刚坐上全能宝座的神仇恨？

【普罗米修斯】 你要当心，别使他恼怒。

【俄刻阿诺斯】 普罗米修斯，你的灾难是个教训。

【普罗米修斯】 快走吧，回家去吧，好好保持着你现在的意见。

【俄刻阿诺斯】 你这样说，我就走了；我这只四脚鸟用它的翅膀拍着天空中平滑的道路；它喜欢在家中的厩舍里弯着膝头休息。

（俄刻阿诺斯乘飞马自观众右方退出。）

附录二　索福克勒斯的悲剧《俄狄浦斯王》精彩篇章选读[1]

第三场

（伊俄卡斯忒偕侍女自宫中上。）

【伊俄卡斯忒】 我邦的长老们啊，我想起了拿着这缠羊毛的树枝和香料到神的庙上；因为俄狄浦斯由于各种忧虑，心里很紧张，他不像一个清醒的人，不会凭旧事推断新事；只要有人说出恐怖的话，他就随他摆布。

我既然劝不了他，只好带着这些象征祈求的礼物来求你，吕刻

① 埃斯库罗斯悲剧三种　索福克勒斯悲剧四种[M]//罗念生.罗念生全集：第二卷.上海：上海人民出版社，2004：369-375.

俄斯·阿波罗啊——因为你离我最近——请给我们一个避免污染的方法。我们看见他受惊，像乘客看见船上舵工受惊一样，大家都害怕。

（报信人自观众左方上。）

【报信人】 啊，客人们，我可以向你们打听俄狄浦斯王的宫殿在哪里吗？最好告诉我他本人在哪里，要是你们知道的话。

【歌队】 啊，客人，这就是他的家，他本人在里面；这位夫人是他儿女的母亲。

【报信人】 愿她在幸福的家里永远幸福，既然她是他全福的妻子！

【伊俄卡斯忒】 啊，客人，愿你也幸福，你说了吉祥话，应当受我回敬。请你告诉我，你来求什么，或者有什么消息见告。

【报信人】 夫人，对你家和你丈夫是好消息。

【伊俄卡斯忒】 什么消息？你是从什么人那里来的？

【报信人】 从科任托斯来的。你听了我要报告的消息一定高兴，怎么会不高兴呢？但也许还会发愁呢。

【伊俄卡斯忒】 到底是什么消息？怎么会使我高兴又使我发愁。

【报信人】 人民要立俄狄浦斯为伊斯特摩斯地方的王，那里是这样说的。

【伊俄卡斯忒】 怎么？老波吕玻斯不是还在掌权吗？

【报信人】 不掌权了；因为死神已把他关进坟墓了。

【伊俄卡斯忒】 你说什么？老人家，波吕玻斯死了吗？

【报信人】 倘若我撒谎，我愿意死。

【伊俄卡斯忒】 侍女呀，还不快去告诉主人？

（侍女进宫）

啊，天神的预言，你成了什么东西了？俄狄浦斯多年来所害怕，所要躲避的正是这人，他害怕把他杀了；现在他已寿尽而死，不是死在俄狄浦斯手中的。

（俄狄浦斯偕众侍从自宫中上。）

【俄狄浦斯】 啊，伊俄卡斯忒，最亲爱的夫人，为什么把我从屋里叫来？

【伊俄卡斯忒】 请听这人说话，你一边听，一边想天神的可怕预言成了什么东西了。

【俄狄浦斯】 他是谁？有什么消息见告？

【伊俄卡斯忒】 他是从科任托斯来的，来讣告你父亲波吕玻斯不在了，去世了。

【俄狄浦斯】 你说什么，客人？亲自告诉我吧。

【报信人】 如果我得先把事情讲明白，我就让你知道，他死了，去世了。

【俄狄浦斯】 他是死于阴谋，还是死于疾病？

【报信人】 天平稍微倾斜，一个老年人便长眠不醒。

【俄狄浦斯】 那不幸的人好像是害病死的。

【报信人】 并且因为他年高寿尽了。

【俄狄浦斯】 啊！夫人呀，我们为什么要重视皮托颁布预言的庙宇，或空中啼叫的鸟儿呢？它们曾指出我命中注定要杀我父亲。但是他已经死了，埋进了泥土；我却还在这里，没有动过刀枪。除非说他是因为思念我而死的，那么倒是我害死了他。这似灵不灵的神示已被波吕玻斯随着带着，和他一起躺在冥府里，不值半文钱了。

【伊俄卡斯忒】 我不是早就这样告诉了你吗？

【俄狄浦斯】 你倒是这样说过，可是，我因为害怕，迷失了方向。

【伊俄卡斯忒】 现在别再把这件事放在心上了。

【俄狄浦斯】 难道我不该害怕玷污我母亲的床榻吗？

【伊俄卡斯忒】 偶然控制着我们，未来的事又看不清楚，我们为什么惧怕呢？最好尽可能随随便便地生活。别害怕你会玷污你母亲的婚姻；许多人曾梦中娶过母亲；但是那些不以为意的人却安乐地生活。

【俄狄浦斯】 要不是我母亲还活着，你这话倒也对；可是她既然健在，即使你说得对，我也应当害怕啊！

【伊俄卡斯忒】 可是你父亲的死总是个很大的安慰。

【俄狄浦斯】 我知道是个很大的安慰，可是我害怕那活着的妇人。

【报信人】 你害怕的妇人是谁呀？

【俄狄浦斯】 老人家,是波吕玻斯的妻子墨洛珀。

【报信人】 她哪一点使你害怕?

【俄狄浦斯】 啊,客人,是因为神送来的可怕预言。

【报信人】 说得说不得?是不是不可以让人知道?

【俄狄浦斯】 当然可以。罗克西阿斯曾说我命中注定要娶自己的母亲,亲手杀死自己的父亲。因此多年来我远离着科任托斯。我在此虽然幸福,可是看见父母的容颜是件很大的乐事啊。

【报信人】 你真的因为害怕这些事,离开了那里?

【俄狄浦斯】 啊,老人家,还因为我不想成为杀父的凶手。

【报信人】 主上啊,我怀着好意前来,怎么不能解除你的恐惧呢?

【俄狄浦斯】 你依然可以从我手里得到很大的应得报酬。

【报信人】 我是特别为此而来的,等你回去的时候,我可以得到一些好处呢。

【俄狄浦斯】 但是我决不肯回到我父母家里。

【报信人】 年轻人!显然你不知道你在做什么。

【俄狄浦斯】 怎么不知道呢,老人家?看在天神面上,告诉我吧。

【报信人】 如果你是为了这个缘故不敢回家。

【俄狄浦斯】 我害怕福玻斯的预言在我身上应验。

【报信人】 是不是害怕因为杀父娶母而犯罪?

【俄狄浦斯】 是的,老人家,这件事一直在吓唬我。

【报信人】 你知道你没有理由害怕么?

【俄狄浦斯】 怎么没有呢,如果我是他们的儿子?

【报信人】 因为你和波吕玻斯没有血统关系。

【俄狄浦斯】 你说什么?难道波吕玻斯不是我的父亲?

【报信人】 正像我不是你的父亲,他也同样不是。

【俄狄浦斯】 我的父亲怎能和你这个同我没关系的人同样不是?

【报信人】 你不是他生的,也不是我生的。

【俄狄浦斯】 那么他为什么称呼我作他的儿子呢?

【报信人】 告诉你吧,是因为他从我手中把你当一件礼物接受了下来。

【俄狄浦斯】 但是他为什么十分疼爱别人送的孩子呢？

【报信人】 他从前没有儿子，所以才这样爱你。

【俄狄浦斯】 是你把我买来，还是把我捡来送给他的？

【报信人】 是我从喀泰戎峡谷里把你捡来送给他的。

【俄狄浦斯】 你为什么到那一带去呢？

【报信人】 我在那里放牧山上的羊。

【俄狄浦斯】 你是个牧人，还是个到处漂泊的佣工。

【报信人】 年轻人，那时候我是你的救命恩人。

【俄狄浦斯】 你把我抱在怀里的时候，我有没有什么痛苦？

【报信人】 你的脚跟可以证实你的痛苦。

【俄狄浦斯】 哎呀，你为什么提起这个老毛病？

【报信人】 那时候你的左右脚跟是钉在一起的，我给你解开了。

【俄狄浦斯】 那是我襁褓时候遭受的莫大耻辱。

【报信人】 是呀，你是由这不幸而得到你现在的名字的。

【俄狄浦斯】 看在天神面上，告诉我，这件事是我父亲还是我母亲做的？你说。

【报信人】 我不知道；那把你送给我的人比我知道得清楚。

【俄狄浦斯】 怎么？是你从别人那里把我接过来的，不是自己捡来的吗？

【报信人】 不是自己捡来的，是另一个牧人把你送给我的。

【俄狄浦斯】 他是谁？你指得出来吗？

【报信人】 他被称为拉伊俄斯的仆人。

【俄狄浦斯】 是这地方从前的国王的仆人吗？

【报信人】 是的，是国王的牧人。

【俄狄浦斯】 他还活着吗？我可以看见他吗？

【报信人】 （向歌队）你们这些本地人应当知道得最清楚。

【俄狄浦斯】 你们这些站在我面前的人里面，有谁在乡下或城里见过他所说的牧人，认识他？赶快说吧！这是水落石出的时机。

【歌队长】 我认为他所说的不是别人，正是你刚才要找的乡下人；这件事伊俄卡斯忒最能够说明。

【俄狄浦斯】 夫人，你还记得我们刚才想召见的人吗？这人所说的是不是他？

【伊俄卡斯忒】 为什么问他所说的是谁？不必理会这事。不要记住他的话。

【俄狄浦斯】 我得到了这样的线索，还不能发现我的血缘，这可不行。

【伊俄卡斯忒】 看在天神面上，如果你关心自己的性命，就不要再追问了；我自己的苦闷已经够了。

【俄狄浦斯】 你放心，即使发现我母亲三世为奴，我有三重奴隶身份，你出身也不卑贱。

【伊俄卡斯忒】 我求你听我的话，不要这样。

【俄狄浦斯】 我不听你的话，我要把事情弄清楚。

【伊俄卡斯忒】 我愿你好，好心好意劝你。

【俄狄浦斯】 你这片好心好意一直在使我苦恼。

【伊俄卡斯忒】 啊，不幸的人，愿你不知道你的身世。

【俄狄浦斯】 谁去把牧人带来？让这个女人去赏玩她的高贵门第吧！

【伊俄卡斯忒】 哎呀，哎呀，不幸的人呀！我只有这句话对你说，从此再没有别的话可说了！

（伊俄卡斯忒冲进宫。）

【歌队长】 俄狄浦斯，王后为什么在这样忧伤的心情下冲了进去？我害怕她这样闭着嘴，会有祸事发生。

【俄狄浦斯】 要发生就发生吧！即使我的出身卑贱，我也要弄清楚。那女人——女人总是很高傲的——她也许因为我出身卑贱感觉羞耻。但是我认为我是仁慈的幸运宠儿，不至于受辱。幸运是我的母亲；十二个月份是我的弟兄，他们能划出我什么时候渺小，什么时候伟大。这就是我的身世，我决不会被证明是另一个人；因此我一定要追问我的血统。

附录三　欧里庇得斯的悲剧《美狄亚》精彩篇章选读[①]

第五场

（保傅引两个孩子自观众右方上。）

【保傅】　我的主母，你的孩儿不至于被放逐了，那位公主新娘已经很高兴地亲手接受了你的礼物，从此你的儿子可以在宫中平安地住下去啦。啊！当你的运气好转的时候，你怎么这样惊慌？为什么听了我的话，还不高兴？

【美狄亚】　哎呀！

【保傅】　这和我带来的消息太不协调了！

【美狄亚】　不由我不再叹一声！

【保傅】　是不是我报告了什么不幸的事情，连自己都不知道，反把它弄错了，当作好消息呢？

【美狄亚】　你报告了这样的消息，我并不怪你。

【保傅】　可是你为什么这样垂头丧气，还流着眼泪呢？

【美狄亚】　啊，老人家，我要痛哭，因为神明和我都怀着恶意，定下了这条毒计。

【保傅】　你放心，你的儿子会把你迎接回来的。

【美狄亚】　我这不幸的人倒要先把他们带回老家去。

【保傅】　这人间不只你一人才感到母子的别离，你既是凡人，就得忍耐这痛苦。

【美狄亚】　我就这样做吧。你进屋去，为孩子们准备日常用的东西。

（保傅进屋。）

孩子们呀，孩子们！你们在这里有一个城邦，有一个家，你们永远离开这不幸的我，住在这里，你们会这样成为无母的孤儿。在我还没有享受到你们的孝敬之前，在我还没有看见你们享受幸福，还

① 欧里庇得斯悲剧六种[M]//罗念生.罗念生全集：第三卷.上海：上海人民出版社，2004：116-122.

没有为你们预备婚前的沐浴，为你们迎接新娘，布置婚床，为你们高举火炬之前，我就将被驱逐出去，流落他乡。只因为我的性情太暴烈了，才这样受苦。啊，我的孩儿，我真是白养了你们，白受苦，白费力，白受了生产时的剧痛。我先前——哎呀！——对你们怀着很大的希望，希望你们养老，亲手装殓我的尸首，这都是我们凡人所羡慕的事情；但如今，这种甜蜜的念头完全打消了，因为我失去了你们，就要去过那艰难痛苦的生活；你们也就要去过另一种生活，不能再拿这可爱的眼睛来望着你们的母亲了。唉，唉！我的孩子，你们为什么拿这样的眼睛望着我？为什么向着我最后一笑？哎呀？我怎样办呢？朋友们，我如今看见他们这明亮的眼睛，我的心就软了！我决不能够！我得打消我先前的计划，我得把我的孩儿带出去。为什么要叫他们的父亲受罪，弄得我自己反受到这双倍的痛苦呢？这一定不行，我得打消我的计划。——我到底是怎么了？难道我想饶了我的仇人，反遭受他们的嘲笑吗？我得勇敢一些！我竟自这样脆弱，使我心里发生了这样软弱的思想！

我的孩儿，你们进屋去吧！

（两个孩子进屋。）

那些认为不应当参加我这祭献的人尽管走开，我决不放松我的手！

（自语）哎呀呀！我的心呀，快不要这样做！可怜的人呀，你放了孩子，饶了他们吧！即使他们不能同你一块儿过活，但是他们毕竟还活在世上，这也好宽慰你啊！——不，凭那些住在下界的报仇神起誓，这一定不行，我不能让我的仇人侮辱我的孩儿！无论如何，他们非死不可！既然要死，我生了他们，就可以把他们杀死。命运既然这样注定了，便无法逃避。

我知道得很清楚，那个公主新娘已经戴上那花冠，死在那袍子里了。我自己既然要走上这最不幸的道路，我就想这样同我的孩子告别："啊，孩儿呀，快伸出，快伸出你们的右手，让母亲吻一吻！我的孩儿这样可爱的手、可爱的嘴、这样高贵的形体、高贵的容貌！愿你们享福，——可是是在那个地方享福，因为你们在这里所有的幸福已被你们父亲剥夺了。我的孩儿这样甜蜜的吻、这样细嫩的脸、这样芳香的呼吸！分别了，分别了！我不忍再看你们一眼！”——我的痛苦已经制伏了我；我现在才觉得我要做的是一件多么可怕的罪行，我的愤怒已经战胜了我的理智。

【歌队长】 我也曾多少次探索过那更微妙的思想，研究过那更严肃的争辩，那原不是我们女人所能讨论的。我们也有一位文化女神，她同我们作伴①，给我们智慧；可是她并不和我们大家作伴，而是和少数人作伴，也许在一大群女人里头，只有一个同她在一起，但由此可见，我们女人并不是完全没有智慧的。我认为那全然没有经验的人，那些从没有生过孩子的人，倒比那些做母亲的幸福得多，因为那些没有子女的人不懂得养育孩子是苦是乐，可以减少许多烦恼；我看见那些家里养着可爱孩子的人一生忧愁：愁着怎样把孩子养得好好的，怎样给他们留下些生活费，此后还不知他们辛辛苦苦养出来的孩子是好是坏。这人间还有一个最大的灾难我也要提提：就说他们的生活十分富裕，孩子们的身体也发育完成，他们为人又好；但是，如果命运这样注定，死神把孩子们的身体带来②冥府去，那就完了！神明对我们凡人，在一切痛苦之上，又加上这种丧子的痛苦，这莫大的惨痛，这对他们又有什么好处呢？

【美狄亚】 朋友们，我等候消息已等了许久，我要看那宫中的事情到底是怎样结果的。看啊，我望见伊阿宋的仆人跑来了，他那喘吁吁的样子，好像他要报告什么很坏的消息。

（传报人自观众右方急上。）

【传报人】 美狄亚，快逃走呀，快逃走呀！切莫要留下一只航海的船，一辆陆行的车子！

【美狄亚】 什么事情发生了，要叫我逃走？

【传报人】 公主死了，她的父亲克瑞翁也叫你的毒药害了！

【美狄亚】 你报告了这最好的消息，从今后你就是我的恩人、我的朋友。

【传报人】 你说什么呀？夫人，我看你害了我们的王室，你听了这消息，不但不惊骇，反而这样高兴，你的神志是不是很清明？该没有

---

① 同“做伴”，下同。

② “带来”，意为“带到”。

错乱吧？

【美狄亚】 我自有理由回答你的话。请不要性急，朋友，告诉我，他们是怎样死的。如果他们死得很悲惨，你便能使我加倍的快乐。

【传报人】 当你那两个儿子随着他们父亲去到公主那里，进入新房的时候，我们这些同情你痛苦的仆人[①]很是高兴，因为那宫中立刻就传遍了消息，说你和你丈夫已经排解了旧日的争吵。有的人吻他们的手，有的人吻他们的金黄的卷发[②]；我自己也乐得忘形，竟随着孩子们进入了那闺中。我们那位现在代替你的地位受人尊敬的主母，在她看见那两个孩子以前，她先向伊阿宋多情地飞了一眼！她随即看见孩子们进去，心里十分憎恶，忙盖上了她的眼睛，掉转了她那变白了的脸面。你的丈夫因此说出了下面的话，来平息那女人的怒气："请不要对你的亲人发生恶感，快止住你的愤怒，掉过头来，承认你丈夫所承认的亲人。请你接受这礼物，转求你父亲，为了我的缘故，不要把孩子们驱逐出去。"她看见了那两件衣饰，便不能自主，完全答应了她丈夫的请求。当你的孩子和他们的父亲离开那宫廷，还没有走得很远的时候，她便把那件彩色的袍子拿起来穿在身上，更把那金冠戴在卷发上，对着明镜理理她的头发，自己笑她那懒洋洋的形影。她随即从坐椅[③]上站了起来，拿她那雪白的脚很娇娆地在房里踱来踱去，十分满意于这两件礼物，并且频频注视那直伸的脚背。

这时候我看见了那可怕的景象，看见她忽然变了颜色，站立不稳，往后面倒去，她的身体不住地发抖，幸亏是倒在那座位上，没有倒在地下。那里有一个老仆人，她认为也许是山神潘，或是一位别的神在发怒，大声地呼唤神灵！等到她看见她嘴里吐白沫，眼里的瞳孔向上翻，皮肤上没有了血色，她便大声痛哭起来，不再像刚才那样叫喊。立刻就有人去到她父亲的宫中，还有人去把新娘的噩耗告诉新郎，全宫中都回响着很沉重的奔跑声音。约莫一个善走的人绕过那六百尺的赛跑场、到达终点的功夫，那可怜的女人便由闭目无声的状态中苏醒过来，发出可怕的呻吟，因为那双重的痛苦正向着她进袭：她头上戴着的

① 意为"同情你的痛苦的仆人"。
② 同"鬈发"，下同。
③ 同"座椅"。

金冠冒出了惊人的、毁灭的火焰；那精致的袍子，你的孩子献上的礼物，更吞噬了那可怜人的细嫩肌肤。她被火烧伤，忽然从座位上站起来逃跑，时而这样，时而那样摇动她的头发，想摇落那花冠[1]；可是那金冠越抓越紧，每当她摇动她的头发的时候，那火焰反加倍旺了起来。她终于给厄运克服了，倒在地下，除了她父亲之外，谁都难以认识她，因为她的眼睛已不像样，她的面容也已不像人，血与火一起从她头上流了下来，她的肌肉正像松脂泪似的，一滴滴地叫毒药看不见的嘴唇从她的骨骼间吮了去，这真是个可怕的景象！谁都怕去接触她的尸体，因为她所遭受的痛苦便是个很好的警告。

她的父亲——那可怜的人——还不知道这一场祸事。这时候他忽然跑进闺房，跌倒在她的尸体上。他立刻就惊喊起来，双手抱住那尸身，同她接吻，并且这样嚷道："我可怜的女儿呀！是哪一位神明这样侮辱地害了你？是哪一位神明使我这行将就木的老年人失去了你这女儿？哎呀，我的孩儿，我同你一块儿死吧！"等他止住了这悲痛的呼声，他便想立起那老迈的身体来，哪知竟会粘在那精致的袍子上，就像常春藤的卷须缠在桂树上一样。这简直是一种可怕的角斗：一个想把膝头立起来，一个却紧紧地胶住不放；他每次使劲往上拖，那老朽的肌肉便从他的骨骼上分裂了下来。最后这不幸的人也死了，断了气，因为他再也不能忍受这痛苦了。女儿同老父的尸首躺在一块儿，——这样的灾难真叫人流泪！

关于你的事，我没有什么可说的，因为你自己知道怎样逃避惩罚。这不是我第一次把人生看作幻影；这人间没有一个幸福的人；有的人财源滚滚，虽然比旁人走运一些，但也不是真正有福。

（传报人自观众右方下。）

【歌队长】 看来神明要在今天叫伊阿宋受到许多苦难，在他是咎由自取。

【美狄亚】 朋友们，我已经下了决心，马上就去做这件事情：杀掉我的孩子再逃出这地方。我决不耽误时机，决不抛撇我的孩儿，让他们死在更残忍的手里。我的心啊，快坚强起来！为什么还要迟疑，不

---

① 应为"金冠"。

去做这可怕的、必须做的坏事！啊，我这不幸的手呀，快拿起，拿起宝剑，到你生涯的痛苦起点上去！不要畏缩，不要想念你的孩子多么可爱，不要想念你怎样生了他们，在这短促的一日之间暂且把他们忘掉，到后来再哀悼他们吧。他们虽是你杀的，你到底也心疼他们！——啊，我真是个苦命的女人！

（美狄亚偕众侍女进屋。）

第三章　但丁与《神曲》

要求了解但丁在欧洲文学发展史上的独特性，了解他作为中世纪和文艺复兴之交的一位承前启后的伟大诗人的生平、创作成就及其所处时代的社会文化背景；熟悉《神曲》的主要思想内容和艺术成就；重点掌握《神曲》所蕴含的现实意义、《神曲》的两重性。

第一节　中世纪的文化与文学

恩格斯在《共产党宣言》(意大利版序言)中指出："封建的中世纪的终结和现代资本主义纪元的开端，是以一位大人物为标志的。这位人物就是意大利人但丁，他是中世纪的最后一位诗人，同时又是新时代的最初一位诗人。"恩格斯的评价精辟地概括了但丁及其创作的时代文化背景及其所具有的跨时代的意义。

但丁生活在中世纪后期，他的伟大作品《神曲》在继承了古希腊、罗马文化和文学成果的基础上，汇集了中世纪文化和新萌芽的人文思想的大成，当然也具有意大利诗歌的民族特色。阅读但丁，等于重温了那一时期的历史和文化；阅读但丁，能感受到但丁关注人类命运的伟大心灵和文学创作上高超的诗艺。

为了更好地理解但丁与《神曲》，我们首先必须了解中世纪的文化。中世纪文化是基督教神学统治的文化。中世纪一切的哲学、美学、伦理学、文学艺术等都具有基督教色彩。

一、中世纪历史与中世纪文学史的不同分期

公元 5 世纪末到 17 世纪中叶，是西欧封建社会形成、繁荣、解体的历史时期，也是西方文化发展史上的重要转折时期，历史上称为"中世纪"。

公元 476 年，奴隶制的西罗马帝国灭亡后，由北方侵入的蛮族日

耳曼人的各个民族:法兰克人、西哥特人、东哥特人、伦巴特人等先后在西欧建立起一些"蛮族"王国。与此同时,欧洲大陆的盎格鲁人、撒克逊人、朱特人渡海侵入不列颠岛。在将近 300 年的时间里,欧洲各蛮族王国连年战争,封建割据十分严重。直到 843 年,法兰克王国查理大帝的三个子孙订立《凡尔登条约》,将法兰克分为三个国家,从而奠定了后来法国、德国、意大利三国的雏形,欧洲的国界从这时得到稳定,封建关系确立。

中世纪的历史发展包括三个阶段:初期的公元 5—11 世纪,这是封建制形成期,初期的前几个世纪,蛮族没有文字记载的文学,产生了口传的民间文学英雄史诗。中期的 12—15 世纪,这是封建制全盛时期,产生了骑士文学和城市文学。末期的 15—17 世纪中叶,这一时期出现历史分期与文学史分期的不同划分。就历史而言,这是封建制衰落时期。就文学史而言,封建社会末期已是近代欧洲资产阶级文学的开始,至于意大利"文艺复兴"早在 14 世纪就开始了。中世纪的文学史主要包括公元 5—15 世纪欧洲封建制形成到全盛时期的文学。

欧洲的封建制度是一种政治、经济合一的制度。封建领主在其封土内首先明确拥有的是土地的所有权,进而在王权衰落后,又逐步取得了王权在地方的权力并将其转化为同封土一并世袭的私人权力,其中包括行政、司法、税收、铸币等权力。欧洲封建制度的产生根源,包括了三个主要的因素:罗马文明、日耳曼传统以及基督教的影响。

在文化思想上,基督教教会掌握统治地位,并且控制了文化教育权,宣扬三位一体的基督教教义,学校教育也都是为了服务于神学。封建等级关系森严,大大小小的封建主构成了金字塔般的等级制度,建立起了公、侯、伯、子、男的公爵制度,教皇、国王以下是公爵,骑士是最低一级的小封建主。

在长达一千多年的欧洲中世纪,教皇所代表的教权常常高于一切,教权与王权的斗争此消彼长,从来没有停止过。

二、中世纪基督教神学文化统治下的文学

欧洲中世纪的文化特点是以《圣经》为教义的基督教神学文化统治一切。

在中世纪一千多年的时间里，基督教神学文化，不仅成为欧洲社会占统治地位的思想，而且与古希腊、罗马文化一样，成为欧洲文化与文学的第二个源头。

基督教文化的基本内容包括：上帝耶和华一神创世论；圣父、圣子、圣灵三位一体的神学象征模式；地狱（下界）、此生（现世）、天堂（来世）三界系统的受苦和信仰模式；原罪与救赎观念，以及死后归宿的末日审判；信、望、爱三德以爱为首的博爱精神。

这种以《圣经》为教义的基督教文化，统治和影响了中世纪文学的一切方面，形成了欧洲文学的基督教文化传统。

首先，以《圣经》为蓝本，形成了中世纪最主要的文学类型——教会文学。一大批僧侣作家采用拉丁文写作基督故事、圣徒传、祈祷文、赞美诗等，向人们宣扬上帝创造世界，信仰上帝，皈依“救世主”，顺从天命，寄希望于来世的基督教教义。

其次，除教会文学直接宣扬基督教教义的圣经文学外，中世纪的民间世俗文学“英雄史诗”也受到圣经文学的影响。英雄史诗大多借基督教反对异教斗争的形式，表现其寻求统一，抵御外侮的英雄气概。如法国的《罗兰之歌》，把罗兰同敌人的作战描写成了为基督教的利益而战，死后被送入天堂，使得罗兰之死具有一种崇高的宗教气氛。西班牙的《熙德之歌》，熙德表现出浓厚的封建观念和为基督教信念反对异教的勇气。德国的《尼伯龙根之歌》有对基督教仪式望弥撒、洗礼的生动描绘。俄国的《伊戈尔远征记》具有强烈的爱国意识和宗教意识，伊戈尔为了基督教正教的利益作战。

再次，中世纪的骑士文学描写骑士的冒险故事，在歌颂骑士的忠君、护教、行侠过程中，也充满宗教色彩，弥漫着宗教的神秘气氛，掺杂着许多怪异的故事。法国行吟诗人特洛阿（1135—1183 年）是骑士文学的主要代表之一，他的未完成作品《培斯华勒》描写骑士寻找盛过基督血的圣杯，充满神秘色彩。

宗教文学中的神性和世俗性的矛盾在但丁的《神曲》中非常鲜明地表现出来，《神曲》在内容上以基督教的地狱、炼狱、天堂三界神学模式构成全篇，通过诗人自己幻游“三界”的经历劝善惩恶，充满神学寓意、象征内涵；在形式上以基督三位一体的思想为结构原则，表现出巧妙而严整的艺术结构:工整、对称、完美,三位一体。

第二节　但丁的生平与创作

但丁(1265—1321年),是中世纪意大利最伟大的诗人,也是欧洲从中世纪到文艺复兴时代过渡时期最有代表性的作家,恩格斯称他是“中世纪的最后一位诗人,同时又是新时代的最初一位诗人”。

一、但丁的生平

但丁于1265年出生在佛罗伦萨一个城市小贵族家庭。但丁的父亲因家道中落,长期经商。但丁五六岁时,母亲去世;18岁左右,父亲去世。

但丁从小喜欢读诗,早年曾师从著名学者布鲁内托·拉蒂尼,系统学习拉丁文、修辞学、诗学和古典文学。他特别崇拜古罗马诗人维吉尔,把维吉尔当作自己的精神导师。维吉尔写的史诗《伊尼德》(又译《埃涅阿斯纪》)歌颂了罗马祖先建国创业的丰功伟绩,被认为是“文人史诗的范本”,对但丁影响深刻。但丁在绘画、音乐领域也造诣不凡。此外,但丁精心研究神学和哲学,古代教父圣·奥古斯丁的思想对他影响尤深。

传说但丁的爱情非常独特,对他的精神和文学创作有深刻的影响。那是在他的少年时代,他随父亲参加友人聚会,遇上一位名叫贝阿特丽齐的少女。少女容貌清秀、美丽动人,端庄、贞淑与优雅的气质令但丁一见钟情,不能忘记。这是一次刻骨铭心的爱情。随着年龄的增长,但丁把贝阿特丽齐当作自己精神上的爱慕对象。这种爱情给但丁以神奇的力量,他为她写下了一系列抒情诗篇。遗憾的是贝阿特丽齐后来遵从父命与一位银行家结婚,婚后数年因病夭亡。但丁为此悲伤万分,又写了一系列的悼念诗。但丁将自己几年来陆续写给贝阿特丽齐的31首抒情诗以散文相连缀,说明每首诗的写作动因,取名《新生》,结集出版。

贝阿特丽齐去世后,但丁为寻求精神寄托,大量阅读哲学和文学著作。除了熟读《圣经》和中世纪哲学家阿奎那等人的著作之外,还研究了亚里士多德的《政治学》《伦理学》等著作。与此同时，他精读了古代罗马文学作品，对维吉尔的《伊尼德》、贺拉斯的《讽刺诗集》和《诗艺》、奥维德的《变形记》等都很熟悉。这些都为他后来的创作打下了坚实的基础。

13 世纪的意大利，在政治上处于分裂状态。北部小邦林立，小邦之间和小邦内部的斗争都很激烈。最高统治者教皇和皇帝之间，长期存在着尖锐的矛盾和斗争。各小邦和小邦内部的政治力量，分别依靠这两个最高的封建权威，形成了贵尔夫党和基伯林党两个对立的阵营。前者号称教皇党，实际上主要代表新兴的市民阶级和城市小贵族的思想和利益；后者号称皇帝党，主要代表封建贵族的思想和利益。

但丁从来都不是书斋里的诗人。早在青年时期，但丁就以激昂的政治热情参加了贵尔夫党，投身反对封建贵族的斗争，并参加了粉碎基伯林党的战斗。当时的意大利正处于分裂状态，佛罗伦萨是斗争最激烈的城市。代表新兴市民阶级利益的贵尔夫党经过激烈斗争，战胜了代表封建贵族势力的基伯林党。贵尔夫党在佛罗伦萨掌权后，但丁被选为该城六大行政官之一。但贵尔夫党很快分裂为黑党和白党两派，但丁属于白党，反对教皇干涉城邦内政。1302 年，教皇伙同法国军队支持黑党击败白党，掌握了政权，开始清洗白党成员。黑党以白党仍在杀戮抢掠为由，于 1302 年放逐了十多名人士。但丁也在被放逐之列，他被判放逐两年，罚款 5 000 小弗罗林（当时的货币单位），永远不得担任公职；罪名是贪赃枉法、扰乱和平、反对教皇等。“贪赃枉法”之类的罪名完全是无中生有的捏造，其目的是迫害但丁。对于这种判决，但丁理所当然地拒不认罪，拒付罚金。于是不久之后他被改判为没收全部家产，终生放逐，如果再进入佛罗伦萨政府所管辖的地区，就得火刑处死。

但丁在被放逐后流亡期间，曾经做过多次努力想要重返故里，但都没有成功。在 1315 年 5 月，佛罗伦萨政府宣布，流亡者交付少量罚金，并亲往圣约翰洗礼堂当众把自己奉献给城市的守护神圣约翰，就可获准还乡。一位佛罗伦萨朋友劝但丁利用这个机会还乡。但丁在给这位朋友的信中，坚决拒绝在这种变相认罪的屈辱条件下还乡，他在信中表达了对佛罗伦萨政府不合理判处的反抗决心，发出了愤怒的质问:“那么,这就是在忍受了几乎十五年的流亡之苦后,但丁借以返回故乡的宽厚优惠的召还流亡的法令吗?他这众所周知的清白无罪者,难道就应该受到这样的待遇吗?他在学术上所流的汗水,付出的辛勤劳动,难道就应该得到这样的结果吗?我的父老啊!这条道路可不是我还乡的道路;不过,如果您或者别人找到一条无损于但丁的名望和荣誉的道路,我会迈着不慢的脚步接受它;因为,如果不由这样的道路进入佛罗伦萨,我就永远不再进入佛罗伦萨了。为什么这样?难道我在任何地方都不能见到太阳和星光吗?如果不在佛罗伦萨城和人们面前辱没自己的光荣,甚至使自己名誉扫地,难道我就不能在任何地方的天空下探求最甜蜜的真理吗?我肯定是不会缺少面包的。”这些质问和反抗,鲜明地表现出诗人但丁的倔强性格和崇高气节。因此,但丁断然拒绝了在屈辱条件下返回佛罗伦萨的机会,当年十一月又被佛罗伦萨政府缺席判处死刑。

但丁在流亡生活中艰辛地走遍了几乎所有说意大利语的地方。长期的流亡生活使他扩大了视野,增长了阅历,丰富了经验,同时也使他更加怀念故乡,眷恋家人。

但丁流亡近二十年,一直坚持自己的立场和理想,关心和思考意大利乃至整个人类的前途命运,写作了《论俗语》《飨宴》《帝制论》等多部具有里程碑意义的重要著作,他的伟大作品《神曲》也是在流亡时期写作完成的。流亡期间,但丁既受到人们的普遍尊敬,也获得了志同道合者的友谊。但丁生命中的最后几年是在意大利的边境小城拉文那度过的。1321 年 9 月 14 日,他不幸染病,逝世于拉文那。

二、但丁的主要创作

但丁的作品除了青年时期写的《新生》,其余的重要著作和作品几乎全部是在流亡中写成的,其中,最重要的是《论俗语》《飨宴》《帝制论》三部著作和伟大诗篇《神曲》。

《新生》(约 1290—1293 年)是一部爱情诗集。诗中抒发诗人对少女贝阿特丽齐深挚的感情、纯真的爱恋和绵绵无尽的思念,风格清新自然,细腻委婉。但丁少年时代爱慕一个名叫贝阿特丽齐的女子,写了一系列赞美她的抒情诗,1290 年贝阿特丽齐病逝,他用散文将这些诗串联起来，连缀成一个叙述爱情过程的整体。这部作品共收31首抒情诗。但丁对贝阿特丽齐的爱是一种纯粹的精神恋爱，诗中把她描写成天使和高尚道德的化身，使之成为一个高度理想化的女性。但丁追求纯洁的爱情，把贝阿特丽看作是上帝派来拯救他灵魂的天使，一个神化的女性。从此之后，贝阿特丽齐成了但丁作品中一个象征性的理想人物。《新生》优美清新的诗风开创了文艺复兴抒情诗的典范，代表"温柔的新体"诗的最高成就。

在流放初期的十年间，但丁写了《论俗语》《飨宴》《帝制论》三部理论著作。

《论俗语》是最早的一部关于意大利语言、文体和诗律的语言学理论著作，用拉丁文写成。《论俗语》里，但丁所说的"俗语"，是与教会所用的官方语言拉丁语相对的、各民族大众所用的地方语言。但丁指出：所谓俗语，就是婴儿在开始能辨别语音时，从周围的人们那里所听惯了的语言，说得更简单一点，就是丝毫不通过规律而从保姆那里所模仿来的语言。俗语并不等同于粗陋的语言，而是"光辉的俗话"，即带有理想性质的标准语，经过筛选后留下来的"伟大的字"，也就是高贵而优美的语言。但丁批驳了只重视拉丁语、轻视意大利语的倾向。这不仅表明但丁超越了狭隘的党派偏见，以理性意识思考民族现实与未来的胸襟，而且显示出他对民族语言文化的重视，这对意大利民族语言的发展意义深远。

但丁在《论俗语》中提出三种语言概念："中心的"——标准的语言；"宫廷的"——有教养的语言；"法庭的"——准确的语言。但丁认为，拉丁文只有少数学者熟识，俗语才是人民大众所喜爱和熟悉的，它不矫揉造作，而是浑然天成的。

《论俗语》强调意大利民族语言的重要性，对于意大利的民族语言在文学中的运用具有重大意义。《论俗语》可以说是意大利民族语言革命的宣言，是一部具有历史意义的文献，它不仅使文学语言更接近人民大众，而且也是但丁实现意大利统一和建立意大利民族语言的政治理想的一个重要组成部分。这部著作也是但丁用通俗的意大利民族语言写作《神曲》的理论依据。

与《论俗语》几乎同时写作的另一部理论著作是《飨宴》。《飨宴》

是第一部用俗语即意大利语写成的学术著作，它打破了中世纪学术著作必须用拉丁语写作的清规戒律，也是一部具有百科全书性质的学术著作。但丁希望以道德和知识消除各城邦之间与城邦内部各派之间的倾轧、攻伐，他把古今各种科学文化知识作为精神食粮，通俗地介绍给一般读者，故名《飨宴》。《飨宴》这部著作显示了但丁的博闻强记，学识渊博。

但丁在《飨宴》这部著作中表达了两个重要思想，一是关于“高贵”的思想观念，二是强调“理性”思想。关于“高贵”的思想，但丁指出：“高贵”不在于家族门第，而在于个人的天性爱好美德，这种思想实质上是对封建的等级观念和特权思想的批判。但丁强调“不是家族使个人高贵，而是个人使家族高贵”，“高贵”绝不是出身贵族的代名词，而是人的高尚的美德同天主宽仁的恩赐相结合的产物。出身卑微的人可以用其渊博的学问、高雅的举止和超逸的情操成为受人尊重和爱戴的高贵的人。但丁这一精辟见解在中世纪无疑是难能可贵的，是后来文艺复兴时期批判封建的等级观念和提倡人文主义新思想的先声。关于“理性”思想，但丁指出：人的生活就是运用理性，去掉理性，人就不再成其为人，而只是有感觉的东西，即畜生而已。他认为，真正使人高贵和接近上帝的就是理性。这种观点是对中世纪蒙昧主义的批判，闪耀着新时代人文主义思想的光辉。

但丁在《飨宴》中还发表了关于文学的见解。但丁特别提出内容和形式的美学问题，提出内容重于形式的文学主张。他认为每一部作品的美与善是彼此不同、各自分离的；作品的善在于思想，美在于辞章雕饰，善与美都是可贵的，但应该特别注意到作品的善。对于语言和思想的关系，但丁认为：语言对于思想是一种工具，正如一匹马对于军人一样，最好的马才适合最好的军人，最好的语言也才适合最好的思想。

《飨宴》使用意大利语写成，为意大利语的学术写作奠定了基础。在经院哲学大行其道、拉丁文作为官方书面语的中世纪，但丁使用通俗的意大利语撰写哲理学术著作，以自己的实践证明通俗语言不仅可以用来描写爱情，而且也可以同拉丁文一样用来阐明哲理。从这一点来说，《飨宴》是但丁为提高意大利民族语言的地位而做出的贡献，在意大利文学史上具有特殊的意义。

但丁稍后写作的《帝制论》是一部政治论著，共三卷。但丁经历过长期的放逐生活，进一步看到各城邦之间的敌视与分裂带来的严重后果，认识到国家的和平统一是当时的首要任务，于是他放弃了早先的城邦独立的观点，而写了表达自己思想的政论著作《帝制论》。

在《帝制论》中，但丁系统地阐述了自己的政治和宗教观点，明确地提出“政教分离”的主张，斥责了“教权”高于“政权”的说法，也否定了“教皇”与“皇帝”都受命于天的论调，反对教皇对政权的干涉，反对教会干涉政治，提出了政权与教权平等的观点。但丁的这些思想，表达了新时代的进步要求，为以后欧洲民族国家和统一的中央集权的政权形成，指出了发展道路。《帝制论》中阐明的有关人类社会的终极目的是使人的潜能得到充分发挥、享受尘世的和平与幸福，并认定尘世生活有其自身的价值、不受教会宣扬的来世思想的支配等思想，对欧洲后世的文艺复兴时期人文主义思想的发展，以及宗教改革运动具有深远的影响和重要的历史意义。

第三节 《神曲》分析

《神曲》是但丁最伟大的作品。从但丁流放初年（约 1307 年）起开始写作，直到逝世前不久才完成。这部用意大利语写成的长篇叙事诗是但丁的代表作，但丁在诗中以自叙的形式，描绘了梦幻中的地狱、炼狱和天堂。但丁把现实、历史和神话传说融合在一起，把它们置于特定的环境中，站在新旧交替时代的高度，点评古今，议论纵横，以诗的语言和诗的意蕴描绘了一幅博大精深的时代生活画卷，反映了中世纪向文艺复兴时代变化时期的时代文化和时代精神。

一、《神曲》的具体内容

《神曲》分为《地狱》《炼狱》和《天堂》三部，作品这种结构来自“三位一体”的神学观念，使作品从形式上产生一种庄严肃穆的美感，预示着作品严肃重大的主题。

《神曲》原名“喜剧”，这里的“喜剧”并不是后来戏剧范畴的含义，因为中世纪的人们把叙事体的作品也称为悲剧或喜剧。但丁的这部作品一是它用意大利语写作,没用官方语言拉丁语,不很严肃;二是结局幸福完满,故称“喜剧”。后来,卜迦丘在《但丁传》中为了表示对这首长诗的崇敬,称它为“神圣的喜剧”。1555 年的威尼斯版本第一次以《神圣的喜剧》为书名,中译本为《神曲》。

《神曲》采用中世纪梦幻文学的形式,但丁以自叙体形式描写自己 35 岁时在黑暗的森林迷途遇到三只野兽,得到罗马诗人维吉尔的解救。尔后,维吉尔引导但丁游历了地狱和炼狱(净界),但丁的恋人贝阿特丽齐引导但丁游历了天堂。游历过程构成了“地狱”“炼狱”“天堂”三部曲。

(一)《地狱》

《地狱》开篇,但丁叙述自己“在人生的中途”,即 1300 年,诗人 35 岁时,梦见自己“迷失于一个幽暗的森林”;他竭力寻找走出森林的道路,直到黎明时分才来到一座曙光笼罩着的小山脚下,刚一开始登山,就被三只野兽豹、狮、狼挡住了去路。正危急时,古罗马诗人维吉尔出现了,他告诉但丁说自己是受圣天使贝阿特丽齐嘱托,前来搭救但丁走出迷途,引导他去游历地狱和炼狱。

《地狱》篇描写罪人的灵魂接受各种不同酷刑的惩罚,是三部曲中最为生动的第一部。

地狱形似一个上宽下窄的大漏斗,底在地球的中心,口在北半球,共有 9 圈,住着犯了七情六欲罪行而受惩罚的灵魂。地狱的入口处写着:到了此地,一切的恐怖和畏怯都要放在脑后了。罪恶的灵魂按生前罪孽的大小在各个层面接受不同的刑罚。

但丁和维吉尔乘小舟渡过界河,到达地狱的第一圈,这里是候判所,收容着一些古代异教时代没有受过基督教洗礼的人死后的灵魂。他在这里看见荷马、苏格拉底、柏拉图等先贤,这些出生在基督诞生之前的古代异教徒,与未来得及接受洗礼就死去的婴儿们在一起,等候着上帝的审判。

地狱的第二圈囚禁着好色者的灵魂,他们被暴风雪永无休止地卷动着,不得安宁。这里有埃及艳后克莱奥帕特拉(又译克利奥帕特拉),也有民间传说中叔嫂相恋的保罗和弗兰西斯卡。但丁听了两位恋人爱情故事的哭诉，感动得晕倒在地。这是《神曲》中著名的片段。

第三圈是恶臭的泥坑，匍匐着饕餮之徒的灵魂。他们忍受着风雨的袭击和一只长着三个狗头的恶魔的撕咬。

第四圈里有由贪婪者和挥霍无度者的灵魂组成的两支队伍，他们各自费力地推着一个沉重的大球，并且在相互辱骂。

第五圈是一条仇恨之河，易怒者的灵魂在污泥浊水中互相厮打，拳脚相加之外，还用嘴撕咬。

第六圈又叫"狄斯城"，是一片坟场，宗教异端分子的灵魂在烈火燃烧的墓穴中哀号，其中有皇帝腓特烈二世以及许多教皇。

第七圈住的是施暴者的灵魂，分为三环。外环是一条血河，毁坏人与物的强暴者，如暴君、凶手及江洋大盗等在河里受煮熬。中环是一片环形的毒刺树林，树木是由对自己的肉体施暴的自杀者的灵魂变化而成，发出悲泣之声。内环是炽热的沙漠，空中下着火雨，亵渎上帝者、同性恋者、高利贷者、重利盘剥者赤身裸体地受着火雨烫沙的煎熬，他们的罪行是对上帝、自然和艺术施暴。

第八圈是十条环形的恶沟(也译为"十个断层")，形形色色的骗子分门别类地在这里受刑。

第一条恶沟里，淫媒者和诱奸者在魔鬼的鞭笞下狂奔乱跳。第二条恶沟里满是粪水，浸泡着阿谀奉承者。第三条恶沟里，买卖圣职者被头朝下倒插在石坑里，脚上燃着火苗，他们之中有许多教皇。第四条恶沟里，占卜师、巫师、占星者统统被扭转脑袋，向背后看，永远看不到前方，用以杜绝他们对未来的预测。第五条恶沟里盛满热滚滚的沥青，惩罚着盗卖公物和公职者的灵魂。第六条恶沟里，伪君子们披着铅制的修士披风，在重负之下艰难行走。第七条恶沟里爬满各种毒蛇，它们追赶和咬伤赤身裸体的窃贼。第八条恶沟里，一团团熊熊火焰炙烤着煽动者和挑拨者的灵魂。第九条恶沟里，制造分裂者被肢解，鲜血淋漓，残缺不全。第十条恶沟里，假冒伪造者遭受着各种病痛的折磨。

地狱的第九圈是一个巨大的深井，其底部是个冰湖，象征着背信弃义者的冷酷无情，凡是生前残杀亲人和各种背信弃义罪恶者的灵魂都被冻在这里。这一圈又分为四个环：第一环是该隐环，冰冻着杀害亲人者的灵魂;第二环是安特诺尔环,冰冻着卖国叛党者的灵魂;第三环是托勒密环,冰冻着暗杀宾客者的灵魂;第四环是犹大环,冰冻着背叛恩主者的灵魂。冰湖的中央站着地狱王撒旦,这个魔鬼有三张脸,三张嘴分别咬着三个罪大恶极的人,他们是出卖了耶稣的犹大和谋杀了凯撒大帝的布鲁图斯和卡修斯。从这里,维吉尔和但丁经撒旦体内走出了地狱。

(二)《炼狱》

《炼狱》篇描写生前犯有过错的人,临终前忏悔,死后的灵魂在炼狱里净化的过程。

"炼狱"也称"净界",它是灵魂赎罪的地方,形似宝塔。它是到天堂的旅程,生前犯有过错的灵魂在这里洗心革面,改正恶习,一步步从山脚下爬到山顶的地上乐园,就可以升入天堂。

但丁设想炼狱是一座与地狱相对称的、位于南半球大海之中的金字塔形高山。炼狱的本部有七级,加上外部的山脚部分和顶部的地上乐园"伊甸园",共有九级。

第一级的山脚下,灵魂们在排队等候相当长的时间才能进入炼狱,然后按照人类的七大罪过倾向,即傲慢、嫉妒、愤怒、怠惰、贪财、贪食、好色,分别在各层级接受惩戒。

从第二级到第八级,就是生前犯有傲慢、嫉妒、愤怒、怠惰、贪财、贪食、好色这七宗过错的灵魂,分别在相应的层级接受惩戒。

第二级,傲慢者的灵魂身负重物在陡峭的山路上行走,山壁上画着谦逊的榜样人物,地面上则画着傲慢者的形象,遭受践踏。第三级,嫉妒者的灵魂互相搀扶着坐在山石旁边,因为他们的眼皮被用铁丝缝在一起,像盲人一样。无形的精灵赞颂着博爱的典范。第四级,愤怒者的灵魂在浓黑的烟雾里摸索前行,象征愤怒的感情使人们看不清事物。第五级,怠惰者的灵魂拼命地奔跑,口里呼唤,赞颂勤勉的模范,痛斥怠惰恶习。第六级,贪财的吝啬鬼和挥霍无度的败家子们被捆绑住手脚,趴卧在地上,不断咒骂吝啬和贪婪。第七级,贪食者的灵魂受着饥渴的折磨,他们对着清流和果实,却可望而不可即。第八级是一片火海,烈焰从岩缝中喷出,好色者受着火的炙烤,高声赞美贞洁的楷模。

最后是第九级的山顶地上乐园即“伊甸园”。这里绿树成荫、鲜花盛开。里面有两条小溪，一条溪水能洗掉人们对邪恶的记忆，另一条溪水能够使人们牢记善与美。灵魂经洗涤后得到净化，升入光明的天国。

当来到山顶“地上乐园”后，维吉尔悄然退下，他的离去使但丁无限感伤。祥云花雨中天使贝阿特丽齐来到，接引但丁飞往天堂。

（三）《天堂》

但丁的恋人贝阿特丽齐引导但丁游历天堂。天堂是上帝和天使的居所，共有九重天，加上最高天府，共有十个层次。

但丁想象的天堂，犹如托勒密天文体系，是由围绕地球旋转的月球天、水星天、金星天、太阳天、火星天、木星天、土星天、恒星天、水晶天这九重天以及其上的永恒静止的净火天组成。升天的灵魂按功德的高低出现在不同的境界，最后都与上帝一起居住在净火天里。他们分成各个层级，不同程度地领受上帝的光辉，享受天堂的幸福。他们的队列形同一支玫瑰。那里是一个充满爱的世界。

第一重月球天，正人君子的灵魂所居；第二重水星天，行善者的灵魂所居；第三重金星天，博爱仁慈者的灵魂所居；第四重太阳天，神学哲学家的灵魂所居；第五重火星天，殉道者和十字军战士的灵魂所居；第六重木星天，正直贤明的君主的灵魂所居；第七重土星天，禁欲修女的灵魂所居；第八重恒星天，基督、圣母、圣彼得所居；第九重水晶天即原动天，上帝的众天使所居。在最高净火天天府，是三位一体的奥秘所在。

贝阿特丽齐引导但丁步步升高，最后她归位在幸福的玫瑰天使中。圣贝拉接着继续引导但丁，只见电光一闪，但丁窥见了三位一体的奥秘，灵魂沐浴在光和爱之中。诗篇到此结束。

二、《神曲》的思想寓意

但丁在给格朗德的信里说：《神曲》作品的意义不是单纯的，毋宁说，它有许多意义。第一种意义是单从字面上来的，第二种意义是从文字所指的事物来的；前一种叫作字面的意义，后一种叫作寓言的，精神哲学的或秘奥的意义……这些神秘的意义虽有不同的名称，可以总称为寓言，因为它们都不同于字面的或历史的意义。从字面上说，《神曲》的主题是“死后灵魂的状况”“从寓言来看全诗，主题就是人凭自由意志去行善行恶，理应受到公道的奖惩”。[①] 这里明确肯定他写《神曲》是为了影响人的实际行动，也就是“为了对邪恶的世界有所裨益”，为了“把生活在现世的人们从悲惨的境地中解救出来，引导他们达到幸福的境界”。

可见，和许多中世纪的文学作品一样，《神曲》除了字面的意义外，还充满了象征寓意。

诗中叙述但丁在维吉尔的引导下，看到地狱中罪恶的灵魂所受的惩罚，看到炼狱中因忏悔而已被赦罪的灵魂在升天前所必须经受的磨炼；在贝阿特丽齐的引导下，看到各重天上得救的灵魂和圣徒以及天国的庄严景象；最后，在圣贝拉的指引下，得以凝神观照三位一体的神光，达到天国之行的终极目的。

第一，从寓言意义来看，这个虚构的神奇的旅行是但丁个人和人类灵魂的修行历程。维吉尔象征理性和哲学，他引导但丁游历地狱和炼狱，象征人凭理性和哲学认识罪恶的后果，从而悔过自新，通过修炼，达到道德上的完美境界，获得灵魂生活的幸福。贝阿特丽齐象征信仰和神学，她引导但丁游历天国，最后领受上帝的灵光和爱，象征人通过信仰的途径和神学的启迪，认识最高真理和至善，获得来世永生的幸福。

但丁以个人灵魂的修行历程为范例，启发人们对自己的思想行动进行反省，对黑暗的社会现实密切加以注意，来促使意大利在政治上、道德上复兴的希望早日实现。围绕着这个中心思想，《神曲》广泛地反映了现实，给了中世纪文化以艺术性的总结，同时也表现出文艺复兴时代人文主义思想的曙光。

《神曲》中的但丁无法在黑暗森林里辨清前行的方向，也无法摆脱面前的三头猛兽（豹、狮、狼，分别象征淫欲、傲慢、贪婪），表明他自己是一个迷惘者的形象。然而迷惘并不是绝望，因为正在这关头，他眼前出现了古罗马诗人维吉尔。受贝阿特丽齐之托，维吉尔前来做但丁的导师，引导他走过地狱和炼狱，前往永恒幸福的天堂。诗人维吉尔

---

① 朱光潜. 朱光潜全集：第六卷[M]. 合肥：安徽教育出版社，1990：158-160.

的出现反映了但丁对古希腊、罗马文化的向往，因为但丁早年便学习拉丁文和古罗马文学，维吉尔是他崇拜的偶像。而维吉尔此刻的出现更具有一种新的意义：他是但丁在迷惘中的导师。在但丁看来，中世纪占统治地位的基督教，其是非观与价值观并不能评判人间古往今来的一切是非恩怨。只有维吉尔才能引导但丁走过地狱和炼狱，也就是说，理性才是人间的是非功过的真正评判。而维吉尔本质上是古罗马人，从基督教观点来看，是异教徒。这样，但丁便把欧洲文化史上出现的古希腊、罗马文化与基督教文化之间的断层焊接起来，让维吉尔形象地展示理性和哲学是现实裁判的法则。

第二，《神曲》的思想意义也表现为在梦幻的世界中建构了一个融汇着古希腊、罗马神灵意识的形象化的宗教体系。诗人以博大精深的神学、哲学、美学知识和饱满的宗教激情，描绘了一个超然于现实之上的神灵世界，它代表了诗人的宗教理想，并在一定程度上预示了欧洲基督教改革与发展的方向。这主要表现为它把神的观念放置在人类永远追求的至高无上的顶点，同时又充分肯定人的理性精神。

在《神曲》中，诗人对古希腊、罗马文化实际上给予了相当充分的肯定，因为全诗的主体部分便是在古罗马诗人维吉尔的引导之下展现出来的，而维吉尔正是理性的化身。并且，希腊、罗马神话的多种因素在整个《神曲》中被赋予一种形而上的意义：希腊、罗马神话中恐怖的猛兽被安放在地狱各处，它们对犯罪者的灵魂直接实行精神镇压。希腊、罗马神话中美丽的浪漫故事被表现为天堂优雅的建筑装饰，它们处处为灵魂暗示着对美好人性的回忆。

在整个地狱中，候判所是个例外，那里没有猛兽，也没有惩罚，甚至也没有寂寞。住在这里的都是那些在耶稣诞生之前便死去的亡魂，当然是那些即使按基督教观点来说也称得起高尚的人。在一片幽静的林间空地，诗人见到荷马、奥维德等著名的古希腊、罗马诗人。这儿的景象壮观，他们的歌声像巨鹰一样盘旋在空中。这甚至是一种向往，因为维吉尔也和他们在一起。这毫无疑问地证明了但丁对古希腊、罗马文化和文学艺术事业的高度评价。

第三，《神曲》内容中最具认识价值的是其广泛而深刻的现实批判。

在《神曲》中，诗人着重对两类丑恶现象进行了强烈的批判。一类是教会的腐败，它是中世纪走到尽头的标志。另一类是党争所带来的政治和社会现实，它把意大利推向灾难的深渊，并且但丁本人也深受其害。

在《地狱》篇中，但丁愤怒揭露那些买卖圣职的教皇们，把他们打入地狱的第八圈第三条恶沟，并严正斥责他们“为了金银奸污了那些应该与正道联姻的事物”，同时，那些犯了重罪的贪官污吏、伪善者、盗贼与伪造金银的人等也都被打入了地狱的这一圈。在这些有罪的灵魂中有著名的恶人，例如教皇尼古拉三世，他曾于1282年在西西里岛对法国人进行大规模屠杀。还有卜尼法八世，他是一个阴险的篡位者，并且是使意大利陷于动乱的罪魁，尽管他当时尚在人间，但丁却提前把他打入了地狱。对于那些党争者们，但丁恨之尤甚，所以施之以重罚。在地狱的第九圈，但丁一不留神踏着了一个冻在冰湖里的灵魂的脑袋，于是愤恨地揪住那脑袋上的头发逼问他的姓名，而后者正为自己的罪行羞愧，宁死也不讲自己就是基白林党人阿巴蒂。这里还有罗吉挨利大主教，他曾残忍地将对手乌哥利诺及其四个孩子饿死塔中，此刻他正被后者咬住脑袋，一起困冻在冰湖中。通过对教会和党争者的责罚，但丁表现了对意大利党争、分裂的痛恨和对民族统一的渴望。

诗人在作品中广泛、深刻地揭露和批判了当时的党争所带来的政治和社会罪恶。他哀叹：

“唉，奴隶般的意大利，你哀痛之逆旅，
你这暴风雨中没有舵手的孤舟，
你不再是各省的主妇，而是妓院！
那高贵的灵魂，只是听到人家
提起他故乡的可爱名字，就急于
在那里向他的同乡人备致问候；
而你的活着的人民住在你里面，
没有一天不发生战争，为一座城墙
和一条城壕围住的人却自相残杀。
你这可怜虫啊！你向四下里看看

你国土的海岸，然后再望你的腹地，
有没有一块安享和平幸福的土地。”①

诗中还真实地描绘了佛罗伦萨从封建关系向资本主义关系过渡时期的社会和政治变化，指出：

“在你记忆犹及的过去时代里，
你曾有多少次改变了法律，币制，
官职，和风俗，也调换了你的成员！
假如你好好想一下，又仔细地看，
你必将看到自己像一个病妇，
在柔软的床上怎样都不能睡去，
只是翻来覆去以减少她的痛苦。”②

第四，《神曲》也表现了但丁作为新旧交替时代的思想家的矛盾性，或者称为两重性。

这种矛盾性的表现，其一是但丁在哲学的高度上对于人文主义思想的矛盾态度。但丁在《神曲》中将希腊、罗马神话的形象遍布三界，形成了对人类行为方式的褒贬评判。这些褒贬评判与维吉尔作为但丁导师的形象共同构成了人类的理性精神。但是，但丁同时也把一个永恒正确的上帝，作为信仰，是人类永恒的向往与归宿。这说明，虽然但丁对腐败的教会与堕落的教皇展开了无情的批判，但对于神的观念却是绝对肯定的。正是基于这种观念，但丁在《神曲》中也充分肯定了那些虔诚的教士和苦行者、殉教者以及为信仰而牺牲的十字军战士。

其二是但丁在对人的情感与智慧方面的评判表现出矛盾性。但丁在恋爱问题上表现出十足的恋爱至上主义态度，他在天堂见到贝阿特丽齐时所产生的情感，仍是他自己对那个自少年时代就开始恋慕的美好女性的恋情。在地狱的第二圈，他对弗兰西斯卡和保罗的不幸爱情表现出深刻的同情，但是，他又让弗兰西斯卡和保罗在地狱中遭受飓风狂卷的惩罚。但丁对维吉尔表现出一种充满着崇敬与亲情式的依恋，以致在地上乐园同他分手后表现出感伤与失落，但他又把维吉尔放在地狱第一圈的候判所中。

---

① 但丁.神曲：炼狱篇[M].朱维基，译.上海：上海译文出版社，2011：270.

② 但丁.神曲：炼狱篇[M].朱维基，译.上海：上海译文出版社，2011：273。

在人类智慧的问题上，但丁也同样表现出矛盾性。在《天堂》篇里，但丁借人类的始祖亚当之口对人类的原罪观念做出了新的解释。亚当对但丁说，他的罪孽“并不在于吃了那树上的果子，而在于越犯了那定下的界限”，这说明了但丁对人类识别善恶的智慧能力的充分肯定。此外，在整个作品中，密涅瓦（即古希腊智慧女神雅典娜）始终是一个正面形象。对于智者形象尤里西斯（即荷马史诗中的奥德修斯），但丁也对他在海上百折不挠的追求做了明确的肯定。但是，但丁仍然把他发配到第八圈的第八条恶沟里，让他受到火刑的惩罚而痛苦不堪。诸如此类的描写，都说明但丁思想的矛盾性。

《神曲》尽管在思想意义上表现出两重性的矛盾，但是，诗人把自己的生活经验、宗教热忱、爱国思想和对现实的态度融为一体，通过幻游地狱、炼狱、天堂三界的描述，形象地表明：在新旧交替时代，个人和人类不但要在哲学的指导下，凭借理性，涤除“地狱”中的罪恶，远离“炼狱”中的错误，经历苦难和考验，在道德上得到净化，还要在此基础上，通过信仰的途径、神学的启发，才能最终走出迷惘，认识最高真理，达到至善的境地。

总之，《神曲》是但丁从政治上、道德上探讨意大利民族统一和前途命运的寓言性总结。从当代意识看，《神曲》中诗人所表现出来的自我批判、自我完善的自觉意识、忏悔意识、批判精神、进取意志以及对意大利民族统一、全人类道德进步文明发展的思虑和关切，具有超越时代的进步意义。作为中世纪的诗人，但丁认为信仰和神学高于理性和哲学。他所认识的真理和至善，虽然还局限在基督教神学的观点里，但他追求最高真理的精神和关怀人类命运的热情，在所有的时代，都是有进步意义的。人类必须经过迷惘和错误的考验，才能到达真理和至善至美的境地。

三、《神曲》的艺术成就

第一，《神曲》的艺术成就表现为巧妙而严整的艺术结构：工整、对称、完美。

长诗《神曲》写的是诗人自己幻游“三界”的经历，因此自然地分成了《地狱》《炼狱》《天堂》3 部。每部又分为 33 歌，共 99 歌；加上“序曲”，共 100 歌。地狱分为 9 圈，炼狱分为 9 级，天堂分为 9 重。

在中世纪的基督教世界，上述“3”“9”“100”等数字都具有某种神秘意义和象征性，能够使人产生特殊的联想。“3”代表神学中的“三位一体”，即圣父、圣子、圣灵三者乃是一体。“10”则代表完美，“100”则是“完美中的完美”。

《神曲》三部，每部结束时，都以“群星”一词收尾，代表诗人对天堂和光明的信仰追求。诗人之所以这样安排《神曲》的结构，一是使全诗的构成严密而完整（在这一点上，就长篇叙事诗而言，《神曲》是无与伦比的）；二是使长诗的形式因素也能暗示出某种深意，以强化作品的“思想性”。

第二，《神曲》采用了中世纪梦幻、象征、隐喻的表现手法。在《神曲》中，但丁采用了中世纪常见的梦幻手法，通过梦境使得自己能够和古今各种人物沟通，进行直接对话，这样便产生了超出现实主义手法的浪漫效果。象征、隐喻也是中世纪文学常见的手法。《神曲》中有种种象征隐喻，如“幽暗的森林”象征“人生的迷误”之途；三头猛兽中，豹象征淫欲，狮子象征傲慢，狼象征贪婪；维吉尔象征理性和哲学，贝阿特丽齐象征信仰和神学；“地狱”象征黑暗与罪恶之所，“炼狱”象征修炼之所，是经历痛苦、远离罪恶、修正错误，通向幸福的必由之路，“天堂”象征幸福之所，是至善至美的境地。梦幻与象征、隐喻，构成了《神曲》神秘朦胧的艺术特色。

第三，《神曲》在语言上的突出特点是民族化语言的运用。《神曲》是第一部用意大利俗语创作的文学作品，即用在人民中间广泛使用的意大利语写成。《神曲》不仅打破了文学用拉丁语创作的传统，而且促进了意大利民族语言的统一，为意大利民族语言与文学的发展奠定了基础。

思考题

1. 为什么说但丁是“中世纪的最后一位诗人，同时又是新时代的最初一位诗人”？

2. 《神曲》思想和艺术上的两重性表现在哪些方面？

3. 试分析《神曲》的审美意义和当代价值。

推荐阅读图书

1. 但丁.神曲[M].田德望,译.北京:人民文学出版社,2015.
2. 但丁.神曲[M].朱维基,译.上海:上海译文出版社,2011.

附　录　《神曲》精彩篇章选读

《神曲·地狱篇》

第四歌　第一圈:林莽狱;善良的异教徒[①]

一个沉重的雷声打破了
我头脑里的酣睡;我跳起来,
就像一个为强力所惊醒的人;
直立起来后,我把休息过的眼光
向四边移动,凝神观望,
来看明白我是在什么地方。
千真万确,我发现自己
在那悲惨的"地狱之谷"的边缘,
那里回响着一片不绝的雷动的哭声。
那是如此黑暗,幽深,烟雾弥漫,
我定神向那底下望去时,
我在那里什么东西都看不见。
"现在让我们走下幽冥的世界去吧,"
那面色变得完全苍白的诗人开始说,
"我将在前面走,你跟在后面。"
看到了他的面色,我说道:
"你一向是我在疑惑中的力量,
当你恐惧时,我怎能追随呢?"
他对我说:"这里底下的

① 但丁.神曲[M].朱维基,译.上海:上海译文出版社,2011:24-31.

人们的痛苦使我的脸孔染上
怜悯之色,你把它当作恐惧。
我们走吧;路途的遥远要我们赶紧。"
这样他走进了,也使我走进了
那环绕着地狱的第一圈。
在这里,没有哀哭声传进
我们的耳朵,除了叹息声,
它使得永恒的空气震颤。
这种叹息,并不是由于鞭笞,
却是那些大群的男男女女
以及孩童,由于忧愁而起。
那善良的夫子对我说:"你不问问
你看到的这些幽魂是谁么?
在你再向前走时,我愿你知道
他们没有犯过罪;虽然他们有优点,
这还不够:因为他们没有受过'洗礼',
那是你所信奉的宗教之门;
因为他们生于基督教之前,
他们敬拜上帝不能无误;
我自己就是他们中的一个。
为了这种缺点,并不是为了其他错误,
我们堕落了;所受的苦仅是这样,
我们没有希望地生活在欲望之中。"
听到这话,我心中十分忧郁;
因为我知道十分高贵的人
在那林菩狱里悬而未决。
"告诉我,夫子;告诉我,先生,"
对于那克服一切错误的"宗教"
希望获得保证,我问道:
"有过什么人依靠自己的或别人的功德,
从这里走出而以后蒙庥的么?"

他懂得我话里隐含的意思，
回答道："我刚到这里来时，
我看到一个'万能者'来到我们这里，
他戴着胜利的冠冕。
他从我们那里带走了我们的'始祖'，
他的儿子亚伯，和挪亚的幽魂；
立法者和守法者摩西的幽魂；
族长亚伯拉罕；国王大卫；
以色列与他的父亲和子女，
和他的得来不易的拉结的幽魂；
以及其他许多，而都使他们蒙庥了；
我希望你知道，在他们之前，
没有人类的灵魂得救过。"
虽然他在说话，我们并没有停步；
就在这时经过了那座树林，
我是说那座由拥挤的幽灵所形成的树林。
在我沉睡之后我们
还没有走得多远，我就看到一片火光
征服了一个黑暗的区域。
我们离开它还有一些路程；
但是不太远，我还能部分地
看出占据那地方的可尊敬的人。
"尊敬一切科学和艺术的你啊，
请问这些灵魂是谁，竟有这种荣誉，
把他们和其余的灵魂分开？"
他对我说："在你们人世
传布着他们的光荣的名字，
使他们在天上获得殊恩而超升了他们。"
当时我听到了一个声音：
"尊崇那伟大的诗人！
他离去了的阴魂归来了。"

那声音停止和静寂了之后，
我看到四个伟大的幽灵向我们走来；
他们的神色既不忧郁，也不快活。
那善良的夫子开始说话：
“看那手拿宝剑，走在三人之前的，
他是他们的魁首：
他就是荷马，至尊的诗人；
跟着来的是讽刺诗人荷拉斯；
奥维德是第三个，最后一个是卢甘。
因为他们和我相同都具有
那个声音所叫出的称号，
他们才尊崇我，而且做得很对。”
这样我看见了那歌王的赫赫一派
聚在一起，他们崇高的歌声
像巨鹰一般高翔于余者之上。
他们交谈了一刻之后，
转身过来向我表示敬意；
我的大师看到这个就微笑了。
此外他们给我更多的荣誉；
因为他们把我算在他们的数目中，
我成为这些大智中间的第六个。
我们就这样向着那火光走去，
谈论着在那时谈论是适当的，
而现在最好保持缄默的事情。
我们来到一座宏伟的城堡，
有七重高墙把它围住，
一条美丽的溪流在四周卫护。
我们走过它像走过坚土一样；
我同那些圣哲穿过七重大门；
我们走到一片青翠的草地。
草地上有许多人，眼光缓慢而庄重，

外貌上显得有极大的权威；
他们不大说话，说时也用温和的声音。
这样，我们退到了一边，
走到一片开旷，光辉，和隆起的地方，
所以我们都能够看到他们。
立刻，在那绿色的珐琅上，
那些伟大的精灵呈显在我眼前，
我心中因看到他们而感到光荣。
我看到伊兰脱拉与许多同伴在一起：
他们中间我认识赫克托和伊尼阿；
戎装的恺撒，眼睛像鹰的一样。
在另一边，我看到卡弥拉
和潘脱西里；看到拉丁姆的国王
和他的女儿拉文尼亚坐在一起；
我看到逐出了塔魁因的布鲁塔斯；
琉克利霞，朱利亚，玛夏，和姑乃丽；
我看到萨拉丁独自在一边。
当我把眼皮抬得稍高时，
我看到智者们的大师，
坐在一群哲学家的中间。
大家注视他；大家尊崇他；
这里我看到苏格拉底和柏拉图，
他们在余者之前，立得和他最靠近；
把宇宙归之机运的德谟颉利图；
代俄哲尼，亚拿萨哥拉和泰利斯；
恩培图克利斯，赫拉克利特和芝诺；
我看到优良的草药采集者，
我指陶斯科利提斯；又看到奥弗斯，
图雷，兰那斯，和道德家辛尼加；
几何学家欧几里得，和托雷美；
希波克拉底，亚微瑟那，和该楞；

作那伟大的注释的阿弗罗厄。
我不能详细地把他们都描绘一下：
因为我的冗长的主题驱迫着我，
以致有许多次言语够不上现实。
六人的一队减到了两人；
那贤明的导师由另一条路领导我，
从静穆中走出，进入颤动的空气里。
于是，我来到了无光的一隅。

《神曲·炼狱篇》

第十七歌　在第二夜中的有益谈话①

读者，假使你曾经在一座山上，
四周雾气弥漫，你什么也看不清，
就像鼹鼠从眼翳后看东西一样，
那么请你回想一下，那潮湿的、
浓密的雾气开始消散的时候，
那轮太阳如何无力地从中透露：
然后你的想象力就会活泼起来，
可以清楚地理解到我最初如何
又看到了那已在沉落的太阳。
紧随着我导师的坚强可靠的脚步，
我就从那样一片云雾中突破出来，
走向早已熄灭在下面坡上的阳光。
想象啊，有时候你从我们这里夺去了
我们的魂魄，就是有一千只号角
在周围吹动，我们也什么都感不到，
若感官不把东西献给你，谁来推动你？
一种在天体中成形的光明推动你，
或者出于自愿，或者由神意指定。

① 但丁.神曲[M].朱维基，译.上海：上海译文出版社，2011：342-347.

在我的想象中出现了那个女人的
邪恶行为，据说她后来变成了
那种最欢喜婉啭[①]歌唱的鸟儿；
在这时候，我的心灵把自己
完全关闭了起来，除了那时
已占住它的，再不接受外面的事物。
然后落入我的崇高想象中的，
是一个被钉在十字架上的人，
态度傲慢可怕，临死时也是这样。
在他的四周是威严的亚哈随鲁，
他的妻以斯帖，和公正的末底改，
在说话和行动上都是那么诚恳。
不久这个幻象就自行破灭了，
正如一个泡沫在那形成它的水
失去力量的时候自行破灭一样，
在我的幻梦里又出现了一位少女，
一面哀哀哭着，一面说道："母后啊，
为什么你在一怒之下就这样轻生？
你杀死自己为了要不失去拉维尼亚；
如今你失去了我；母亲啊，我悲恸
是为你的不幸，不是为别人的不幸。"
如同突然而来的初生的阳光
射在闭着的眼上，睡眠就被驱散，
但在完全消失以前还要抖动；
我的想象也像那样从我脑中消失，
只因为一条光直射在我的脸上，
那光比我们惯于看到的远为灿烂。
我正在回头看自己在哪里时，
一个声音使我抛弃了一切杂念，

① 应为"婉转"。

它说道:“这里就是上山的路”;
它使我生出了欲望,要看一下
那说话的究竟是谁,在我没
见他前,这个热望决不会休止。
但是,如同太阳使我们不能逼视,
由于光芒过度强烈隐起它的形状,
我的力量也像那样变成无用。
“这是一位从天国下降的圣灵,
他不待我们祷告就指点我们上升的路,
他把自己隐藏在自己的光芒里。
它对待我们就像一个人对待自己;
因为要等人家祷告才看出需要的人,
已经怀有拒绝人家的不良意思了。
如今应邀移动我们的脚步吧;
我们要在黑夜来临以前奋力上去,
不然我们要等到黎明才能登山。”
我的导师这样说,我就同他一起
转过我们的脚步走向一座阶梯;
我把脚一踏上那第一步石级,
就感到附近仿佛有翅膀拂动,
扇着我的脸,我听到一个声音在说:
“使人和睦的人有福了,因无恶怒。”
如今黑夜紧紧追住不放的
夕阳的余晖已高临在我们顶上,
因此星辰正在许多地方闪闪发亮。
“我的力量啊,你为什么这样地
从我的身上消失呢?”我心中在想,
因为我感到我的双腿已不肯用力。
我们走到了那座石梯已经没有
梯级的地方,就站在那里不动,
正像一条到达了岸边的船那样:

我就向四边留心了一下，看我是否
在这新的一圈里能听到什么；
于是转身过去向我的导师说道：
“我亲爱的父亲啊，请对我说，
在我们到达的这一圈里净什么罪？
我们的脚停止，请莫停止你的谈话。”
他便对我说道：“对于善的爱好
若是没有尽到责任，在这里补尽；
不该放松的桨又在这里划动了。
但是为了你可以理解得更清楚，
你要全神贯注地听我说话，
你将从我们的滞留中得些美果。”
他开始说道：“我的儿啊，造物主
和造物是永远不会没有爱心的，
不是天性的就是理性的；这你知道。
那天性的爱永远没有错误；
但是那另一种爱，由于目的不良，
或者由于精力过少或过多，可以致误。
若是它目标向着天国的幸福，
而在次一等的幸福上克制自己，
爱不能成为有罪的欢乐的原因；
但是当它转入了邪恶的道路，
或是怀着过多或过少的热忱
趋向于善，造物就违逆了造物主。
因此你从这里面可以理解到，
爱不得不是你身上的一切美德
和一切应受责罚的行为的种子。
如今且说，既然爱决不能掉转脸去，
把它的主体的幸福置于不顾，
一切万物都没有憎恨自己的危险；
而且我们不能想象一个造物

脱离至高的造物主而单独存在，
因此一切情感中断无恨上帝之心。
若是我的分类没有分错，
我们爱的不幸是我们邻人的不幸，
这种爱在你们人间表现在三方面。
有一种人对他的邻人幸灾乐祸，
希望自己胜过人家，只是为了
这一点就切盼人家从高处摔下；
有一种人看人家高升，就忧心忡忡，
唯恐自己丧失权势、恩宠、荣誉和声名，
只希望人家有着相反的遭遇。
又有一种人受到了一些委屈，
就装出十分羞愤的样子，处心积虑
要报仇雪恨，这种人必然想害人。
那下面的幽灵痛悔这三种爱：
现在我希望你懂得另外一类，
这一类爱以错误的方式向善疾趋。
每个人都朦朦胧胧地看到
心灵可以从中找到安息的善，
而想望它；因此人人奋力以赴。
如果你只是怀着不冷不热的爱，
去望它或是去取它，这座飞檐
在你适当痛悔以后，就责罚你这个。
另有一种善，不会使人们幸福；
它不是幸福，它不是善的精英，
那一切至善的果实和根株。
把自己过分耽溺于其中的那种爱，
是在我们上面的三个圈层里痛悔：
但是它怎样分成三类，我不说，
为了使你自己去把它探索出来。”

《神曲·天堂篇》

第三十三歌　最后的幻象[①]

"童贞的母亲啊,你儿子的女儿啊,
你卑谦而崇高,超过任何的生物,
这是永恒的天意所定的目标,
你使人类的天性变得那么高贵,
甚至连那创造人类的上帝
也愿意成为他自己的创造物。
在你的子宫里那爱重又燃起,
爱的热力生出了这朵美丽的花,
使它在永恒的和平中这样盛开。
在天上你对我们就像仁爱的
中午的阳光,在尘世你对于
人类就像希望的活的源泉。
圣母啊,你是那么伟大,那么崇高,
若是想望天恩的人不向你求助,
那就等于他的渴慕想不用翅膀飞翔。
你的仁慈的胸怀不仅把援助
赐给向你恳求的人,而且时常
宽宏大量地不待祈请已先答允。
在你里面是温柔,在你里面
是怜悯,在你里面是大度,
世上的一切美德都在你里面结合。
如今这个人从全宇宙的
最低的深渊一直到这里,
一个一个看到了精灵的生活,
他在向你恳求恩惠,恳求你
赐给他那么多力量,使他能够

① 但丁.神曲[M].朱维基,译.上海:上海译文出版社,2011:690-695.

把眼睛举得更高，以观望那最后的幸福；
我从来不曾为自己恳求过天启，
像为他恳求这样迫切，我向你奉上
我所有的祷告，但愿这已足够
使你用你的祷告，为他驱散
他的肉体上的所有的云雾，
让至高的欢乐能呈现在他眼前。
我还要祈求你，万能的王后啊，
请你使他在这伟大天启之后
能够继续保持爱情的纯洁。
愿你的保护消除尘世的情欲；
你看俾德丽采，还有多少圣徒，
都为我的祷告合起手掌。”
那双为上帝所爱，所尊敬的眼睛，
一动不动望着那个祷告者，
可以看出虔诚的祷告如何令她喜悦。
然后那双眼睛凝视永恒的光明，
我们认为，任何造物都不可能
以那么清晰的眼光向那里观望。
而我呢，我已在渐渐靠近我的
一切渴望的目标，思慕的热忱
在我的胸中消止是应当的。
伯纳特微笑了一下，又向我示意，
我应该向上面观望，但是我
已经做了他吩咐我要做的事情；
因为我的已经变得洁净无垢的眼光，
如今正在愈来愈多地直射到
那本身是真实的至深的光明里。
自此以后我的眼力比我们的言语
更为强大，言语无力表达这种景象，
记忆对如此巨大的剧变也无能为力。

好像一个人在梦中看到异象，
在梦醒了以后，印上的激情还是留下，
而其他的事情却一点不能记起；
我正好是这样；因为我见到的幻象
几乎完全消失，但从中诞生的芳香
依然一点一滴落在我心中。
雪就像这样在阳光的下面
一点一滴消溶[1]，写在树叶上的
西俾尔的谶语也如此轻轻随风飘散。
至高无上的光明啊，你那么远远
超出在人类思想之上，让我记起
你当时仿佛的模样的一小部分吧，
请你给我的言语以这样的力量，
至少让我能够把你万丈光芒中的
一小颗火花传给将来的人们；
因为只要稍微恢复一下我的记忆，
只要在这些诗行里稍微加以吟咏，
你的胜利就可以更多地被想象出来。
我相信，我那时用力受住的
那强烈的熊熊火光会使我迷失，
若是我的眼睛从它那里移开。
因此，我现在想起，我那时曾壮着胆子
尽量久久地观望那光芒，
使我的眼光跟那无限的善结合。
无比宽宏的天恩啊，由于你
我才胆敢长久仰望那永恒的光明，
直到我的眼力在那上面耗尽！
我看到了全宇宙的四散的书页，
完全被收集在那光明的深处，

① 同“消融”。

由仁爱装订成完整的一本书卷；
实物和偶然物，以及其间的关系，
仿佛糅合和融化在一起，
使我所讲的只是一个简单的模样。
我如今以为我那时看到了
这混合体的宇宙的形式，
因为我在说时我感到更大的欢乐。
只一瞬间就使我陷于麻木状态中，
更甚于二十五个世纪使人淡忘了
那使海神见阿哥船影而吃惊的壮举。
我的完全在休止状态中的心灵，
就这样固定不动，专心致志地
凝望着，而在凝望时辉煌起来。
因为人在那辉煌灿烂的光明前，
会变成这样，他永远不可能
从那里移开眼光去看另外的景象。
因为善，那意志所追求的目标，
完全集中在那光明里，在它之外
有缺陷的东西，一到里面就成完整。
如今我的言语甚至无法表达
我能记起的事情，简直比不上
一个还在用乳汁滋润舌头的婴孩。
并不是我所观望的熊熊火光，
有着不止是一种的外貌，
它的确和先前的模样没有不同；
可是由于在我看的时候眼力在增强，
那唯一的颜容就在我变化的时候，
也在我的眼光里发生变幻的作用。
在那又澄澈又崇高的幽光的生命里，
我看到了三个圈环，三个圈环
有三种不同的颜色，一个容积；

第一个圈环仿佛为第二个所反映，
如彩虹为彩虹所反映，第三个像是
相等地从这两者里面发出的一片火光。
哦，但是这种言语跟我的构思比较，
是多么薄弱无力！跟我看到的相比，
这种言语还不仅是微不足道而已。
哦，只存在于你自身中的永恒的光啊，
你只是把爱和微笑转向自身，
你为自己所领悟，你领悟自己！
那个在你里面显现出来的圈环，
仿佛只是为反射的光所形成的，
当我用我的眼睛稍加注视的时候，
我似乎看到用它自己的彩色，
在它本身上，绘成了我们人的面貌，
因此我就用全部的眼光注视。
如同一个几何学家用了全力，
要把圆形画成面积一样的正方形，
绞尽脑汁，也找不到他缺少的原理；
我对于那新出现的景象也像那样；
我愿意知道那形象如何同那圈环
相符合，它如何定居在那里面：
但是我的翅膀不能作这个飞翔；
只是一阵闪光掠过我的心灵，
我心中的意志就得到了实现。
要达到那崇高的幻想，我力不胜任；
但是我的欲望和意志已像
均匀地转动的轮子般被爱推动——
爱也推动那太阳和其他的星辰。

第四章　莎士比亚与《哈姆莱特》

学习本章，要求了解莎士比亚的生平创作及其所处的时代社会文化背景，体会其文学作品中所体现的人文主义精神；熟悉莎士比亚戏剧创作的主要成就及其“四大悲剧”；掌握《哈姆莱特》悲剧的情节层次、主题层次、哈姆莱特形象分析、哈姆莱特延宕问题，掌握《哈姆莱特》的艺术特点。

第一节　文艺复兴运动时期的文学

一、文艺复兴运动与人文主义

公元14—16世纪，在欧洲许多国家，新兴资产阶级兴起了一场反封建、反教会的思想文化运动，这就是文艺复兴运动。新兴资产阶级打着“回到希腊罗马去”的旗号，声称要把久已湮没的古典文化“复兴”起来，故有“文艺复兴”之称。文艺复兴不是古代文化的单纯复兴，而是一个在自然科学和社会科学各个领域全面开展的思想文化运动。文艺复兴运动不仅是文艺思想的转变，而且还包括哲学、政治、世界观等在内的一切意识形态的全面变革。文艺复兴运动是在欧洲近代资本主义原始积累时期，意大利、英国、法国、西班牙等国家长期竞争和争夺海上霸权这样的时代背景下产生的。欧洲人对自然的发现和对人的发现以及征服世界的雄心，构成了文艺复兴时代的精神特点。

在文艺复兴运动中产生的新文化，是一种与中世纪宗教文化相对的世俗文化。文艺复兴时期的资产阶级知识分子，反对中世纪神学对整个文化的统治，力图摆脱宗教和教会的束缚，要求个性解放和个人自主，从而建立一种以人为本的文化，这就是人文主义文化。

“人文主义”源于拉丁文，在中国有三种译法：人文主义、人道主义、人本主义。人文主义侧重文化意义；人本主义侧重哲学意义；人道主义主要是一种价值理想,包括面较广。

文艺复兴时期的人文主义文化是以人为中心的世俗文化,提倡以人为本,以区别于中世纪神学以神为本。文艺复兴时期的人文主义文化的主要内容是以以“人”为中心的世界观反对以“神”为中心的世界观;以“人性”反对“神性”;以“人权”反对“神权”;以个性解放反对禁欲主义;以理性反对蒙昧主义。人文主义文化反映了新兴资产阶级反封建反教会的要求,它体现了一个时代的新精神。

应当指出的是,文艺复兴时期的人文主义文化不同于中世纪宗教文化,也不同于现代资本主义文化。特别是文艺复兴后期,当新兴资产者把“人性”“人权”“个性解放”发展到极端,就陷入了利己主义、自由主义和色情主义的泥坑。因此,文艺复兴时期人文主义文化显示出它反封建反教会的进步性和生命力的同时,也表现出它的局限性。莎士比亚在他的喜剧和悲剧中,全面反映了人文主义文化的进步性与局限性。

二、文艺复兴时期的英国文学

英国的人文主义文学在14世纪已经露出曙光。最早的作家乔叟(1340—1400年)在意大利人文主义运动的影响下,诗作已经显示出反封建、反教会、追求个性自由的倾向。乔叟的代表作《坎特伯雷故事集》,较为全面地反映了14世纪英国的社会生活,揭露了封建阶级尤其是教会的腐败无耻,肯定了对世俗爱情的追求。

15世纪末,英国一批新的人文主义学者登上文坛。莫尔(1478—1535年)以对话体幻想小说《乌托邦》,揭露了英国资本原始积累时期“圈地”运动的罪恶,记录了“羊吃人”的血腥现实,揭示了社会罪恶的原因在于私有制,并描绘了“乌托邦”社会中没有人剥削人的美好图景。这部作品被认为是欧洲最初的空想社会主义作品之一。

16世纪中期以后,英国的人文主义文学出现了空前的繁荣。诗歌方面有最著名的诗人斯宾塞(1552—1599年),他的长诗《仙后》塑造了有道德、有教养的高尚的亚瑟王和仙后格罗丽亚娜的形象,并表达了在政治上实施法律、在宗教上反对天主教的清规戒律的思想。尤其是1588年英国舰队战胜了西班牙的无敌舰队,夺得了海上霸权,英国历史进入伊丽莎白女王统治的黄金时代,人文主义文学在英国发展到顶峰，其中，戏剧成就巨大。

早在16世纪初，一些学校就开始有模仿古代戏剧的活动。16世纪中叶以后，伦敦建立起众多的公共剧场，出现了一些职业剧团。除一些古代作家的剧作被翻译、出版、上演外，新编剧目大量涌现。当时剧作家众多。尤其是“大学才子派”的创作，为莎士比亚戏剧的出现准备了条件。

“大学才子派”是16世纪后期在英国出现的一批人文主义剧作家。他们大都受过大学教育，具有人文主义思想，学识渊博，在戏剧创作上颇有创新。大学才子派剧作家主要有李利（约1554—1606年），格林（1558—1592年），基德（1558—1594年）和马洛（1564—1593年）。

“大学才子派”的悲剧创作蔚为大观，按题材可分为三类：第一类是复仇悲剧，以复仇为主线，如基德的《西班牙的悲剧》等。这类悲剧的出现反映了塞内加复仇剧的影响，也反映了社会的动荡和人们渴求正义的普遍心理。第二类是情欲悲剧，如马洛的《浮士德博士的悲剧》等。情欲悲剧反映了当时流行的认为人的气质欲望决定命运的观点。与情欲悲剧常常结合着的是第三类所谓恶行悲剧，它们深刻地揭露了野心家的罪恶，也揭露了嫉妒、自负、邪恶所带来的灾难。

值得注意的是，除上述“大学才子派”创作的悲剧外，还出现了一些反映中产阶级生活的悲剧，如无名氏的《费弗夏姆的阿登》和《约克郡悲剧》等。他们的戏剧创作，从语言、风格、情节等方面影响了莎士比亚，为莎士比亚的成功准备了条件。特别是大学才子中最有才气的剧作家马洛。马洛的著名作品是三部悲剧《帖木儿》《马尔他岛的犹太人》和《浮士德博士的悲剧》。作品塑造了一系列追求权力、追求财富、追求知识的时代巨人形象。正是这样的环境，成就了英国人文主义戏剧天才莎士比亚。

第二节　莎士比亚生平之谜与戏剧创作

一、莎士比亚生平之谜

莎士比亚（1564—1616年）是文艺复兴文学的集大成者，英国最伟大的剧作家，人类戏剧史上的一个里程碑。他的创作反映了人类共有的某些心理特质，引起不同时代人们的共鸣，显示出震撼人心的力量，对欧洲文学乃至世界文学都产生了深远影响。

在莎士比亚的生平事迹中，学术界存在着三个普遍争议的问题：

第一个问题"失去的年代"：即指1585—1592年的七年，这期间莎士比亚为什么离开家乡只身去伦敦？他的经历如何？他究竟干过什么工作？因无任何资料记载，这一系列问题至今都无法确定。因此，研究者称之为"失去的年代"。

第二个问题"一张二等床"：即"第二好的床问题"。莎士比亚在遗嘱中，指定其大女儿为遗产主要继承人，给年迈体衰的妻子安妮的财产在遗嘱中写明的只有"一张二等床"。由此在有关莎士比亚的爱情和婚姻问题的传闻中，仿佛又多了一条莎士比亚根本不爱妻子的证据。事实究竟怎样，真相无从而得。研究者争论纷纷，观点亦有天壤之别。

第三个问题"莎士比亚问题"：一些学者认为，像莎士比亚这样一个从未曾受过正规高深教育的人，是写不出归在他名下的那些出色剧本的，这些优秀的佳作只能出自某个受过高深教育的（如剑桥大学或牛津大学）出身高贵者之手。关于这个问题，最早盛行的说法是"培根写剧说"，后来又有"大学才子"马洛写剧说，更有甚者认为莎士比亚的剧本是出自女王伊丽莎白之手，等等。

这三个问题，可以说构成了"莎士比亚生平之谜"。

根据现有的研究，比较普遍的说法，一般认为莎士比亚于1564年4月23日出生在英国中部艾汶河畔的斯特拉福镇，离伦敦约100英里（1英里≈1.61千米）。祖上务农，父亲主要从事皮革手套的制作和销售，逐渐发迹，成为当地的富商，于1565年被推举为镇参议员，后又于1568年当选为镇长。

大约从莎士比亚少年时期开始，家境日渐衰落。为了偿清债务，莎士比亚的父亲不得不将自己妻子陪嫁的田产变卖掉。据说莎士比亚曾在当地"文法学校"学习过拉丁文和古典文学。这些"正规"教育虽然十分有限，但却给莎士比亚打下了良好的艺术文化功底。

由于家境日衰，莎士比亚大约14岁时辍学回家。1582年，18岁的莎士比亚与邻乡一个富裕自耕农的女儿安妮·哈瑟维结婚。不久，3个小孩先后出世，生活负担加重。莎士比亚不得不离开故乡，只身奔赴伦敦。关于他出走的原因，有各种各样的说法，比较可信的理由，可能是由于家道中落以及伦敦对他巨大的吸引力。伦敦剧团一年一度到斯特拉福巡回演出，激起了他对戏剧艺术的浓烈兴趣，在莎士比亚看来，伦敦不仅是一个谋生糊口的理想场所，也是一个满足他戏剧兴趣的神往之地。

关于莎士比亚初到伦敦的情况，人们知之甚少，据说他曾当过戏院马厩里的看马人、剧场里的清洁夫和拉幕员、舞台后的提词人和舞台上的临时演员，等等。在当时人们的眼中，这些都是十分低贱的职业。但也许这些经历使他对于剧院内外的一切逐渐熟悉起来，同时生活的磨炼也开阔了他的眼界，加深了他对社会的认识。

现在能够看到的资料表明，可能在1590年，莎士比亚开始戏剧创作，他靠着自己的勤奋和努力，也靠着自己的非凡才华，在剧坛逐渐崭露头角，从而引起了"大学才子"们的惊恐。当时已负盛名的剧作家和诗人格林在1592年临去世前写信给其他"大学才子"，攻击莎士比亚是"一只披着我们作家的漂亮羽毛的自命不凡的乌鸦"，这恰好证实了莎士比亚的崛起是如何气势逼人。为了取得贵族的资助、支持和保护，莎士比亚于1593年和1594年，先后写了《维纳斯与阿都尼》和《鲁克丽丝受辱记》两首长诗奉献给年轻的骚桑普顿伯爵。就在这期间，莎士比亚开始以演员的身份出入宫廷。他先后参加"御前大臣"剧团和"王上供奉"剧团。接连不断地到王宫出演，为莎士比亚提供了观察、了解王公大臣生活的机会。随着演出和创作的成功，莎士比亚收入渐丰，使他得以在故乡购置产业，并成为剧院股东。1596年，他为父亲申请获得了最低的贵族称号。

1610年莎士比亚回到故乡斯特拉福镇，但仍与剧团保持联系。1613年莎士比亚停止了创作，1616年4月23日去世，享年52岁。

二、莎士比亚的戏剧创作

根据现有的资料研究，莎士比亚一生创作完成了2部叙事长诗、150首十四行诗和大约37个剧本。

莎士比亚的诗歌作品大多创作在1593—1598年前后，主要有2部叙事长诗：《维纳斯与阿都尼》和《鲁克丽丝受辱记》；另外还有1部《十四行诗集》。《十四行诗集》是莎士比亚最优秀的诗歌作品，其基本主题是歌颂爱情和友谊，赞美真善美。

莎士比亚的主要文学成就是他的戏剧。他一生至少写作了37个剧本，其中历史剧10部、喜剧13部、悲剧10部、传奇剧4部。根据莎士比亚的思想和艺术发展过程，一般把莎士比亚的戏剧创作分为3个时期。

（一）早期（1590—1600年）：历史剧和喜剧创作时期

莎士比亚的历史剧主要取材于两部英国编年史，即霍尔的《兰开斯特与约克两大显贵家族的联合》和霍林希德的《英格兰与苏格兰编年史》。但是，他的历史剧主题，却是呼应了时代的要求，反映了1588年英国打败西班牙无敌舰队后高涨的爱国情绪，同时从民族历史中寻求民族前途的答案。他的历史剧主要反映英国13世纪初至15世纪300年的历史，内容并不完全符合史实，主要表现人文主义理想在国家和社会生活中的胜利。

16世纪的90年代，正值伊丽莎白统治的“盛世时期”，民族统一，中央集权巩固，资本主义经济通过长期原始积累有了明显发展，王室和资产阶级、新贵族三者之间实现了“暂时联盟”，人们对女王、对国家、对前途充满了信心。

因此，莎士比亚的历史剧反映了英国历史通过曲折道路走向民族统一、走向中央集权的必然趋势，同时谴责昏君，塑造明主，用以表达自己的爱国热情和对开明君主制的向往。

这一时期莎士比亚创作完成历史剧9部，即《亨利六世》（上、中、下3部）《理查三世》《约翰王》《理查二世》《亨利四世》（上、下2部）《亨利五世》。其中《亨利六世》（上、中、下3部）和《理查三世》一起构成了以红白玫瑰战争全过程为背景的第一个四部曲，剧中极为生动逼真地展示了红白玫瑰战争中两大帝王家族的内部大拼杀，剧中的主要人物形象亨利六世被描写成一个懦弱无能、优柔寡断但宽厚仁义的君主。《理查二世》《亨利四世》（上、下2部）《亨利五世》构成了以英法“百年战争”为背景的第二个四部曲。

特别值得提出的是,《亨利四世》(上、下 2 部)是莎士比亚历史剧创作的代表作,无论在历史价值还是在文学审美价值方面,都取得了巨大成就。《亨利四世》的主要内容描写亨利四世篡位后,引起各封建主的不满,纷纷作乱。国王率领他的两个儿子平乱。在剧中,莎士比亚不仅塑造了自己心目中的理想君主形象,而且展现了五光十色的广阔的社会生活场景,表现手法上也有新的突破。《亨利四世》的主题是反对封建割据,尊重统一王权,这也正是该剧的历史价值。《亨利四世》最大的文学成就是塑造了艺术典型福斯塔夫形象和对社会生活广泛而深刻地反映。福斯塔夫是莎士比亚笔下最出色的一个喜剧人物,也是欧洲文学史上一个著名的喜剧典型。他与堂吉诃德并列为文艺复兴时期的两大喜剧典型。福斯塔夫是一个破落骑士,在封建制度没落时期由贵族社会跌到平民社会,上与太子关系亲密,下与强盗、小偷、流氓、妓女为伍,是英国由封建主义向资本主义过渡时期的流氓、雇佣兵和冒险家形象。福斯塔夫道德败坏、好色淫荡、贪食酗酒、胆小怯懦、招摇撞骗、偷盗抢劫、厚颜无耻、吹牛撒谎等,各种恶习他应有尽有,是一个五毒俱全的反面喜剧人物。但是,他又具有社会底层人的乐观粗犷、机智幽默,体现出民间狂欢化的精神。福斯塔夫出入宫廷,混迹市井酒肆,是联结贵族和平民的纽带人物。通过他的活动,莎士比亚展示了上至宫廷下至酒店、妓院等广阔的社会背景,再现了"五光十色的平民社会",为塑造人物和展开戏剧冲突提供了广阔、生动、丰富的社会背景。恩格斯称赞其为"福斯塔夫式背景"。这也是莎士比亚戏剧现实主义艺术的重要成就。

莎士比亚的喜剧热情讴歌青年男女大胆冲破封建传统势力的束缚,为争取恋爱自由、幸福婚姻而进行的勇敢斗争。艺术上表现出乐观、激越、明朗的风格。这一时期莎士比亚创作完成了 10 部喜剧。其中《仲夏夜之梦》是莎士比亚喜剧创作成熟的标志,具有强烈的幻想性和抒情性;《威尼斯商人》作为讽刺喜剧与抒情喜剧的巧妙结合,堪称代表作;《无事生非》《皆大欢喜》和《第十二夜》3 部欢快喜剧的创作完成,标志着莎士比亚喜剧创作高峰期的到来。喜剧的中心主题是友谊与爱情,喜剧中"有情人终成眷属"的结局模式,表现了这时期莎士比亚对实现人文主义生活理想的乐观态度。

莎士比亚在他早期的喜剧中，主要是正面宣扬人文主义的生活理想，如个性解放、爱情自由等，以适应新兴资产阶级力求摆脱宗教禁欲主义和封建伦理道德束缚的要求。在这些喜剧中，他塑造出许多贵族青年男女，描写他们与封建习俗、道德、传统之间的冲突，最后争取到爱情和婚姻上的幸福结局。

《仲夏夜之梦》是一部充满幻想和浪漫色彩的抒情喜剧。剧情虽然发生在希腊神话传说中的雅典，实际上反映的却是当时英国的现实。喜剧描写青年男女之间的恋爱故事，他们反对家长的干涉，得到仙人的帮助，最后获得婚姻自由的胜利。剧中神话的世界和现实的矛盾交织在一起，使它成为莎士比亚最富于诗意和想象的剧作之一。

《威尼斯商人》是莎士比亚喜剧中最富于社会讽刺意义的剧本。《威尼斯商人》包含两个平行的情节线索，主要情节是威尼斯商人安东尼奥和犹太人高利贷者夏洛克之间围绕割一磅肉的诉讼而展开的冲突；次要情节是富家小姐鲍西娅遵父命三匣选亲的故事。此外还穿插进夏洛克的女儿杰西卡同罗伦佐卷款私奔的故事。通过这些相互联系的情节冲突，莎士比亚肯定并赞美安东尼奥、鲍西娅等人以友谊、爱情为重的人文主义生活理想，否定并谴责以夏洛克为代表的唯利是图的生活态度，最后以夏洛克的败诉和有情人终成眷属为美满结局，歌颂了人文主义生活理想的胜利。剧中成功地塑造出夏洛克这样一个鲜明生动而又复杂矛盾的典型形象。莎士比亚并没有把他写成一个简单的恶棍。夏洛克不仅是一个重利盘剥、损人利己的高利贷者，他也是个在基督教社会里受欺负的犹太人。夏洛克同哈姆莱特、福斯塔夫一起，被认为是莎剧中最著名的三大典型。剧中的安东尼奥是一个商人资本家，经营海外贸易的皇商大贾，莎士比亚把他塑造成善良、正直的正面人物。莎士比亚站在新兴资产阶级立场，嘲讽夏洛克而歌颂安东尼奥。

《无事生非》《皆大欢喜》和《第十二夜》是莎士比亚抒情喜剧的代表作，情节生动丰富，富于生活气息，思想更加成熟。《无事生非》揭露了资产阶级的自私自利行为；《皆大欢喜》反映了以善胜恶的美好理想；《第十二夜》既宣扬了人文主义的生活理想，又嘲笑了封建教会的禁欲主义。剧中人物也更加丰富多彩，主要人物如《无事生非》中的培尼狄克和贝特丽丝,《第十二夜》中的薇奥拉;次要的人物有小丑和佣人,如《无事生非》中的道格培里和弗吉斯,《皆大欢喜》中的试金石,《第十二夜》中的马伏里奥和费斯特,都无不塑造得有血有肉,鲜明生动。

此外,莎士比亚早期还创作了一部悲剧《罗密欧与朱丽叶》,但无论主题思想还是艺术风格,都和这一时期的喜剧接近。这是一部具有反封建意识的爱情悲剧,叙述一对青年恋人,由于双方家族是世仇,无法结合,为了爱情,最终殉情死去。悲剧以两家的械斗开场,以罗密欧与朱丽叶的殉情之死换来的两家和解结束,作者以此谴责了封建家族的内讧和封建的包办婚姻。罗密欧与朱丽叶为了对自由爱情的追求,敢于不顾家族的世仇,敢于违抗父命,甚至以死殉情,在封建社会末期,这种大胆而坚决的反封建的行为,对当时和后世都具有进步意义。

（二）中期(1601—1607 年):悲剧创作时期,莎士比亚创作的高峰期

这一时期,正值伊丽莎白女王统治的末年和詹姆斯一世统治的初年,“暂时联盟”破裂,社会矛盾激化;1603 年专制的詹姆斯一世继位,宣扬“君权神授”,维护封建特权,打击新教,迫害社会进步力量;同时,资本原始积累加速进行,圈地运动有增无减,失地农民四处流浪,城市平民生活恶化,利己主义泛滥成灾。

因此,莎士比亚主要写作悲剧,表现人文主义理想与现实社会的矛盾冲突,以及理想在冲突中的幻灭,艺术风格变得沉郁、悲怆、愤激。

这时期,莎士比亚创作完成了 7 部悲剧,其中包括历来最享盛誉的“四大悲剧”——《哈姆莱特》《奥瑟罗》《李尔王》和《麦克白》。

《哈姆莱特》后面会用专节具体分析。《奥瑟罗》题材来自意大利作家钦齐奥的短篇小说《威尼斯的摩尔人》。但莎士比亚在继承中多有创新与突破。《奥瑟罗》的主要剧情是:黑人大将奥瑟罗是威尼斯政府雇佣的摩尔人,他的不幸遭遇和南征北战的传奇经历深深感动了元老勃拉班旭的独生女苔丝狄蒙娜。于是两人深深相爱。但两人种族、地位、财产、年龄都不相称,自然会遭到元老的反对,苔丝狄蒙娜只好逃离家庭,与奥瑟罗私结良缘。奥瑟罗手下的旗官伊阿古嫉恨奥瑟罗没有提升他当副将,却把这一职位给了资历比他浅且年轻的凯西奥,便决意报复奥瑟罗和凯西奥。伊阿古先把凯西奥灌醉,又勾结垂涎苔

丝狄蒙娜的花花公子制造事端，与凯西奥大吵大闹，使奥瑟罗撤了凯西奥的职。接着又利用奥瑟罗诚信不欺的个性挑起奥瑟罗的疑心和嫉恨，造谣说苔丝狄蒙娜与凯西奥有暧昧关系，并借苔丝狄蒙娜遗失手帕之机，设计嫁祸于他们两个无辜的人。最终奥瑟罗信以为真，遂派伊阿古刺杀凯西奥，自己掐死了妻子苔丝狄蒙娜。见到这悲惨的场面，苔丝狄蒙娜的女佣人即伊阿古的妻子悲愤之中揭发了这一悲剧的设计者伊阿古，奥瑟罗悔恨交加，自刎于妻子尸体旁。悲剧主人公奥瑟罗作为一个军人和将领，以国家利益为重，出生入死，英勇豪迈，为人光明磊落，诚信不欺，赢得了苔丝狄蒙娜的真诚同情和深沉爱慕。但是，他却未能识破阴险狡诈的伊阿古的嘴脸，轻信了他伪装的诚实、殷勤，误杀了自己亲爱的妻子——纯洁、善良、美丽、真诚的苔丝狄蒙娜。这部悲剧包含爱情与嫉妒、诚信与欺骗、种族歧视、利己主义等许多主题，特别是深刻表现了主人公奥瑟罗从最温柔的爱和极大的信任，变化到折磨人的嫉妒和疯狂的仇恨这种内在情感的剧烈冲突，充分反映了人性的复杂性。

《李尔王》展示了两个家庭的毁灭，即李尔家庭的毁灭和葛罗斯特家庭的毁灭，并以前者为主要戏剧冲突。主要剧情是：不列颠年老的国王李尔为了摆脱政务，想将国土平分给三个女儿，自己则享受无冕之王的清福。在举行分土仪式时，李尔先让三个女儿表达各自的孝心，大女儿、二女儿甜言蜜语，百般奉承，使得李尔王心花怒放，于是各偿其愿；小女儿科第丽霞诚实回答，说既会敬爱父亲，但也还得爱丈夫和孩子，反激怒了李尔，遭到贬逐。法兰西国王深知科第丽霞是个忠诚贞洁的好姑娘，便将她娶回法国。之后，说尽好话的两个女儿轮番虐待父亲，无奈的李尔王在一个暴风雨之夜奔向荒野，精神失常。小女儿科第丽霞知道情形后，找到父亲千方百计为其治病，并亲自挂帅为父复国，向两个姐姐兴师问罪，却不幸败北，父女俩均成俘虏，囚于狱中。后科第丽霞被密令绞死，李尔王因悲伤过度也死去。最后大女儿、二女儿又互相火并，老大毒死了老二，因阴谋败露，大女儿也自寻了短见。一个家庭完全毁灭了。剧本同时还穿插了另一家庭的悲剧：葛罗斯特伯爵的嫡长子埃特加和次子庶出的爱特门之间的争斗。次子爱特门无比邪恶，蓄意陷害兄长，私吞家产，迫使埃特加蒙受了不白之冤澿逃野外。后来其父葛罗斯特知道了真相，不幸却因救助李尔王，被李尔王的二女儿夫妇俩剜去了双眼。最终作恶多端的爱特门死在了埃特加的剑下。这部悲剧通过父女相逼，手足相残的故事，揭示了恶人作恶的相同动机和目的，即权力和财富的利欲高于一切。剧本探讨了恶性权财之欲如何毁灭人性、毁灭生活中美好的一面，探讨了家庭伦理规范，探讨了人们认识自我、走向真理的艰难途径。

《麦克白》是一部暴露和鞭挞权欲野心的悲剧。主要情节是：苏格兰大将麦克白为国平息了叛乱，凯旋的路上，他和另一将领班柯遇到三个女巫。女巫预言麦克白本人和与他同行的班柯的后代将先后成为苏格兰国王。女巫的预言、麦克白夫人的怂恿，加上麦克白自己的权欲野心，促使麦克白谋杀了巡幸住留在他城堡的国王邓肯，篡夺了王位。为防止班柯及其后代成为苏格兰国王，他又派人杀死了班柯，但班柯的儿子逃脱了。麦克白认为巩固流血得来的王位必须付出更多的血的代价。于是麦克白有恃无恐，大开杀戒。后来邓肯的儿子马尔康得到英格兰国王的援助，进军麦克白所在的邓西城。此时的麦克白已众叛亲离，麦克白夫人也因为犯罪感的折磨发疯致死。最终在战场上麦克白被杀，邓西城被占领，邓肯之子马尔康加冕登基。主人翁麦克白原是一个万人敬仰、品性卓著、有着巨人般性格的英雄人物，受到大家的爱戴和国王的器重。但是，他却经受不住权欲和野心的诱惑，以血腥罪恶的手段谋杀君王，暗害忠良，改变了自己生活的正途。这不仅给家庭、国家、民族带来了深重的灾难，而且也彻底毁灭了他自己宝贵的一生。人性的弱点之一是野心。雄心与野心只差一步，权力的诱惑使麦克白放弃善良的天性，越过雄心发展野心，由一个受人尊敬的英雄沦为弑君篡位的暴君。麦克白夫人的野心是强烈的家族扩张欲望。她有顽强的意志力量和坚强性格，遇事冷静但心狠手辣。她自称如果必要，她可以从亲生的婴儿嘴里拔出自己的乳头，把他的脑袋摔碎。尤其是在剧中，莎士比亚集中地展示了麦克白这个强人灵魂深处极度尖锐激烈的矛盾冲突，表现了他难以压抑的权欲野心和强烈的道德伦理感在心灵深处进行的痛苦、顽强的对抗和较量。确实他本来是可以择善而从的，但是他抵挡不了邪恶的诱惑，终于走向了灭亡。剧本《麦克白》从反面警示我们保持人的善良本性是多么的重要！

莎士比亚的悲剧描写人类七情六欲中的各种欲望，悲剧主人公都带有某种偏执狂式的激情，哈姆莱特的复仇、奥瑟罗的忌妒、李尔王的父爱、麦克白的野心，在外力和内心的矛盾冲突中，表现激烈深刻、震撼人心，反映了人类共有的某些心理特质，使不同时代的人产生共鸣，显示出悲剧的力量。

此外，这个时期莎士比亚写成的悲剧《雅典的泰门》也具有深刻的意义。在这部悲剧里，通过一个慷慨好客的富豪，由于钱财散尽，亲友纷纷散去的情节，对资本主义社会中金钱的作用作了深刻的揭露。剧中的泰门面对黄金曾说过这样一段有名的独白："金子！黄黄的、发光的、宝贵的金子！……这东西，只这一点点儿，就可以使黑的变成白的，丑的变成美的，错的变成对的，卑贱变成尊贵，老人变成少年，懦夫变成勇士。"马克思曾在《资本论》等著作里引用过这段独白来说明货币的本质。

总的来说，这时期莎士比亚的创作无论在思想上还是艺术上都达到了成熟阶段。从思想上看，这个时期的悲剧对英国社会的矛盾有了更深刻的认识、更广泛的反映，不仅对封建宫廷的揭露加深了，而且对"金钱万能"和资产阶级的极端个人主义也进行了批判，还在一定程度上反映出当时两种敌对的社会力量之间的冲突。从艺术上看，莎士比亚把悲剧主人公放到这种社会力量的冲突和斗争之中，让他们经受尖锐的内心斗争，并且随同外部社会的矛盾冲突而激化发展，从而使得他们的性格变化和悲剧命运具有更鲜明的特征和更丰富的蕴涵。在情节的安排和语言的运用上，这些悲剧都达到了炉火纯青的水平。

（三）后期（1608—1612 年）：传奇剧创作时期

这一时期，詹姆斯一世王朝一方面从政治、经济上强化王权的专制统治，另一方面，对戏剧的政策法规也更加严格。一些宫廷宠儿为了迎合王室趣味，回避社会矛盾，创作上只重情节的曲折离奇，缺乏严肃的思想内容，出现了一种贵族化倾向的戏剧潮流。

面对日益激化的现实矛盾和王权压制，坚持人文主义立场的莎士比亚，在创作中只能把人文主义的美好理想寄托在幻想中的乌托邦世界里，剧中渗透了宽恕和解的主题，回响着善恶轮回、因果报应的调子，艺术上表现出朦胧奇谲的色彩，罩上了一层宗教神秘启示的面纱，呈现出高妙远逸、圣洁至纯的特征。

这个时期莎士比亚的主要成就是4部传奇剧，即《泰尔亲王配力克里斯》《辛白林》《冬天的故事》和《暴风雨》。这些作品对现实的黑暗虽还有所揭露，但不再是抗议、批判的态度，而是和解、宽容的态度。莎士比亚虽然没有完全失去人文主义的理想，但是剧中矛盾的解决缺乏现实的基础，每每是通过道德的感化，甚至超自然的力量，促使坏人悔改，充满了幻想色彩。

《暴风雨》是莎士比亚在这一时期的代表作，被评论家认为是莎士比亚的"诗的遗嘱"。

《暴风雨》剧情发生在一个远离现实社会的海上理想世界——孤岛，而引发剧中故事的缘由仍是权力冲突引起的家庭血亲关系之间的斗争：普洛斯彼罗是意大利米兰公国的公爵，他的公国和爵位都被其弟弟安东尼奥篡夺去。安东尼奥将自己的亲哥哥普洛斯彼罗及普洛斯彼罗三岁的小女儿米兰达押上无帆篷的破船，让他们在狂涛怒浪中随风漂泊。所幸破船被风浪打到了海中的一个孤岛上，一正直的老臣救了他们父女俩。父女俩在该岛生活了十二年，并降服了女巫的丑怪儿子(邪恶的代表卡列班)。后来，普洛斯彼罗施展魔法，掀起雷电风暴急雨，打碎了帮助其弟篡位的那不勒斯国王及其王子和侍臣们乘坐的大船，并在精灵爱丽儿的帮助下，教训了众仇人。仇人们在普洛斯彼罗面前悔过并受训，答应把公国归还给他。最后，普洛斯彼罗宽恕了所有的仇人，自己也放弃了魔法，与众人一同乘船返回那不勒斯——因为他的女儿米兰达与那不勒斯王子在岛上一见钟情，他与众人一起回去举行王子与米兰达的婚礼。在剧中，普洛斯彼罗靠理性和智慧的力量，处罚和教育了恶人，其中虽然超自然的力量起到了巨大作用，但普洛斯彼罗宽容和善的心地与品格是促使坏人悔改、家庭欢聚、美好婚姻缔结的决定因素。在《暴风雨》这个剧本里，莎士比亚从正面宣扬了人性善良，改恶从善的思想。

第三节 《哈姆莱特》分析

《哈姆莱特》代表了莎士比亚戏剧创作的最高成就，也是莎士比亚悲剧的代表作。在西方戏剧史上,《哈姆莱特》又被称为“性格悲剧”的典型作品。剧中丹麦王子为父复仇的故事取材于1200年丹麦历史学家格拉马狄库斯的《丹麦人行止志》。在莎士比亚之前,这个故事多次被人改编为流行的复仇剧,莎士比亚的《哈姆莱特》则在内容和形式上都推陈出新,突破了复仇剧的模式,展现了一代人文主义者的生死哲思,真实地反映了文艺复兴晚期英国乃至欧洲社会的真实面貌,表现了作者对文艺复兴运动的深刻反思以及对人的命运与前途的深切关注。

一、《哈姆莱特》悲剧情节

悲剧《哈姆莱特》讲述的是丹麦王子哈姆莱特为父复仇的故事。

丹麦王子哈姆莱特,在德国威登堡大学接受人文主义教育。因为作为丹麦国王的父亲老哈姆莱特突然死去,王子怀着沉痛的心情回到国内;而此时王位已经被他的叔父克劳狄斯占据。不久,母后葛特露又同新王——他的叔父结婚,使他更加难堪。

新王克劳狄斯声言自己的王兄老哈姆莱特是在花园里被毒蛇咬死的。王宫内外、丹麦朝野上下,关于老王的死因也是谣传纷纷。哈姆莱特王子正在疑惑时,老王的鬼魂向王子显现,告诉王子,他是每天中午照例在御花园里午睡时,被自己的弟弟克劳狄斯毒死的,此时万恶的克劳狄斯正占据着王冠和王后。老王嘱咐王子哈姆莱特为自己复仇。

哈姆莱特听了以后,悲愤万分,也将信将疑。他认为这为父复仇的大任不仅关乎他个人的问题,而且也是关乎整个社会、整个国家的问题,他决定担当起“重整乾坤、挽狂澜于既倒”的责任。他考虑问题的各个方面,又怕泄漏心事,又怕鬼魂是假的,怕落入坏人的圈套,心烦意乱,陷入忧郁。为了弄清楚事情的真相,他只好装疯卖傻。

新王克劳狄斯也怀疑哈姆莱特王子知道自己弑兄篡位的隐秘,怀疑他是装疯,于是派人到处侦察哈姆莱特王子的行动和心事,甚至利用他的两个老同学和他的恋人奥菲利亚去侦察试探他。哈姆莱特趁戏班子进宫演出的机会,按照父王的“鬼魂”所说自己被害的情形,改编了一出阴谋杀兄的旧戏文《贡札古之死》让戏班子演出,以验证父王

"鬼魂"所诉自己被害之情形，试探叔父克劳狄斯。结果，戏未演完，克劳狄斯做贼心虚，坐立不住，仓皇退席。这样，证明了父王"鬼魂"所说属实，证明了克劳狄斯弑兄篡位的罪恶。

奸王克劳狄斯因此觉得事情不妙，自己的阴谋可能已被发觉。宫廷大臣波洛涅斯献计给克劳狄斯：让皇后叫哈姆莱特到卧室私房谈话探问虚实，大臣他自己躲在皇后窗帘帷幕后边偷听，然后再回来报告给克劳狄斯。但是，在王子与母后谈话发生激烈争执时，躲在帷幕后边偷听的波洛涅斯以为王子要杀王后，惊慌失措地大喊"救命"，王子发现幕后有人，以为是奸诈的新王克劳狄斯，便愤怒地拔剑刺去，结果误杀死了波洛涅斯。克劳狄斯由此怀疑哈姆莱特知道了他的弑兄篡位阴谋，于是便假意派哈姆莱特出访英国，实际上是想用借刀杀人法，让监视哈姆莱特去英国的两个差使即哈姆莱特的两个老同学带去密信一封，要求英王在哈姆莱特上岸时就杀掉他；但这个阴谋被哈姆莱特察觉，出海不久，他半路上趁两个差使不备，改写了密信，反而叫英王杀掉两个密使；他自己却在遇到海盗时，趁乱跳上海盗船，脱险回来。

哈姆莱特回来后，看到恋人奥菲利亚因父死、恋人远离而发疯落水溺死，正在举行葬礼，于是，在葬礼上与奥菲利亚的哥哥雷欧提斯发生了激烈争执。雷欧提斯认为是哈姆莱特杀死了自己的父亲波洛涅斯、又害自己的妹妹奥菲利亚发疯而死。奸王利用雷欧提斯一心为父亲波洛涅斯和妹妹奥菲利亚复仇的鲁莽执念，密谋在比剑中用毒剑、毒酒来置哈姆莱特于死地。结果，比剑中哈姆莱特和雷欧提斯二人都中了毒剑，王后误饮了毒酒而死，雷欧提斯临死前揭露了奸王克劳狄斯所设计的比剑阴谋。最后，哈姆莱特用生命之剑、正义之剑，把奸王克劳狄斯刺死在罪恶的现场。哈姆莱特叮嘱好友霍拉旭记住他的悲惨故事，传播他的心愿。随后，哈姆莱特因被剑毒所刺的剧毒发作而死。

二、哈姆莱特形象分析

哈姆莱特是文学史上思想蕴涵最深刻、最丰富的艺术典型之一。一千个读者，就有一千个哈姆莱特。哈姆莱特的评论是莎剧评论中数量最多的部分，不同时代、不同流派的评论家都从哈姆莱特身上看出不同的思想蕴涵。400多年来，关于哈姆莱特形象的论争纷纭复杂，争论的中心问题是他对于复仇的行动为什么踌躇和拖延。这里主要概括梳理一些比较著名的观点：一是认为哈姆莱特生性软弱，缺乏魄力。这种观点主要从哈姆莱特的性格找原因，18世纪德国的歌德持这种观点。二是18世纪莎评大家约翰逊博士的观点。约翰逊用启蒙理性的尺度来衡量哈姆莱特的复杂的心理和性格特点，认为这位文人气质的王子在剧中自始至终都是事件发展的被动工具，而不是主动的行为者。三是认为现实情境使哈姆莱特不断疑虑，是客观情势妨碍了他实现复仇的计划。这种观点是从客观情势找原因，19世纪德国批评家魏尔德尔持这种观点。四是认为哈姆莱特的性格是坚强和软弱的统一，思想与行动之间的矛盾造成哈姆莱特内心激烈的斗争，由此拖延了行动。这种观点是从哈姆莱特性格发展的辩证过程找原因，别林斯基持这种观点。五是认为哈姆莱特的犹豫是一种暂时的忍耐，择机而动。这是从哈姆莱特的意志行动角度找原因，美国现代评论家罗尔弗持这种观点。六是认为哈姆莱特有"俄狄浦斯情结"即恋母情结。弗洛伊德及其门徒琼斯以精神分析论对哈姆莱特的心理意识和性格延宕做了分析，认为哈姆莱特是一个深陷杀父娶母的"俄狄浦斯情结"即恋母情结而不能自拔的狂想症患者，这样他与叔父克劳狄斯国王的关系自然就成了变态的情敌关系，叔父替他做了他想做又不敢做的事情，杀死叔父等于是否定自己，不杀叔父他又占有了自己的母亲，因此哈姆莱特处在两难境地。七是认为哈姆莱特的出身经历、人文主义世界观的特点及其所面临的复杂处境等多方面的原因形成他的踌躇，导致了他的延宕，这是马克思主义的文艺观。总之，众说纷纭的观点各有道理，学术的探讨没有止境。这也正说明了哈姆莱特形象的丰富性、复杂性和深刻性。

我们基于戏剧文本，做如下的基本分析。

悲剧主人公哈姆莱特是文艺复兴时期人文主义者的典型形象。哈姆莱特在剧中的身份是12世纪丹麦的王子，实质上，他是一个以人文主义为崇高理想的青年。他体现了文艺复兴时代人文主义者的"巨人"般的特征：能文善武、热情洋溢，追求高尚的理想，行为光明磊落。

对人文主义理想的坚持和重整乾坤的历史责任担当，导致了他的"忧郁"性格和行动"延宕"。

哈姆莱特出身王室，在当时新文化中心的德国威登堡大学接受了人文主义教育。他同当时的人文主义者一样，对"人"抱有美好的看法：人类是一件多么了不得的杰作！多么高贵的理性！多么伟大的力量！多么优美的仪表！多么文雅的举动！在行为上多么像一个天使！在智慧上多么像一个天神！宇宙的精华！万物的灵长！① 在他的心目中，他的父王老哈姆莱特正是这样一个"人"的典范：一个堂堂男子。

他对爱情、对友谊、对人性都有一整套人文主义的观点。而他自己，按照奥菲利亚对他的描述，更是一个人文主义知识分子的典型形象：朝臣的眼睛、学者的辩舌、军人的利剑、国家所瞩望的一朵娇花；时流的明镜、人伦的雅范、举世瞩目的中心。②

这样的一个王子，自然会得到民众的拥戴，这点，连他的敌人也不得不承认。克劳狄斯一再说：哈姆莱特是为群众所喜爱的，一般民众对他都有很大的好感。

哈姆莱特形成"忧郁"的性格，具有多方面的原因。一是他贤明的父王突然暴死且死因不明、谣传纷纷；二是他敬爱的母后新寡连着新嫁，悖逆了和老国王的夫妻恩情，很快钻进了乱伦的衾被；三是他奸诈的叔父弑兄篡位娶嫂；四是他昔日的朋友同学堕为密探，周围的老臣新贵趋炎附势，朝秦暮楚；五是他的恋人奥菲利亚也成为奸王老臣利用试探他的工具。总之，他所面临的现实充满着悲哀、堕落、罪恶和阴谋，社会动荡不安，矛盾复杂，理想和现实的冲突形成了哈姆莱特忧郁的性格。

《哈姆莱特》中，戏一开场，他就陷入了家庭的不幸之中。他所崇拜和热爱的父王突然死去，他所热爱的母亲"她在送葬的时候所穿的那双鞋子还没有破旧"，就同他新登基的叔父结了婚。坚贞的爱情，忠诚的友谊，一个人文主义者所宝贵的生活理想，都开始破灭了。他感到忧郁，觉得人世间的一切是多么可厌、陈腐、乏味而无聊！

正在这时，父王的鬼魂告诉他，自己是如何被克劳狄斯毒害死的，

---

① 莎士比亚. 莎士比亚全集：第五卷[M]. 朱生豪，等译. 北京：人民文学出版社，1994：327.

② 莎士比亚. 莎士比亚全集：第五卷[M]. 朱生豪，等译. 北京：人民文学出版社，1994：344.

并要他为父报仇。对于哈姆莱特来说，为父王复仇，既是他自己作为儿子的责任，又因为凶手是已经篡位的国王、是专制王朝的代表，而推翻国王，也就扭转了这混乱的局面，拯救了这濒于崩溃的国家，因此他的复仇，又不仅仅是个人的一己私仇，而是关涉整个国家、整个社会的整肃和安定的责任。他认识到这个重任，勇敢地承担了这一任务："这是一个颠倒混乱的时代，唉，倒楣①的我却要负起重整乾坤的责任！"②

他考虑到许多问题：奸王克劳狄斯是国家的最高统治者，强大而又阴险；鬼魂是真是假，他告诉的事也许是骗人的；又怕不小心，泄漏了心事，反遭敌人的毒手。现实罪恶的打击，又加上这许多复杂的思虑，使他陷入了"忧郁"，几乎让他自杀。老奸巨猾的克劳狄斯，特地把哈姆莱特的两个老同学从外地叫到宫里来监视他；又利用他的恋人奥菲利亚来作为试探他的工具。他的人文主义的理想在丑恶的现实面前开始破灭。他甚至考虑到"生存还是毁灭"的生死问题。面对"默然忍受命运的暴虐的毒箭，还是挺身反抗人世的无涯苦难"的人生抉择，即使如此忧郁、痛苦，他也没有忘记复仇的任务，没有放弃行动。他以装疯躲过奸王克劳狄斯的耳目，以改编安排"戏中戏"，调查证实奸王的罪行。

常有研究者认为当奸王克劳狄斯的罪行被证实后，哈姆莱特没有立即行动，特别是放弃了在奸王祈祷时把他杀死的机会，认为这是哈姆莱特"行动的延宕"。事实上，哈姆莱特"延宕"的实质，是在寻找消灭罪恶的正义的手段。因为，杀掉正在祈祷忏悔的克劳狄斯，无异于"谋杀"。哈姆莱特所追求的是理想的高尚和手段的正义，他轻易不肯用暴力、流血、谋杀的手段来达到自己的目的。家庭仇杀、宫廷谋杀，是中世纪封建专制野蛮恶习的遗留物，接受了人文主义教育的哈姆莱特则在寻找更正当、更合理、更光明正大的手段。这也正是哈姆莱特形象的悲剧魅力所在：从感性上哈姆莱特急欲复仇，完成父亲的幽灵交给他的任务；从理性上哈姆莱特又把这个杀人偿命的复仇升华为时代历史赋予他的重任，具有"重整乾坤"、改造社会的使命感。这正是一个人文主义理想者伟大崇高、光明磊落的地方，正是复仇剧不再成

① 同"倒霉"。

② 莎士比亚．莎士比亚全集：第五卷[M]．朱生豪，等译．北京：人民文学出版社，1994：311．

其为复仇剧的地方。哈姆莱特最终在克劳狄斯阴谋败露、血债累累的现场，举起了正义之剑，既揭露了罪恶，惩罚了邪恶，挽救了危局，又完成了复仇的大任。只可惜，他自己也付出了生命的代价。目标的远大和手段的纯正是理所当然的，也注定是会胜利的。但坚持人文主义理想的哈姆莱特，得到的却是悲剧的结局，这更显出主人公悲剧命运的深刻意义。

哈姆莱特形象的悲剧意义在于展现了文艺复兴时期，人类在青年时代所特有的热情和锐气；展现了一个伟大灵魂的反抗与奋斗；展现了人文主义者的人生理想和面临理想失落时的精神痛苦与不懈追求；展现了哈姆莱特敢于抗争黑暗现实承担起历史重任的魄力，具有震撼人心的力度；悲剧英雄“不仅追求目标的崇高伟大，而且追求手段的纯洁正义”的品格，给后人一种震撼之后的清醒和安慰。这正是这部杰出的悲剧直到今天仍然感动着、鼓舞着我们的原因。

三、《哈姆莱特》的艺术成就

《哈姆莱特》在艺术上代表了莎士比亚戏剧的最高成就。

第一，成功的人物形象塑造。《哈姆莱特》中人物众多，但各具性格特点。

在主人公哈姆莱特的形象塑造上，作家着重通过内心矛盾冲突的描写揭示人物的深度。莎士比亚的悲剧以描写人及人的自然本性为核心，着重表现人与人以及人自身的理智、信念与情感、欲望之间的冲突。这就构成了内与外的双重矛盾冲突，而人与人之间的外在冲突在根本上又起因于人的内在精神与心理因素的差异性，并且外在冲突最终又是为展示心灵服务的。因此，莎士比亚的悲剧在人的内心世界的开掘上达到了空前的深度。哈姆莱特是世界文学史上一个极富艺术魅力的典型，这种魅力的产生很大程度上依赖于形象心理蕴涵的丰富性。

哈姆莱特的内心冲突是随着为父复仇的戏剧情节逐步展开并激化的，而复仇的外在冲突又逐渐让位于内心冲突，从而揭示出犹豫延宕的本质特性。他追怀理想又对现实的丑恶感到失望甚至悲观；向往人性的善又深信人自身有恶的渊薮；想“重整乾坤”又因人性之恶的深重而感到回天无力；觉得人生无意义又对死后世界充满恐惧；对于恋人奥菲利亚和母亲葛特露，既爱她们的真情意又怨恨她们的“脆弱”；等等。这一系列的内心冲突描写，既显示了主人公心灵世界的丰富性复杂性，又展现出其性格的丰富性复杂性。莎士比亚使欧洲文学在人物心理开掘方面向前迈进了一大步，引起了此后的众多作家对人的内心世界的关注。

出于展示人物心灵世界和刻画人物性格的需要，莎士比亚十分善于运用内心独白这一艺术手段，《哈姆莱特》在这方面历来为人称道。

内心独白可以把隐藏在人物内心的思想、情感和欲望等多层次地展示出来。哈姆莱特的多次独白，就表达出他对社会与人生、生与死、爱与恨、理想与现实等方面的哲学探索，披露出他内心的矛盾、苦闷、困惑、迷惘和恐惧等多方面的心理内容，有效地刻画了人物性格，也推动了剧情的发展。哈姆莱特关于“生存还是毁灭”的著名独白，十分准确地传达出了他的矛盾心态。这样的独白哲理性强，富有艺术感染力，向来为人们反复吟诵。

《哈姆莱特》中人物形象众多，有名有姓的人物多达 17 个，还不包括“侍从”“教士”“队长”“伶人”“水手”“小丑”等在内。人物形象的丰富多彩，有利于反映广阔的社会画面。同时，更为重要的，人物形象栩栩如生，个性鲜明，反映出了生活的本质和深度。为了使人物形象达到丰富性和个性化的有机结合，莎士比亚还成功地把对比手法用于人物塑造，以突出人物个性。且不说正、反人物之间的对比，即使是在同一类人物之间，对比色彩也很浓。老哈姆莱特与克劳狄斯，同为君王形象，但前者“相貌优雅”“精神威凛”“姿态矫健”“仪表卓越”，如同“天神”一般；后者“乱伦奸淫”“诡诈阴险”“卑鄙无耻”，是“一个冒充国王的丑角、一个盗国窃位的扒手”。哈姆莱特、雷欧提斯和福丁布拉斯，同样肩负“为父报仇”的责任，但雷欧提斯动机狭隘，行动鲁莽，结果成了奸王借刀杀人的工具；福丁布拉斯目标不明，稍遇劝阻，便改弦更张，为慕虚荣，挥戈他向；只有哈姆莱特志向远大，意志坚强，虽然行动犹豫，但思虑细致周密。霍拉旭、罗森格兰兹和吉尔登斯吞，均为哈姆莱特的同窗学友，但是霍拉旭冷静理智，忠于友谊，富于正义感，是哈姆莱特的忠实战友，后二人却见风使舵，趋炎附势，背叛友情，甘当奴才与帮凶，最终身败名裂。

此外，哈姆莱特与奥菲利亚，同处爱情逆境，同陷“疯狂”状态，但前者为假疯，他在精神危机中成长，后者为真疯，她在精神失常后死去；前考刚毅顽强，后者天真柔弱，在对比中跃然纸上。

第二，在情节结构上，《哈姆莱特》突出地表现出莎士比亚戏剧情节的生动性与丰富性的特色。莎士比亚戏剧情节一般都是多层次、多线索的，两条或两条以上的情节线索，或平行发展或交错推进，产生强烈的戏剧效果。

《哈姆莱特》一剧除哈姆莱特复仇的线索之外，还有雷欧提斯和挪威王子福丁布拉斯的复仇线索。三条线索以哈姆莱特的复仇为主线，以雷欧提斯和福丁布拉斯的复仇为副线，交错发展而又主次分明。三条线索起到了互成对比、激化矛盾的作用，使戏剧场面不断转换，造成戏剧高潮，产生动人心弦的艺术效果，共同表现全剧的主题。

第三，在创作方法上，《哈姆莱特》是现实主义和浪漫主义的完美结合。

尽管《哈姆莱特》取材于中世纪丹麦历史，但是通过对具体场景的描绘，诸如御前会议上的唇枪舌剑、宫廷大厅里的酗酒纵乐、挪威军队的兵临城下、雷欧提斯的率众闯宫，等等，勾画出了一个矛盾重重、浊流泛滥、内外交困、险象环生的国家现实，令人不由得不联想到作者所生活的现实状况。同时，场景中活动着的人物，他们的思想感情、行为方式和理想追求，莫不显示出英国社会现实的“本来面目”。

作者在运用现实主义手法的同时，也融汇了浪漫主义的因素，如老国三鬼魂的重现，哈姆莱特的假疯与奥菲利亚的真疯二者之间的对比夸张等。作者的笔触，深入人物灵魂的底部，反映出了他们的忧虑与悲哀、愤懑与激越、苦闷与彷徨，透视出了人物的复杂深邃的感情世界。作家还通过想象而构筑了一幕幕奇特怪异的场景，诸如夜半城楼鬼魂的显现，“戏中戏”的巧置机关，荒芜墓地中的戏谑与格斗，等等，更是引人注目，动人心弦，充满浪漫诡谲的色调。

第四，丰富多变的戏剧语言，显示了《哈姆莱特》杰出的艺术成就。

莎士比亚是语言大师，他的语言丰富而富于形象性。莎士比亚的戏剧主要用无韵诗体写成，又结合了散文、有韵诗句和抒情歌谣等，不同的文体在剧中起着不同的作用。莎士比亚用无与伦比的庞大词汇来锤炼人物的性格化语言，每个人物说的话都与他的性格一致。莎士比亚按照人物的身份与处境的不同而使用不同的语言，文雅或粗俗，哲理或抒情，目的都是更有助于表现人物。克劳狄斯与波洛涅斯，雷欧提斯与奥斯里克，葛特露与奥菲利亚（又译奥菲利娅），哈姆莱特与霍拉旭，他们每个人物所用的语言都各如其人。比如克劳狄斯这个“脸上堆着笑的万恶的奸贼”，他的语言阴险狠毒，绵里藏针，善于笼络人心。大臣波洛涅斯，昏庸老朽，自以为是，儿子雷欧提斯去法国前，他临行嘱咐的话语，是一篇庸俗而又难得的诫子文。即便是同一个哈姆莱特，装疯时的语言与平时的也各不同。丰富多变的个性化的戏剧语言，使《哈姆莱特》以及莎士比亚的所有戏剧，不仅为舞台演员的演出开拓了创作的空间，也为读者阅读剧本增加了生动的趣味和美感。

四、《哈姆莱特》难点与重点探讨

《哈姆莱特》第三幕第一场中，哈姆莱特关于“生存还是毁灭”的大段独白，是剧中最著名的一段独白。它本身不仅是一首极富哲理性和抒情色彩的诗篇，而且也是我们理解主人公性格的一把钥匙。

“生存还是毁灭，这是一个值得考虑的问题；
默然忍受命运的暴虐的毒箭，
或是挺身反抗人世的无涯的苦难，
通过斗争把它们扫清，
这两种行为，哪一种更高贵？
死了；睡着了；什么都完了；
要是在这一种睡眠之中，我们心头的创痛，
以及其他无数血肉之躯所不能避免的打击，
都可以从此消失，那正是我们求之不得的结局。
死了；睡着了；睡着了也许还会做梦；
嗯，阻碍就在这儿：
因为当我们摆脱了这一具朽腐的皮囊以后，
在那死的睡眠里，究竟将要做些什么梦，
那不能不使我们踌躇顾虑。

人们甘心久困于患难之中，也就是为了这个缘故；
谁愿意忍受人世的鞭挞和讥嘲、压迫者的凌辱、傲慢者的冷眼 、
被轻蔑的爱情的惨痛、法律的迁延、
官吏的横暴和费尽辛勤所换来的小人的鄙视，
要是他只要用一柄小小的刀子，就可以清算他自己的一生？
谁愿意负着这样的重担，在烦劳的生命的压迫下呻吟流汗，
倘不是因为惧怕不可知的死后，
惧怕那从来不曾有一个旅人回来过的神秘之国，
是它迷惑了我们的意志，使我们宁愿忍受目前的磨折，
不敢向我们所不知道的痛苦飞去？
这样，重重的顾虑使我们全变成了懦夫，
决心的赤热的光彩，被审慎的思维盖上了一层灰色，
伟大的事业在这一种考虑之下，也会逆流而退，失去了行动的意义。”①

这段独白显示了哈姆莱特精神世界的复杂性，蕴涵着丰富的意义。

首先，哈姆莱特痛苦地、审慎地权衡着生与死的得失，他想到了在每个人面前都摆着的两条路：默然忍受命运的暴虐的毒箭，或是挺身反抗人世的无涯的苦难，通过斗争把它们扫清，这两种行为，哪一种更高贵？哈姆莱特认为，每个人都掌握着自己的生死命运，只不过在充满了和种苦难和不平的罪恶现实中，生和死的抉择不同，其命运就完全不同罢了。

其次，哈姆莱特在历数了人世的种种不平、苦难和罪恶——“人世的鞭挞和讥嘲、压迫者的凌辱”等之后，同时又想到了一种逃避之路——“用一柄小小的刀子”结束了自己的一生、结束了一切苦难。死亡可以结束一切尘世间的痛苦，何乐而不为？但是，死亡毕竟是个谜(按照当时人们的观念)，在那样一个虚无的世界里，灵魂也许得不到安宁——如同睡眠中有噩梦一样。对“神秘之国”的疑虑，又使他心头升腾起对死亡的莫名恐惧，“不敢向我们所不知道的痛苦飞去”。可

① 莎士比亚.莎士比亚全集：第5卷[M].朱生豪，等译.北京：人民文学出版社，1994：341-342.

见，这种种疑虑反映了悲剧主人公忧郁与悲哀、愤懑与激越、苦闷与彷徨，甚至恐惧与悲观的矛盾心态，是主人公自己灵魂深处不同生死观念的内在搏斗与冲突，透露出了复杂深邃的哲理思辨意味。

最后，由生与死的抉择问题哈姆莱特又联想到了思想和行动之间的关系问题。在此他发现了这样一种危险：自己过多的思虑会“使我们全变成了懦夫”“决心的赤热的光彩”“被审慎的思维盖上了一层灰色”，会让“伟大的事业”“失去了行动的意义”。确实，思想是指导行动的，但是想得太多，却会使人踌躇不前，误了大事。这是哈姆莱特思虑中的蓦然醒悟。

这段独白，并非说明哈姆莱特是想借自杀来逃避为父复仇的责任。他想到过死是一条出路，但是他并未下决心选择自杀；他认识到了社会上的种种不平与罪恶；为理想的失落而感到迷惘、痛苦，为是否反抗罪恶的世界而矛盾、迟疑、顾虑重重，甚至惶惶不安地恐惧过。他同时也对自己的多思多虑的危害性发出了警告，认识到了“思想多于行动”的危险。

最终，从这段独白中，我们感受到的是思想必须付诸行动的哲理启示，我们看到的是将要成为行动家的哈姆莱特。所以，剧终时他临死前的一拼——“挺身反抗人世的无涯的苦难，在奋斗中结束了一切”，是勇敢的、可钦佩的。他刺死了社会罪恶的代表克劳狄斯，他的奋斗昭示了历史前进的方向，鼓舞了后继者的斗争。

思考题

1. 简述莎士比亚创作分期及其主要戏剧成就。
2. 你怎样理解哈姆莱特这一形象？其悲剧魅力表现在哪些方面？
3. 哈姆莱特行动“延宕”的实质是什么？

推荐阅读图书

莎士比亚．莎士比亚全集：第5卷[M]．朱生豪，等译．北京：人民文学出版社，1994．

附　录　《哈姆莱特》精彩篇章选读[①]

第三幕　第一场　城堡中一室

（国王、王后、波洛涅斯、奥菲利娅、罗森格兰兹及吉尔登斯吞上。）

【国王】　你们不能用迂回婉转的方法，探出他为什么这样神魂颠倒，让紊乱而危险的疯狂困扰他的安静的生活吗？

【罗森格兰兹】　他承认他自己有些神经迷惘，可是绝口不肯说为了什么缘故。

【吉尔登斯吞】　他也不肯虚心接受我们的探问；当我们想要引导他吐露他自己的一些真相的时候，他总是用假作痴呆的神气故意回避。

【王后】　他对待你们还客气吗？

【罗森格兰兹】　很有礼貌。

【吉尔登斯吞】　可是不大自然。

【罗森格兰兹】　他很吝惜自己的话，可是我们问他话的时候，他回答起来却是毫无拘束。

【王后】　你们有没有劝诱他找些什么消遣？

【罗森格兰兹】　娘娘，我们来的时候，刚巧有一班戏子也要到这儿来，给我们赶过了；我们把这消息告诉了他，他听了好像很高兴。现在他们已经到了宫里，我想他已经吩咐他们今晚为他演出了。

【波洛涅斯】　一点不错；他还叫我来请两位陛下同去看看他们演得怎样哩。

【国王】　那好极了；我非常高兴听见他在这方面感到兴趣。请你们两位还要更进一步鼓起他的兴味，把他的心思移转到这种娱乐上面。

【罗森格兰兹】　是，陛下。（罗森格兰兹、吉尔登斯吞同下。）

【国王】　亲爱的乔特鲁德，你也暂时离开我们；因为我们已经暗

① 莎士比亚.莎士比亚全集：第5卷[M].朱生豪，等译.北京：人民文学出版社，1994：339-371.

中差人去唤哈姆莱特到这儿来，让他和奥菲利娅见见面，就像他们偶然相遇一般。她的父亲跟我两人将要权充一下密探，躲在可以看见他们，却不能被他们看见的地方，注意他们会面的情形，从他的行为上判断他的疯病究竟是不是因为恋爱上的苦闷。

【王后】 我愿意服从您的意旨。奥菲利娅，但愿你的美貌果然是哈姆莱特疯狂的原因；更愿你的美德能够帮助他恢复原状，使你们两人都能安享尊荣。

【奥菲利娅】 娘娘，但愿如此。（王后下。）

【波洛涅斯】 奥菲利娅，你在这儿走走。陛下，我们就去躲起来吧。（向奥菲利娅）你拿这本书去读，他看见你这样用功，就不会疑心你为什么一个人在这儿了。人们往往用至诚的外表和虔敬的行动，掩饰一颗魔鬼般的内心，这样的例子是太多了。

【国王】 （旁白）啊，这句话是太真实了！它在我的良心上抽了多么重的一鞭！涂脂抹粉的娼妇的脸，还不及掩藏在虚伪的言辞后面的我的行为更丑恶。难堪的重负啊！

【波洛涅斯】 我听见他来了；我们退下去吧，陛下。（国王及波洛涅斯下。）

（哈姆莱特上。）

【哈姆莱特】 生存还是毁灭，这是一个值得考虑的问题；默然忍受命运的暴虐的毒箭，或是挺身反抗人世的无涯的苦难，通过斗争把它们扫清，这两种行为，哪一种更高贵？死了；睡着了；什么都完了；要是在这一种睡眠之中，我们心头的创痛，以及其他无数血肉之躯所不能避免的打击，都可以从此消失，那正是我们求之不得的结局。死了；睡着了；睡着了也许还会做梦；嗯，阻碍就在这儿：因为当我们摆脱了这一具朽腐的皮囊以后，在那死的睡眠里，究竟将要做些什么梦，那不能不使我们踌躇顾虑。人们甘心久困于患难之中，也就是为了这个缘故；谁愿意忍受人世的鞭挞和讥嘲、压迫者的凌辱、傲慢者的冷眼、被轻蔑的爱情的惨痛、法律的迁延、官吏的横暴和费尽辛勤所换来的小人的鄙视，要是他只要用一柄小小的刀子，就可以清算他自己的一生？谁愿意负着这样的重担，在烦劳的生命的压迫下呻吟流汗，倘不是因为惧怕不可知的死后，惧怕那从来不曾有一个旅人回来过的神秘之国，是它迷惑了我们的意志，使我们宁愿忍受目前的磨折，不敢向我们所不知道的痛苦飞去？这样，重重的顾虑使我们全变成了懦夫，决心的赤热的光彩，被审慎的思维盖上了一层灰色，伟大的事业在这一种考虑之下，也会逆流而退，失去了行动的意义。且慢！美丽的奥菲利娅！——女神，在你的祈祷之中，不要忘记替我忏悔我的罪孽。

【奥菲利娅】 我的好殿下，您这许多天来贵体安好吗？

【哈姆莱特】 谢谢你，很好，很好，很好。

【奥菲利娅】 殿下，我有几件您送给我的纪念品，我早就想把它们还给您；请您现在收回去吧。

【哈姆莱特】 不；我不要；我从来没有给你什么东西。

【奥菲利娅】 殿下，我记得很清楚您把它们送给了我，那时候您还向我说了许多甜言蜜语，使这些东西格外显得贵重；现在它们的芳香已经消散，请您拿回去吧，因为在有骨气的人看来，送礼的人要是变了心，礼物虽贵，也会失去了价值。拿去吧，殿下。

【哈姆莱特】 哈哈！你贞洁吗？

【奥菲利娅】 殿下！

【哈姆莱特】 你美丽吗？

【奥菲利娅】 殿下是什么意思？

【哈姆莱特】 要是你既贞洁又美丽，那么你的贞洁应该断绝跟你的美丽来往。

【奥菲利娅】 殿下，难道美丽除了贞洁以外，还有什么更好的伴侣吗？

【哈姆莱特】 嗯，真的；因为美丽可以使贞洁变成淫荡，贞洁却未必能使美丽受它自己的感化；这句话从前像是怪诞之谈，可是现在时间已经把它证实了。我的确曾经爱过你。

【奥菲利娅】 真的，殿下，您曾经使我相信您爱我。

【哈姆莱特】 你当初就不应该相信我，因为美德不能熏陶我们罪恶的本性；我没有爱过你。

【奥菲利娅】 那么我真是受了骗了。

【哈姆莱特】 进尼姑庵去吧；为什么你要生一群罪人出来呢？我自己还不算是一个顶坏的人；可是我可以指出我的许多过失，一个人有了那些过失，他的母亲还是不要生下他来的好。我很骄傲，有仇必报，富于野心，我的罪恶是那么多，连我的思想也容纳不下，我的想像[①]也不能给它们形象，甚至于我都没有充分的时间可以把它们实行出来。像我这样的家伙，匍匐于天地之间，有什么用处呢？我们都是些十足的坏人；一个也不要相信我们。进尼姑庵去吧。你的父亲呢？

【奥菲利娅】 在家里，殿下。

【哈姆莱特】 把他关起来，让他只好在家里发发傻劲。再会！

【奥菲利娅】 嗳哟[②]，天哪！救救他！

【哈姆莱特】 要是你一定要嫁人，我就把这一个咒诅送给你做嫁奁：尽管你像冰一样坚贞，像雪一样纯洁，你还是逃不过谗人的诽谤。进尼姑庵去吧，去；再会！或者要是你必须嫁人的话，就嫁给一个傻瓜吧；因为聪明人都明白你们会叫他们变成怎样的怪物。进尼姑庵去吧，去；越快越好。再会！

【奥菲利娅】 天上的神明啊，让他清醒过来吧！

【哈姆莱特】 我也知道你们会怎样涂脂抹粉；上帝给了你们一张脸，你们又替自己另外造了一张。你们烟视媚行，淫声浪气，替上帝造下的生物乱取名字，卖弄你们不懂事的风骚。算了吧，我再也不敢领教了；它已经使我发了狂。我说，我们以后再不要结什么婚了；已经结过婚的，除了一个人以外，都可以让他们活下去；没有结婚的不准再结婚，进尼姑庵去吧，去。（下。）

【奥菲利娅】 啊，一颗多么高贵的心是这样殒落[③]了！朝臣的眼睛、学者的辩舌、军人的利剑、国家所瞩望的一朵娇花；时流的明镜、人伦的雅范、举世注目[④]的中心，这样无可挽回地殒落了！我是一切妇女中间最伤心而不幸的，我曾经从他音乐一般的盟誓中吮吸芬芳的甘蜜，现在却眼看着他的高贵无上的理智，像一串美妙的银铃失去了谐和的音调，无比的青春美貌，在疯狂中雕谢[⑤]！啊！我好苦，谁料过去的繁华，变作今朝的泥土！

① 同“想象”。
② 同“哎哟”，下同。
③ 同“陨落”，下同。
④ 同“举世瞩目”。
⑤ 应为“凋谢”。

（国王及波洛涅斯重上。）

【国王】 恋爱！他的精神错乱不像是为了恋爱；他说的话虽然有些颠倒，也不像是疯狂。他有些什么心事盘踞在他的灵魂里，我怕它也许会产生危险的结果。为了防止万一，我已经当机立断，决定了一个办法：他必须立刻到英国去，向他们追索延宕未纳的贡物；也许他到海外各国游历一趟以后，时时变换的环境，可以替他排解去这一桩使他神思恍惚的心事。你看怎么样？

【波洛涅斯】 那很好；可是我相信他的烦闷的根本原因，还是为了恋爱上的失意。啊，奥菲利娅！你不用告诉我们哈姆莱特殿下说些什么话；我们全都听见了。陛下，照您的意思办吧；可是您要是认为可以的话，不妨在戏剧终场以后，让他的母后独自一人跟他在一起，恳求他向她吐露他的心事；她必须很坦白地跟他谈谈，我就找一个所在听他们说些什么。要是她也探听不出他的秘密来，您就叫他到英国去，或者凭着您的高见，把他关禁在一个适当的地方。

【国王】 就这样吧；大人物的疯狂是不能听其自然的。（同下。）

［第二场略。］

第三场 城堡中一室

（国王、罗森格兰兹及吉尔登斯吞上。）

【国王】 我不喜欢他；纵容他这样疯闹下去，对于我是一个很大的威胁。所以你们快去准备起来吧；我马上叫人办好你们要递送的文书，同时打发他跟你们一块儿到英国去。就我的地位而论，他的疯狂每小时都可以危害我的安全，我不能让他留在我的近旁。

【吉尔登斯吞】 我们就去准备起来；许多人的安危都寄托在陛下身上，这一种顾虑是最圣明不过的。

【罗森格兰兹】 每一个庶民都知道怎样远祸全身，一个身负天下重寄的人，尤其应该时刻不懈地防备危害的袭击。君主的薨逝不仅是个人的死亡，它像一个漩涡一样，凡是在它近旁的东西，都要被它卷去同归于尽；又像一个矗立在最高山峰上的巨轮，它的轮辐上连附着无数的小物件，当巨轮轰然崩裂的时候，那些小物件也跟着它一齐粉碎。

国王的一声叹息，总是随着全国的呻吟。

【国王】 请你们准备立刻出发；因为我们必须及早制止这一种公然的威胁。

【罗森格兰兹】
【吉尔登斯吞】 我们就去赶紧预备。（罗森格兰兹、吉尔登斯吞同下。）

（波洛涅斯上。）

【波洛涅斯】 陛下，他到他母亲房间里去了。我现在就去躲在帏幕[①]后面，听他们怎么说。我可以断定她一定会把他好好教训一顿的。您说得很不错，母亲对于儿子总有几分偏心，所以最好有一个第三者躲在旁边偷听他们的谈话。再会，陛下；在您未睡以前，我还要来看您一次，把我所探听到的事情告诉您。

【国王】 谢谢你，贤卿。（波洛涅斯下）啊！我的罪恶的戾气已经上达于天；我的灵魂上负着一个元始以来最初的咒诅，杀害兄弟的暴行！我不能祈祷，虽然我的愿望像决心一样强烈；我的更坚强的罪恶击败了我的坚强的意愿。像一个人同时要做两件事情，我因为不知道应该先从什么地方下手而徘徊歧途，结果反弄得一事无成。要是这一只可咒诅的手上染满了一层比它本身还厚的兄弟的血，难道天上所有的甘霖，都不能把它洗涤得像雪一样洁白吗？慈悲的使命，不就是宽宥罪恶吗？祈祷的目的，不是一方面预防我们的堕落，一方面救拔我们于已堕落之后吗？那么我要仰望上天；我的过失已经犯下了。可是唉！哪一种祈祷才是我所适用的呢？“求上帝赦免我的杀人重罪”吗？那不能，因为我现在还占有着那些引起我的犯罪动机的目的物，我的王冠、我的野心和我的王后。非分攫取的利益还在手里，就可以幸邀宽恕吗？在这贪污的人世，罪恶的镀金的手也许可以把公道推开不顾，暴徒的赃物往往成为枉法的贿赂；可是天上却不是这样的，在那边一切都无可遁避，任何行动都要显现它的真相，我们必须当面为我们自己的罪恶作证。那么怎么办呢？还有什么法子好想呢？试一试忏悔的力量吧。什么事情是忏悔所不能做到的？可是对于一个不能忏悔的人，它又有什么用呢？啊，不幸的处境！啊，像死亡一样黑暗的心

---

① 同“帷幕”，下同。

胸！啊，越是挣扎，越是不能脱身的胶住了的灵魂！救救我，天使们！试一试吧：屈下来，顽强的膝盖；钢丝一样的心弦，变得像新生之婴的筋肉一样柔嫩吧！但愿一切转祸为福！（退后跪祷。）

（哈姆莱特上。）

【哈姆莱特】 他现在正在祈祷，我正好动手；我决定现在就干，让他上天堂去，我也算报了仇了。不，那还要考虑一下：一个恶人杀死我的父亲；我，他的独生子，却把这个恶人送上天堂。啊，这简直是以恩报怨了。他用卑鄙的手段，在我父亲满心俗念、罪孽正重的时候乘其不备把他杀死；虽然谁也不知道在上帝面前，他的生前的善恶如何相抵，可是照我们一般的推想，他的孽债多半是很重的。现在他正在洗涤他的灵魂，要是我在这时候结果了他的性命，那么天国的路是为他开放着，这样还算是复仇吗？不！收起来，我的剑，等候一个更惨酷的机会吧；当他在酒醉以后，在愤怒之中，或是在乱伦纵欲的时候，有赌博、咒骂或是其他邪恶的行为的中间，我就要叫他颠踬在我的脚下，让他幽深黑暗不见天日的灵魂永堕地狱。我的母亲在等我。这一服续命的药剂不过延长了你临死的痛苦。（下。）

（国王起立上前。）

【国王】 我的言语高高飞起，我的思想滞留地下；没有思想的言语永远不会上升天界。（下。）

第四场　王后寝宫

（王后及波洛涅斯上。）

【波洛涅斯】 他就要来了。请您把他着实教训一顿，对他说他这种狂妄的态度，实在叫人忍无可忍，倘没有您娘娘替他居中回护，王上早已对他大发雷霆了。我就悄悄地躲在这儿。请您对他讲得着力一点。

【哈姆莱特】 （在内）母亲，母亲，母亲！

【王后】 都在我身上，你放心吧。下去吧，我听见他来了。（波洛涅斯匿帏后。）

（哈姆莱特上。）

【哈姆莱特】 母亲，您叫我有什么事？

【王后】 哈姆莱特，你已经大大得罪了你的父亲啦。

【哈姆莱特】 母亲，您已经大大得罪了我的父亲啦。

【王后】 来，来，不要用这种胡说八道的话回答我。

【哈姆莱特】 去，去，不要用这种胡说八道的话问我。

【王后】 啊，怎么，哈姆莱特！

【哈姆莱特】 现在又是什么事？

【王后】 你忘记我了吗？

【哈姆莱特】 不，凭着十字架起誓，我没有忘记你；你是王后，你的丈夫的兄弟的妻子，你又是我的母亲——但愿你不是！

【王后】 嗳哟，那么我要去叫那些会说话的人来跟你谈谈了。

【哈姆莱特】 来，来，坐下来，不要动；我要把一面镜子放在你的面前，让你看一看你自己的灵魂。

【王后】 你要干么[①]呀？你不是要杀我吗？救命！救命呀！

【波洛涅斯】 （在后）喂！救命！救命！救命！

【哈姆莱特】 （拔剑）怎么！是哪一个鼠贼？准是不要命了，我来结果你。（以剑刺穿帏幕。）

【波洛涅斯】 （在后）啊！我死了！

【王后】 嗳哟！你干了什么事啦？

【哈姆莱特】 我也不知道；那不是国王吗？

【王后】 啊，多么卤莽[②]残酷的行为！

【哈姆莱特】 残酷的行为！好妈妈。简直就跟杀了一个国王再去嫁给他的兄弟一样坏。

【王后】 杀了一个国王！

【哈姆莱特】 嗯，母亲，我正是这样说。（揭帏见波洛涅斯）你这倒运的、粗心的、爱管闲事的傻瓜，再会！我还以为是一个在你上面的人哩。也是你命不该活；现在你可知道爱管闲事的危险了。——别尽扭着你的手。静一静，坐下来，让我扭你的心；你的心倘不是铁石打成的，万恶的习惯倘不曾把它硬化得透不进一点感情，那么我的话一定可以把它刺痛。

---

① 应为“干吗”。

② 同“鲁莽”，下同。

【王后】 我干了些什么错事，你竟敢这样肆无忌惮地向我摇唇弄舌？

【哈姆莱特】 你的行为可以使贞节蒙污，使美德得到了伪善的名称；从纯洁的恋情的额上取下娇艳的蔷薇，替它盖上一个烙印；使婚姻的盟约变成博徒的誓言一样虚伪；啊！这样一种行为，简直使盟约成为一个没有灵魂的躯壳，神圣的婚礼变成一串谵妄的狂言；苍天的脸上也为它带上羞色，大地因为痛心这样的行为，也罩上满面的愁容，好像世界末日就要到来一般。

【王后】 唉！究竟是什么极恶重罪，你把它说得这样惊人呢？

【哈姆莱特】 瞧这一幅图画，再瞧这一幅；这是两个兄弟的肖像。你看这一个的相貌多么高雅优美：太阳神的鬈发，天神的前额，像战神一样威风凛凛的眼睛，像降落在高吻穹苍的山巅的神使一样矫健的姿态；这一个完善卓越的仪表，真像每一个天神都曾在那上面打下印记，向世间证明这是一个男子的典型。这是你从前的丈夫。现在你再看这一个：这是你现在的丈夫，像一株霉烂的禾穗，损害了他的健硕的兄弟。你有眼睛吗？你甘心离开这一座大好的高山，靠着这荒野生活吗？嘿！你有眼睛吗？你不能说那是爱情，因为在你的年纪，热情已经冷淡下来，变驯服了，肯听从理智的判断；什么理智愿意从这么高的地方，降落到这么低的所在呢？知觉你当然是有的，否则你就不会有行动；可是你那知觉也一定已经麻木了；因为就是疯人也不会犯那样的错误，无论怎样丧心病狂，总不会连这样悬殊的差异都分辨不出来。那么是什么魔鬼蒙住了你的眼睛，把你这样欺骗呢？有眼睛而没有触觉、有触觉而没有视觉、有耳朵而没有眼或手、只有嗅觉而别的什么都没有，甚至只剩下一种官觉还出了毛病，也不会糊涂到你这步田地。羞啊！你不觉得惭愧吗？要是地狱中的孽火可以在一个中年妇人的骨髓里煽起了蠢动，那么在青春的烈焰中，让贞操像蜡一样融化了吧。当无法阻遏的情欲大举进攻的时候，用不着喊什么羞耻了，因为霜雪都会自动燃烧，理智都会做情欲的奴隶呢。

【王后】 啊，哈姆莱特！不要说下去了！你使我的眼睛看进了我自己灵魂的深处，看见我灵魂里那些洗拭不去的黑色的污点。

【哈姆莱特】 嘿，生活在汗臭垢腻的眠床上，让淫邪熏没了心窍，在污秽的猪圈里调情弄爱——

【王后】 啊，不要再对我说下去了！这些话像刀子一样戳进我的耳朵里；不要说下去了，亲爱的哈姆莱特！

【哈姆莱特】 一个杀人犯、一个恶徒、一个不及你前夫二百分之一的庸奴、一个冒充国王的丑角、一个盗国窃位的扒手，从架子上偷下那顶珍贵的王冠，塞在自己的腰包里！

【王后】 别说了！

【哈姆莱特】 一个下流褴褛的国王——

（鬼魂上。）

【哈姆莱特】 天上的神明啊，救救我，用你们的翅膀覆盖我的头顶！——陛下英灵不昧，有什么见教？

【王后】 嗳哟，他疯了！

【哈姆莱特】 您不是来责备您的儿子不该消磨时间和热情，把您煌煌的命令搁在一旁，耽误了应该做的大事吗？啊，说吧！

【鬼魂】 不要忘记。我现在是来磨砺你的快要蹉跎下去的决心。可是瞧！你的母亲那副惊愕的表情。啊，快去安慰安慰她的正在交战中的灵魂吧！最柔弱的人最容易受幻想的激动。去对她说话，哈姆莱特。

【哈姆莱特】 您怎么啦，母亲？

【王后】 唉！你怎么啦？为什么你把眼睛睁视着虚无，向空中喃喃说话？你的眼睛里射出狂乱的神情；像熟睡的兵士突然听到警号一般，你的整齐的头发一根根都像有了生命似的竖立起来。啊，好儿子！在你的疯狂的热焰上，浇洒一些清凉的镇静吧！你瞧什么？

【哈姆莱特】 他，他！您瞧，他的脸色多么惨淡！看见了他这一种形状，要是再知道他所负的沉冤，即使石块也会感动的。——不要瞧着我，免得你那种可怜的神气反会妨碍我的冷酷的决心；也许我会因此而失去勇气，让挥泪代替了流血。

【王后】 你这番话是对谁说的？

【哈姆莱特】 您没有看见什么吗？

【王后】 什么也没有；要是有什么东西在那边，我不会看不见的。

【哈姆莱特】 您也没有听见什么吗？

【王后】 不，除了我们两人的说话以外，我什么也没有听见。

【哈姆莱特】 啊，您瞧！瞧，它悄悄地去了！我的父亲，穿着他生前所穿的衣服！瞧！他就在这一刻，从门口走出去了！（鬼魂下。）

【王后】 这是你脑中虚构的意象；一个人在心神恍惚之中，最容易发生这种幻妄的错觉。

【哈姆莱特】 心神恍惚！我的脉搏跟您的一样，在按着正常的节奏跳动哩。我所说的并不是疯话；要是您不信，不妨试试，我可以把话一字不漏地复述一遍，一个疯人是不会记忆得那样清楚的。母亲，为了上帝的慈悲，不要自己安慰自己，以为我这一番说话，只是出于疯狂，不是真的对您的过失而发；那样的思想不过是骗人的油膏，只能使您溃烂的良心上结起一层薄膜，那内部的毒疮却在底下愈长愈大。向上天承认您的罪恶吧，忏悔过去，警戒未来；不要把肥料浇在莠草上，使它们格外蔓延起来。原谅我这一番正义的劝告；因为在这种万恶的时世，正义必须向罪恶乞恕，它必须俯首屈膝，要求人家接纳他的善意的箴规。

【王后】 啊，哈姆莱特！你把我的心劈为两半了！

【哈姆莱特】 啊！把那坏的一半丢掉，保留那另外的一半，让您的灵魂清净一些。晚安！可是不要上我叔父的床；即使您已经失节，也得勉力学做一个贞节妇人的样子。习惯虽然是一个可以使人失去羞耻的魔鬼，但是它也可以做一个天使，对于勉力为善的人，它会用潜移默化的手段，使他徙恶从善。您要是今天晚上自加抑制，下一次就会觉得这一种自制的功夫并不怎样为难，慢慢地就可以习以为常了；因为习惯简直有一种改变气质的神奇的力量，它可以制服魔鬼，并且把他从人们心里驱逐出去。让我再向您道一次晚安；当您希望得到上天祝福的时候，我将求您祝福我。至于这一位老人家，（指波洛涅斯）我很后悔自己一时卤莽[①]把他杀死；可是这是上天的意思，要借着他的死惩罚我，同时借着我的手惩罚他，使我成为代天行刑的凶器和使者。我现在先去把他的尸体安顿好了，再来承担这个杀人的过咎。晚安！为了顾全母子的恩慈，我不得不忍情暴戾；不幸已经开始，更大的灾祸

① 同“鲁莽”。

还在接踵而至。再有一句话，母亲。

【王后】 我应当怎么做？

【哈姆莱特】 我不能禁止您不再让那肥猪似的僭王引诱您和他同床，让他拧您的脸，叫您做他的小耗子；我也不能禁止您因为他给了您一两个恶臭的吻，或是用他万恶的手指抚摩您的颈项，就把您所知道的事情一起说了出来，告诉他我实在是装疯，不是真疯。您应该让他知道的；因为哪一个美貌聪明懂事的王后，愿意隐藏着这样重大的消息，不去告诉一只蛤蟆、一只蝙蝠、一只老雄猫知道呢？不，虽然理性警告您保守秘密，您尽管学那寓言中的猴子，因为受了好奇心的驱使，到屋顶上去开了笼门，把鸟儿放走，自己钻进笼里去，结果连笼子一起掉下来跌死吧。

【王后】 你放心吧，要是言语来自呼吸，呼吸来自生命，只要我一息犹存，就决不会让我的呼吸泄漏了你对我所说的话。

【哈姆莱特】 我必须到英国去；您知道吗？

【王后】 唉！我忘了；这事情已经这样决定了。

【哈姆莱特】 公文已经封好，打算交给我那两个同学带去，对这两个家伙我要像对待两条咬人的毒蛇一样随时提防；他们将要做我的先驱，引导我钻进什么圈套里去。我倒要瞧瞧他们的能耐。开炮的要是给炮轰了，也是一件好玩的事；他们会埋地雷，我要比他们埋得更深，把他们轰到月亮里去。啊！用诡计对付诡计，不是顶有趣的吗？这家伙一死，多半会提早了我的行期；让我把这尸体拖到隔壁去。母亲，晚安！这一位大臣生前是个愚蠢饶舌的家伙，现在却变成非常谨严庄重的人了。来，老先生，该是收场的时候了。晚安，母亲！

（各下。哈姆莱特曳波洛涅斯尸入内。）

第五章　莫里哀与《伪君子》

学习本章，要求了解莫里哀所处时代17世纪法国的文化特点与古典主义文学思潮，熟悉莫里哀的生平和创作历程；掌握莫里哀喜剧创作的主要成就，掌握莫里哀代表作《伪君子》的思想价值和艺术成就、答尔丢夫形象的审美意义。

第一节　17世纪法国的古典主义文学

一、古典主义与路易十四统治时代

古典主义是法国特定历史时期的产物。在16世纪末，法国结束了30多年的宗教战争——胡格诺战争，1598年颁布“南特赦令”，承认新教徒与旧教徒有同等权利，国内纷扰暂告结束，出现了城市资产阶级和贵族阶级妥协的局面，君主专制应运而生，法国建立起中央集权的君主专制国家。在路易十四统治时代(1643—1715年)，法国成为当时欧洲最强大的中央集权的君主专制国家。

路易十四(1638—1715年)有“太阳王”之称，他统治时期，是法国君主专制的鼎盛时期。路易十四采取了一系列政策措施来巩固王权。第一是推行重商主义政策：一切经济措施均以重商主义为基础；他在扶植中加以控制，要求资产阶级维护王权；这在某种程度上保护了资产阶级，促进了资本主义的发展。第二是建立绝对王权：制定严格的法律，加强巡按监督制度，使一切权力置于王权之下。绝对王权可以用路易十四的两句名言来概括：“朕即国家”和“君权神授”。第三是整饬社会秩序，把全国臣民分为三个等级：一是僧侣阶级，僧侣分为“隐修僧”与“世俗僧”，前者常住在修院，从事神学、哲学、文学、艺术的研究；后者则担任大主教或主教之职，人们生活的生死婚葬救济等均操在他们手中，他们拥有很多财产，是国内最大的地主。二是贵族阶级，贵族分为“宝剑贵族”与“长袍贵族”，前者是封建残余，可承袭祖代的封号，后者多出身于司法界或财政界，由于受国王宠爱而被赐以贵族称号，他们是由中产阶级上升为贵族阶级的新贵阶层。三是第三等级，统称为“平民”，包括农民、手工业者、小商贩、城市贫民和资产者等，均属被统治阶级，负担国家的各种赋税和封建义务，没有任何权利，资产阶级在第三等级中经济上最富有。

在意识形态领域，为控制文学艺术，路易十四的专制王权采取了一系列政策措施。利用奖金和津贴，建立作品检查制度，使作家对王权就范，成为专制政体的御用文人。在路易十三在位时期，1634 年首相黎世留创立了法兰西学士院，目的是要统一和规范法语。学士院的院士成了文艺界中央集权统治的代表。为了使院士的身份成为社会上作家和学者羡慕追求的对象，政府规定院士的名额固定为 40 名，给他们以“不朽者”的称号，非得有一个院士死后，才能由其他院士共同选举另一人来补充。这种制度一直维持至今。学士院拥有历代名人遗赠的大量资产，财力雄厚，每年可以颁发 20 万法郎的文学大奖、10 万法郎的小说大奖等 70 种文学奖，学士院的院士们可以获得种种利益。进入法兰西学士院，是法国作家和艺术家们梦寐以求的目标。

由此可见，法国君主专制发生于从封建主义向资本主义过渡时期，它是过渡时期的产物，本身带有进步和落后两种因素。它的进步因素在于奠定了全国统一的局面，在混乱中代表着秩序，促进了社会的发展，从封建制度过渡到资本主义制度。它的落后因素在于维护旧教的势力以对抗新教，并且保留封建残余力量以巩固君权。中央王权一方面扶植资产阶级以对抗贵族阶级，另一方面又保护残余的贵族势力以对抗新兴的资产阶级，其目的是维持双方力量的均衡状态，把两个阶级都置于王权的控制之下。在这种情况下，法国文化也带有进步与落后的二重性。它既有新兴资产阶级的意识，也有封建残余的意识；既有平民因素，也有贵族因素。古典主义就是在这种专制王权的监护和培植下发展起来的，法国君主专制的统治政策为 17 世纪古典主义的产生提供了政治基础和文学创作规范，这是西欧其他各国所不具备的条件。法国古典主义文学都带有这种二重性质。莫里哀的喜剧就产生于这样的历史时代。

二、古典主义文学的哲学基础

17 世纪的法国，专制政体得到了巩固，为古典主义的产生提供了政治基础和文学创作规范；另外，理性主义哲学的兴起，也为古典主义文学提供了理论基础。

理性主义哲学是一种强调理性作用的认识论学说，又称唯理论，它与经验论相对立。法国思想界推崇理性主义，社会上流行的思想意识是尊重理智，皈依理性，注重系统，推崇法则。对自然科学的探讨，对伦理道德的建设，都是从理性主义出发。理性主义渊源于古希腊，推崇理性是古希腊哲学的基本精神之一。到了文艺复兴时期，人文主义者为了反对中世纪神学的独断性，又主张用理性来衡量世界的现象，用理性来探索宇宙的真理，这为自然科学的发展打开了大门。17 世纪的法国思想界继承了这两个时代的精神。所不同的是，文艺复兴是理性与热情相提并论，而 17 世纪的法国是重理性轻热情的。路易十四建立绝对王权，意味着对一切生活领域，包括对经济领域和精神领域的全面控制。个人的首创精神、个人自由的任何表现，都受到绝对王权的压制。服从国家，履行对国家的义务，是个人的最高美德。理性主义哲学适合当时政治的需要，为君主专制服务。

法国理性主义哲学的代表是笛卡儿(1596—1650 年)。笛卡尔是 17 世纪最著名的哲学家之一，是近代理性主义哲学的开创者，也是解析几何的创始人。1637 年，笛卡尔出版了在哲学史上划时代的著作《论方法》，他的著名哲学原则是“我思故我在”。在认识论上，笛卡尔主张唯理论，只承认理性认识的可靠性，把“理性”作为检验真理的唯一标准。

从理性出发，笛卡儿认为艺术应该符合“明白与确切”的标准，制定严格的法规。笛卡尔认为艺术创作应提倡理性，抑制情感冲动，这为理性主义美学的产生奠定了哲学基础。在笛卡儿理性主义的影响下，一些文艺理论家制定出一套古典主义的文学理论和创作法规。笛卡儿的理论对古典主义作家高乃依、布瓦洛等影响很深，古典主义文学所形成的重视理智、规则和标准，要求结构明晰、逻辑性强等特点，与笛卡儿的理性主义影响有直接关系。笛卡儿的理性主义为古典主义的产生奠定了哲学基础。

三、布瓦洛的古典主义美学

17 世纪古典主义者崇拜古希腊、罗马文化，以古希腊、罗马文学为典范，这只是就大范围而言。古典主义学习古代是有侧重的。从理性主义出发，古典主义者感兴趣的是庄严的古罗马艺术，而不是浪漫的古希腊艺术。古典主义作家师法的典范是古罗马时代维吉尔的《伊尼德》、泰伦斯的喜剧、贺拉斯的讽刺诗、塞内加的悲剧。正统的古典主义作家感兴趣的是罗马帝国，而不是浪漫的民主的古希腊。这一点恰好与文艺复兴时期人文主义作家相反。人文主义者感兴趣的是古希腊，而不是古罗马。因此，同样是学习古代，17 世纪的古典主义者与 16 世纪文艺复兴时期的人文主义者，在师法古代时侧重点是不同的。

在对古希腊、罗马文化的重新认识上，17 世纪的古典主义美学不同于文艺复兴美学。文艺复兴美学以人为本，认为古代艺术中的人，具有天然的内在和谐，他们以古希腊、罗马的“光辉形象”来对抗“中世纪的幽灵”，目的是要恢复人享受尘世幸福的权利。因此，他们把美、和谐、比例等问题放在第一位，认为这些问题是世界和人的真正本质。而 17 世纪法国古典主义美学从理性出发，认为人与社会的和谐是通过个人服从国家来实现的，目的是要严守秩序，服从君主专制的国家利益。因此，他们用理性主义、思辨性、几何学来解释美、和谐、比例这些审美范畴。

古典主义美学认为艺术作品的美在于明晰性、逻辑性、稳定性与和谐。明晰性是美最基本的特征，不仅是局部的，而且是整体的，局部与整体的和谐是艺术美不可缺少的基础。一切模糊不清的、不明确的、不可理解的东西都是丑的。

古典主义美学追求的目标是一般性、类同性和一般典型性。这表现在人物性格的塑造上。他们认为人物性格必须一成不变，性格是脱离条件、时间、地点而孤立存在的，是抽象思维活动的产物。艺术典型与类概念等同，比如莫里哀这一人物典型、单一地表现了吝啬、虚伪等抽象概念。

古典主义美学的代表是布瓦洛(1636—1711 年)。布瓦洛是 17 世纪法国著名诗人、美学家、文艺理论家，被称为古典主义的立法者和代言人。布瓦洛在文艺理论方面总结了古典主义作家的经验，写成了诗体的理论著作《诗的艺术》，对古典主义戏剧理论做了完整表述。这部理论著作经路易十四过目后成为古典主义的法典。

《诗的艺术》集中表现了布瓦洛的哲学及美学思想。布瓦洛的美学理论的基本原则是尊重理性，一切从理性出发，一切也以理性为归宿。布瓦洛认为理性是艺术的最高准则，提出了理性、真、自然三位一体的主张。为了求美就要求真，也就必须模仿自然。布瓦洛所说的自然指的是体现在事物中的"常情常理"，人性自然。概括起来，布瓦洛的美学原则有三点：要求文学要有理性，情节要合情合理，文艺作品要体现普遍存在的真理；故事要逼真，性格要相称和一贯，人物要显示人性的善恶；文艺必须有社会教育意义。特别是在《诗的艺术》的第三章中，布瓦洛总结提出了"三一律"的戏剧创作理论，规定剧本创作必须遵守时间、地点和行动相一致，即要用一地、一天内完成的一个故事从开头直到末尾维持着舞台充实。"三一律"在政治上符合君主专制政体的要求，在艺术上有利于戏剧冲突的集中、情节安排紧凑，但是这种戏剧结构上绝对化、程式化的规则，最终束缚了戏剧艺术的发展，为后世所打破。

布瓦洛的一切文艺法则都建立在他的美学原则上，其中虽有合理可取的因素，但作为法规却束缚了作家的创作才能。布瓦洛的《诗的艺术》对法国和欧洲的文学产生过巨大影响，成为欧洲美学史上的一部重要著作。

四、古典主义文学的基本特征

17 世纪法国的"古典主义"，按其基本特征而言，指的是提倡学习古代作品和发扬古代理论。自从古罗马的文艺理论家贺拉斯和朗吉努斯提出向古希腊借鉴的原则之后，后世的文学史家便用"古典主义"这个名词来表明向古代学习的含义。古典主义不仅具有"学古"的意义，还有"法上"的含义。崇拜古典文化尤其是重视古罗马文化是法国17 世纪古典主义的突出特点，古典主义把古希腊罗马的艺术看作是艺术创作的理想模式，在文艺理论和创作实践上以古希腊、罗马文学为典范，因而被称为“古典主义”。

法国古典主义文学是专制王权的产物并为专制王权服务，所以，在政治上拥护中央王权、歌颂贤明君主是古典主义文学的首要特征。这一特征反映了资产阶级发展资本主义的愿望，他们希望结束封建割据的局面，主张国家统一。高乃依的悲剧《熙德》、莫里哀的喜剧《伪君子》都突出表现了这一特征，剧本都把国王塑造成明辨是非、深乎众望的有道明君，最终靠国王的力量才能解决冲突、化险为夷。当时的王权作为新生资产者与封建贵族这两个阶级“表面上的调停人”，代表着混乱中的秩序，维护了政治统一，是进步的因素，古典主义拥护中央王权，在当时有其进步意义。

古典主义文学的第二个特征是崇尚理性原则，强调公民义务。理性是古典主义作家创作必须遵守的基本原则，也是文学批评的最高标准。古典主义立法者布瓦洛在《诗的艺术》中指出：首先必须爱理性，愿你的一切文章，永远只凭着理性获得价值和光芒。古典主义作家把表现理性作为创作的基本主题，作品强调一己情感服从公民义务、个人利益服从国家利益、以理性克制情感和私欲。高乃依写理智战胜感情，从而获得皆大欢喜的圆满结局；拉辛谴责那些情欲泛滥丧失理性的贵族人物，让他们遭受毁灭；莫里哀对那些不合理的封建思想、行为道德予以辛辣的嘲讽。这种对理性主旨的处理，重视了事物的概括性，但忽视了个别性，使作品主人公往往个性模糊，缺乏鲜活的生气。

古典主义文学的第三个特征是模仿古代文学，重视规则。古典主义者把古希腊、罗马文学奉为创作典范，试图从这些典范作品中建树自己的文学，以古代人物折射出时代生活图景。拉辛把他的悲剧成就归功于学习古典。他说自己力求更紧密地追随欧里庇得斯，认为自己所创作的悲剧中最受赞赏的一些地方都要归功于欧里庇得斯。古典主义作家采用古代文学的体制和题材，学习古代文学的创作方法，从中寻找创作理论，仿古崇古蔚然成风。文艺复兴时期古希腊、罗马文学就被重新认识，古典主义者则将学习古代发展到极致，但他们过于拘泥于模式和法则，缺乏文艺复兴时期人文主义作家们的开拓精神。

在创作规则上，古典主义强调服从古代的法则，尤其是戏剧创作，必须遵从“三一律”规则。

“三一律”,亦称“三整一律”,是古典主义戏剧创作必须遵守的规则。规定剧本情节、地点、时间三者必须完整一致。即一出戏只能有单一的故事情节,事件发生在一个地点并在一天之内完成。“三一律”形成于意大利文艺复兴时期,它是对亚里士多德《诗学》的继承和曲解。亚里士多德在《诗学》中提到希腊悲剧情节的“整一性”,演出时间以太阳运行一周为限。文艺复兴时期,意大利学者提出“一个事件,一个地点,一个整天”的主张。古典主义者继承了文艺复兴的戏剧理论,特别是布瓦洛在《诗的艺术》中对“三一律”进行总结阐释以后,“三一律”被奉为戏剧创作的法规。17 世纪法兰西学院极力推行“三一律”,古典主义作家大都严格遵守这一原则。17 世纪法国“三一律”的风行,是君主专制要求一切事物规则化、秩序化,在文学艺术上也要求建立规则的体现。“三一律”有利于剧情的简练集中,但作为一种规则,它限制了作家创作的自由,在浪漫主义兴起后被打破。

古典主义还对戏剧结构、语言、人物塑造等方面提出了要求,强调艺术形式的完美。古典主义将文学体裁划分等级,制定应当遵循的规则。如把戏剧体裁分为高级和低级两种。悲剧属于高级体裁,应当取材古代,表现帝王将相英雄人物,用亚历山大诗体,语言高尚典雅,严格遵守“三一律”,戏分五幕等。喜剧是低级体裁,语言俚俗,不要求用诗体。悲剧和喜剧的界限分明,不可混同。古典主义悲剧主要根据古代作品改编,代表作家是高乃依和拉辛,他们的悲剧代表正统的古典主义,是具体化的贵族意识,具有贵族倾向。古典主义喜剧的代表是莫里哀。莫里哀的喜剧运用古典主义美学理论,但又不完全受古典主义的约束,反映了各种严肃的社会问题,向后人描述了当时的风俗人情,有“严肃喜剧”的称号。

古典主义是欧洲文学史上一个重要的文学思潮,统治欧洲文坛两百年之久。古典主义文学产生了许多杰出的作家作品,促进了民族语言和民族文化的形成,对欧洲各国文学发展产生了深远的影响。但古典主义的局限也是十分明显的,它有较浓的保守倾向和封建色彩,崇古,夸大理性,制订了许多清规戒律。这妨碍了作家们深入地反映生活。古典主义文学作品中人物的塑造也流于公式化、概念化,所以受到进步作家的批判。19 世纪初期,浪漫主义文学运动兴起,打破了古典主义的清规戒律。

第二节 莫里哀的生平与喜剧创作成就

莫里哀是17世纪法国最杰出的古典主义喜剧家，是法国现实主义喜剧的首创者，也是法国戏剧史上贡献卓越的喜剧大师。莫里哀的代表作《伪君子》，以其高度的思想性和艺术性赢得了世界性的声誉。

一、莫里哀的生平

莫里哀(1622—1673年)，生于巴黎的一个富商家庭，本名波克兰，莫里哀是他参加剧团以后用的艺名。

莫里哀的父亲是挂毯商和宫廷室内陈设商，用钱买得“国王侍从”的职位。宫廷室内陈设商常常有机会接近国王，每当国王出巡，他们先行一步，布置行宫，所以莫里哀的家境殷实。小时候，外祖父经常带莫里哀去看闹剧、喜剧和悲喜剧，他从小就喜爱戏剧。莫里哀的父亲要他学法律，继承自己的事业。在莫里哀15岁时，父亲把“国王侍从”的职位继承权过继给了他。莫里哀既不想当律师，也不愿意经商，他热爱戏剧，决心以戏剧为终身事业。1643年，21岁的莫里哀放弃了父亲过继给他的世袭权利，偷偷地把“国王侍从”的职位继承权转让给了他的兄弟，并和一些青年戏剧爱好者一起组织了“光耀剧团”，开始在巴黎演戏。他们没有经验，演出失败，剧团负了债。莫里哀是剧团的对外负责人，因此而被拘押起来，莫里哀的父亲气愤异常，声称如果莫里哀不退出剧团而去做“下贱的戏子”，就与其断绝父子关系。莫里哀依然坚持自己对戏剧的热爱，没有屈服。最终莫里哀的父亲不得不保释他出狱。

莫里哀获释后，并不因此而灰心，他改艺名为“莫里哀”，和他的剧团伙伴们一起到外省去闯荡。从1645年到1658年这13年的时间里，他们几乎走遍了法国的外省地区。这期间，莫里哀生活在民间，得以熟悉法国社会，了解人民生活，也学习人民所喜闻乐见的闹剧和以演技著称的意大利“即兴喜剧”；在接触社会下层、经常和地方官绅打交道的过程中，他对社会和生活的认识不断加深。莫里哀同情下层民众，见识了昏庸腐朽的贵族、坑蒙拐骗的教会僧侣、无病呻吟的地主、冒充博学的"才子"，还有靠剥削起家而力图"风雅"的资产者、利欲熏心且一毛不拔的高利贷者……社会生活的这一切磨炼，把他锻炼成了一个出色的戏剧家，为他以后的创作和演出打下了坚实的基础，积累了丰富的素材。1652 年以后，莫里哀做了剧团的负责人，并开始创作剧本，他成为集编剧、导演、演员于一身的戏剧家。莫里哀的剧作受到观众的欢迎，剧团的声誉也因此而蒸蒸日上，以至名闻巴黎。

1658 年 10 月 24 日，莫里哀的剧团应召来巴黎，在卢浮宫为路易十四演出，得到赏识。路易十四下令把卢浮宫剧场拨给莫里哀的剧团，从此以后莫里哀就一直定居巴黎。1661 年，卢浮宫改建门廊，莫里哀失去了剧场，国王又把王宫剧场拨给莫里哀剧团。

路易十四自比"太阳王"，骄奢豪华，穷兵黩武，唯我独尊。莫里哀在路易十四早年有所作为的时期，为了剧团的发展而争取他的保护，不得不博取他的欢心。但是，莫里哀更关注社会问题、家庭问题、女子教育问题等严肃问题。在他的喜剧中，他批判一切不合理的现象：讽刺修道院教育，抨击夫权思想和封建道德，批判贵族的虚妄生活，讽刺资产阶级的虚荣心和拜金主义，抨击富商不择手段的上升欲望；他特别抨击天主教里危害多端的所谓良心导师，尤其是揭露批判教会伪信士的阴险狠毒。莫里哀因此得罪了大贵族，得罪了教会，剧作屡次遭到禁演，莫里哀本人也遭到人身攻击和迫害，以至于后来王室不再庇护他的剧团。

1671 年冬季，由于长期劳累，莫里哀患上了严重的肺病。1672 年 2 月，他的健康状况刚有好转，又遭遇了种种打击：他在戏剧事业上长期合作的老朋友去世，他的爱子也不幸死去。噩耗和悲痛，加重了他的病情。在这种情况下，迫于激烈的竞争和剧团演员的生活压力，莫里哀仍坚持写戏、坚持演出。1673 年莫里哀写成《无病呻吟》（又译《心病者》或《没病找病》）。为了维持剧团开支，莫里哀不得不带病演出，且在戏中饰演主角。莫里哀带病连续演了数天多场，在演出第 9 场之前，他感觉异常疲惫，就对他的妻子和一位青年演员说：今天，我感到异常痛苦。他们劝他说：你病得这样重，就不要登场了吧！莫里哀为了维持剧团 50 多人的开销和生活，忍着病痛演出。剧中主人公"心病者"是一个挂着医生招牌的江湖骗子,没病装病,而扮演这个角色的莫里哀却真正有病,经常痛苦地皱眉咳嗽,观众还以为是莫里哀表演得逼真,就热烈地鼓掌喝彩。在 1673 年 2 月 17 日演出的当晚,莫里哀带病演出时由于咳嗽挣破了喉管,在舞台上昏倒,被人抬下舞台几个小时以后即与世长辞。

莫里哀去世后,教会不给他行终敷礼,也不给他坟地。莫里哀的妻子只得向国王苦苦求情。最后,巴黎大主教才勉强准予在公墓围墙外面埋死婴小孩子的乱坟堆埋葬他,而且还限制在天黑以后才能出殡。但是巴黎民众爱戴莫里哀,民众打着火把为他送葬。传说,当晚他的坟墓就被教会挖掉,不知把骸骨抛到什么地方去了。后来再找莫里哀的坟墓就找不到了。

法兰西学士院在莫里哀生前不承认他的业绩。在莫里哀获得世界声誉后,法兰西学士院在大厅塑了莫里哀的半身石像,下面写着:"就他的光荣而言,并没有缺少什么;就我们的光荣而论,倒是缺少了他。"

二、莫里哀的喜剧创作道路及其成就

莫里哀从事喜剧创作和演出 30 年,创作喜剧近 30 部,根据他的思想和艺术发展变化过程,一般把他的创作分为三个时期。

第一个时期(1659—1663 年)是莫里哀率领他的光耀剧团从外省回到巴黎的初期,是他的古典主义喜剧的开创期。这一时期的代表作是《可笑的女才子》《夫人学堂》(又译《太太学堂》)。

1659 年《可笑的女才子》上演,这是莫里哀在巴黎创作的第一个剧本。《可笑的女才子》主题是讽刺巴黎贵族社会故作风雅的浮夸风气。剧中的两个从外省来到巴黎的资产阶级女子玛德隆和卡多丝,崇拜贵族社会沙龙风习,受到两个冒充贵族的仆人的捉弄。她们为自己有一个市民父亲感到惭愧,她们说话咬文嚼字,故作风雅,说镜子是"丰韵的顾问",椅子是"谈话的舒适",跳舞是"赋予我们脚步的灵魂"。玛德隆吩咐女仆说:"快点把'谈话的舒适'搬来。"卡多丝请人就座说:"先生,您不要这样坚决拒绝这张靠背椅的请求啊,它向您伸着双臂已经有一刻钟了;稍稍满足一下它想拥抱您的意愿吧。"这两个可笑的女子

不仅说话咬文嚼字，而且连谈情说爱也要模仿贵族社会的求婚仪式。莫里哀借人物之口批评上等社会里的人只喜爱浮华的外表，面对赤裸裸的美德却不重视。这部喜剧触痛了自命风雅的贵族老爷和贵妇人，只演出了一场就被禁止演出。经过疏通，由于路易十四的旨意，禁令才被取消。

1661 年上演的《丈夫学堂》和 1662 年上演的《夫人学堂》是莫里哀运用古典主义创作规则创作的两部喜剧。《夫人学堂》的演出标志着法国古典主义喜剧的诞生。

《丈夫学堂》提出了女子教育问题。剧中两兄弟分别收养两个孤女，一个严加管教，一举一动都不放松，一个任其自然发展，结果是前者失败。《丈夫学堂》这个剧本反对封建礼教，拥护顺乎天性的教育。

在《夫人学堂》中，莫里哀继续关注女子的教育问题，而且由此提出了婚姻家庭、修道院教育等问题，抨击了封建道德和夫权思想。剧中的富商阿尔诺尔弗是个夫权主义者，为了培养一个百依百顺的妻子，他收养了一个 4 岁的小女孩阿涅丝，把她送进修道院。13 年后，他把阿涅丝接出了修道院。17 岁的阿涅丝在受了修道院教育以后，成了个什么都不懂的“白痴”。阿尔诺尔弗就希望这样的女子做他的妻室。在他看来，一个妻子只要懂得祷告上帝、爱丈夫、会缝缝纺纺就足够，最好是一个“白痴”。然而，封建桎梏挡不住爱情的力量，阿涅丝一旦同社会接触，青春的觉醒就使她产生了爱情，而且她马上变得聪明起来，她与青年贺拉斯相爱，最终设法逃出了阿尔诺尔弗的家庭。修道院教育和夫权思想破产。

《夫人学堂》演出以后，在社会上引起一阵轩然大波。教会反动势力和封建卫道者竭力攻击这个剧本，还散布了许多流言蜚语。他们想尽办法刁难莫里哀，攻击《夫人学堂》一剧，指责它轻佻、淫秽、诋毁宗教。为此，莫里哀写了《〈夫人学堂〉的批判》和《凡尔赛宫即兴》两部论战性的喜剧。在这两部论战性的喜剧中，莫里哀不仅继续讽刺揭露那些教会和贵族中的保守势力，而且讨论了喜剧理论问题，提出了自己的喜剧艺术主张。莫里哀主张戏剧应该面向广大的“池座观众”，不必迎合少数坐在戏台上观剧的上层人物；剧本的好坏，当看它能否打动观众，教育观众，不应该用死板的规则来束缚作者，不应该把文体（如喜剧、悲剧)分为等级的高下;喜剧的责任在于表现“人们的缺点”,起移风易俗的作用。这些喜剧理论观点说明莫里哀是一个文学自觉的现实主义戏剧家。

第二个时期(1664—1669年)是莫里哀喜剧创作的成熟时期,也是他反封建反教会斗争最激烈的时期。他不但熟练地掌握了古典主义的创作规则,并且在作品中表现出更加深刻的社会内容和更加强烈的民主倾向,作品的思想性、战斗性和艺术性都达到了他自己的最高水平。这个时期莫里哀创作了十多部喜剧,除了最著名的《伪君子》之外,《唐璜》《恨世者》《悭吝人》《乔治·唐丹》等都是这时期的名剧。

《伪君子》是一部讽刺教会僧侣的力作,强烈的战斗性和高度的艺术性使它在莫里哀的全部创作中占有特殊的地位。

《唐璜》和《恨世者》是两部揭露封建贵族的剧本。莫里哀的《唐璜》创作于1665年。唐璜是西方文学中非常重要的一个人物形象,最早源自西班牙的民间传奇人物故事《塞维拉的花心郎》。在民间传说故事中,唐璜是一个生活在14世纪的西班牙贵族,生性风流,狂放不羁,带着玩世不恭的态度与各种女性周旋。莫里哀取材于这个西班牙的传奇故事,将它改编成为五幕散文剧,对唐璜形象的塑造进行了大胆的创造,注入了17世纪法国社会的现实内容。剧中主人公唐璜的身份虽是朝廷贵人,但实际上是一个玩弄妇女的骗子。他贪恋女色,开始的时候疯狂的追逐女性并不受道德的约束,但后来他却伪装成为虔诚的宗教教徒,这使他变得异常邪恶,最终被鬼魂和石像拖入地狱。这部剧作突破了古典主义戏剧的“三一律”,场景有多次变换,现实性与神奇性交织,喜剧与悲剧因素共有。剧作演出后曾因遭到贵族社会的攻击被迫停演。但是,莫里哀对唐璜形象的艺术创造,为之后欧洲文学艺术史上众多艺术家对该人物的创作提供了范本和丰富的艺术借鉴,如意大利剧作家哥尔多尼的《唐璜》、莫扎特的歌剧《唐璜》、英国诗人拜伦的浪漫主义长诗《唐璜》,无不受到莫里哀的影响。

《恨世者》(又译《愤世嫉俗》)是一部五幕诗体喜剧。《恨世者》以整个贵族社会作为讽刺对象,揭露贵族阶级的腐朽、堕落以及贵族社会内部自私虚伪、钩心斗角的情形。男主人公阿尔赛斯特看不惯这一切,却爱上了专好诽谤别人的风骚寡妇色里曼娜。阿尔赛斯特以为遇到了知己，可以成双配对。但当阿尔赛斯特要求色里曼娜抛弃这个自私自利、庸俗无聊的社会时，色里曼娜却舍不得他所诽谤的社会，两人只好分手。《恨世者》这出喜剧把贵族社会的丑态写得淋漓尽致，在语言艺术方面达到了极高成就。全剧严格遵守古典主义法则，没有插科打诨式的笑料，被认为是"高级喜剧"的典范。

《悭吝人》和《乔治·唐丹》是两部讽刺资产阶级的作品。17世纪的法国资产阶级一方面贪婪地追求金钱，另一方面又对王权和贵族软弱妥协，富裕的商人更用金钱买取官职，以满足跻身贵族阶层的虚荣心。拜金主义和虚荣心可以说是当时法国资产阶级的主要特性。莫里哀的这两部喜剧作品正是击中了资产阶级的要害。

《悭吝人》(又译《吝啬鬼》)是一部五幕散文喜剧，是与《伪君子》齐名的杰作。这部喜剧取材于古罗马喜剧家普劳图斯的《一坛黄金》，揭露了资产阶级拜金主义的本性，塑造了守财奴、吝啬鬼的典型阿巴贡形象。阿巴贡爱财如命，吝啬成癖。他不仅对仆人及家人十分苛刻，甚至自己也常常饿着肚子上床，以至半夜饿得睡不着觉，便去马棚偷吃荞麦。他不顾儿女各有自己钟情的对象，执意要儿子娶有钱的寡妇，要女儿嫁有钱的老爷。他认为"世上的东西，就数钱可贵"。当他处心积虑掩埋在花园里的钱被人取走后，他呼天抢地，痛不欲生，活画出一个视钱如命的守财奴形象。这部喜剧揭露了金钱崇拜对人的心灵所起的巨大破坏作用。在欧洲文学史上，《悭吝人》可以说是最早揭露资本原始积累时期金钱如何破坏温情脉脉的家庭关系的作品之一。

《乔治·唐丹》是一部三幕散文喜剧，从另一个方面讽刺了资产阶级的妥协性和虚荣心。富商乔治·唐丹为了取得贵族的身份，娶了一个没落贵族的女儿。乔治·唐丹的岳父母和妻子都看不起他，妻子还与人私通，使他受尽了奚落和侮辱。资产阶级羡慕贵族的身份，不惜通过婚姻手段来改变自己的社会地位，这是法国封建势力余威尚存、资产阶级向贵族妥协的一种表现，也是资产阶级挤入贵族统治阶层的一种途径。莫里哀对资产阶级的妥协性和虚荣心进行了辛辣的嘲讽。

第三个时期(1670—1673年)莫里哀的创作发生了一些变化。在思想内容上继续发挥以前创作的主题，在艺术上则更多地运用民间闹剧的艺术传统。这个时期莫里哀喜剧的代表作是《贵人迷》《史嘉本的诡计》《无病呻吟》等。

《贵人迷》受到17世纪法国巴洛克艺术流行的芭蕾舞剧的影响，是莫里哀与巴洛克作曲家吕利合作的芭蕾喜剧。剧中的大富商汝尔丹想当贵族，当不了本国的贵族，就做土耳其的假贵族。汝尔丹说："我宁可手上少长两个手指头，也愿意生下来不是伯爵就是侯爵。"他要追求贵妇人，请哲学老师为他写情书造句。他说："我想在信里写这样一句话：'美丽的侯爵夫人，你的美丽的眼睛我爱得要死。'可是我要句子的式样风雅，造句造得漂漂亮亮的。"于是哲学老师根据他的要求，造了五个类似的句子：

"美丽的侯爵夫人，你的美丽的眼睛我爱得要死。"

"我爱得要死，美丽的侯爵夫人，你的美丽的眼睛。"

"你的美丽的眼睛我爱得，美丽的侯爵夫人，要死。"

"要死你的美丽的眼睛，美丽的侯爵夫人，我爱得。"

"爱得你的美丽的眼睛，美丽的侯爵夫人，我要死。"①

喜剧《贵人迷》讽刺了资产者的虚荣心和贵族社会附庸风雅的习气。

《史嘉本的诡计》是莫里哀后期喜剧的代表作之一。剧中的史嘉本是个仆人，他设计从两个老财迷手里骗到钱，帮助自己的小主人。史嘉本是一个平民英雄，比主人高尚，聪明能干，见义勇为。把仆人作为喜剧主人公，歌颂仆人的聪明才智，体现了莫里哀喜剧的民主性，受到巴黎人民的欢迎。

《无病呻吟》是莫里哀的最后一部喜剧，讽刺了资产阶级的极端利己主义。主人公阿尔冈是一名疑病症患者，他身体健康却认为自己已经病入膏肓，盲目相信医生，没病找病，成天躺在床上，要全家人为他的病患服务。他要女儿嫁给一个她不爱的医生，而目的就是这个医生女婿以后可以天天给他看病，女儿如果不同意，就送女儿去修道院。他教训女儿说："一个好心眼的女儿应该高兴嫁给一个对她父亲健康有好处的人。"医生更是以治病为由肆无忌惮地榨取他的钱财，却无视他的病症；他的妻子贝丽娜则成天盼望阿尔冈早死，想尽快继承阿尔

---

① 莫里哀.喜剧六种[M].李健吾，译.上海：上海译文出版社，1978：334.

冈的财产，并企图暗中破坏女儿与恋人的纯真感情。故事最终的结局是女仆揭穿贝丽娜的阴谋，有情人终成眷属，而那个无病呻吟的阿尔冈，自己成了一名医生。这部喜剧是莫里哀晚年创作生涯的又一个高峰，是一部经典作品。《无病呻吟》的剧本也先后被翻译成几十种语言，被遍及世界各地的众多国家以各种形式搬上舞台，三百余年来，常演不衰。

三、莫里哀的喜剧观

古典主义的传统观念把悲剧看成高级艺术，把喜剧贬为低级艺术。为了提高喜剧在文艺和社会上的地位，莫里哀改革喜剧艺术，一是使新型喜剧具有高度的艺术价值，二是让喜剧具有严肃的教育意义。莫里哀结合社会问题，改造传统剧目，使之具有时代意义和社会意义。例如《屈打成医》取材中世纪的故事诗《农民医生》，对当时不学无术的医生和迷信愚昧的资产者进行了批判。在改编传统剧目的同时，莫里哀针对当时社会的重大问题和主要矛盾，创作出一系列具有深刻现实意义的新剧目，如《可笑的女才子》《夫人学堂》《伪君子》等。莫里哀的改革，使法国喜剧面目一新，继文艺复兴英国莎士比亚之后，莫里哀的喜剧也成为西方戏剧史上的一个里程碑。

莫里哀在《伪君子》的序言中，给喜剧下了一个定义："喜剧是一首精美的诗，通过意味深长的教训，指责人的过失。"这个定义概括了喜剧的三大特点：艺术价值、教育意义和干预生活。莫里哀认为，喜剧应该有教育与娱乐两重意义。有娱乐而无教育，喜剧就变成了浅薄的闹剧；有教育而无娱乐，则不能称其为喜剧，教育的目的也达不到。因此，莫里哀说："喜剧在娱乐的同时一起纠正人的错误。"

喜剧的教育和娱乐的作用，都是通过喜剧的笑来实现的。莫里哀是自觉以笑为武器的喜剧作家，他总是强调喜剧要通过笑来打击恶，笑是喜剧打击社会恶习的最好武器。他在《伪君子》的序言中说："一本正经的教训，即使最尖锐，往往不及讽刺有力量；规劝大多数人，没有比描写他们的过失更见效的了。"

莫里哀的艺术实践证明，他以笑为武器，总是把喜剧的娱乐性、战斗性和教育性完美地结合在一起，主题是严肃的，艺术表现却是轻松愉快、引人入胜的。莫里哀把喜剧从只供逗笑的闹剧地位，提高到社会制裁力的重要地位。

柏格森根据莫里哀的喜剧作品和理论，写了一篇哲学论文《笑的研究》。柏格森认为，悲剧的目的在于刻画英雄的品质或描写好人的苦难，作者采取的是同情态度；喜剧的目的在于揭露社会的病态或指责某种人的过失，作者抱的是批判态度。悲剧观众往往以认同态度去看剧，喜剧观众却以旁观态度去看剧，喜剧观众须有清醒的头脑，看出剧中人的过失，因而发笑。因此，悲剧诉诸观众的感情，喜剧诉诸观众的理性。这表明了悲剧审美和喜剧审美的区别，莫里哀的喜剧艺术恰好表明了这种特点。

莫里哀坚持现实主义的美学原则，继承文艺复兴的传统，提出："喜剧是一面公众的镜子"。莫里哀认为，喜剧应该如实地反映生活，观众从喜剧中要看到相识的人或自己的面影。"莫里哀随便写一个性格，就会在社会上遇到，而且不遇到，也不可能。"莫里哀认为"恰如其分地表现人的滑稽言行""照自然描写""形象逼真"是喜剧应有的责任。莫里哀的喜剧观和创作理论，都超出了古典主义的范围，具有现实主义的先进性和现代性，对后世喜剧影响深远。

四、莫里哀喜剧的特征

莫里哀的喜剧思想内容深刻，艺术特征鲜明。

第一，莫里哀的喜剧直接描绘现实，揭露现实问题，具有深刻的思想内容，充满强烈的战斗精神和民主性。

这一特征是由莫里哀的喜剧观决定的。莫里哀认为喜剧要描绘当代风俗。莫里哀指出，喜剧的责任是在娱乐中改正人们的弊病。莫里哀认为执行这个任务最好莫过于通过令人发笑的描绘，抨击当时的恶习。莫里哀强调喜剧的讽刺功能，认为把恶习变成人人的笑柄，对恶习就是重大的打击。这种认识无疑突破了旧喜剧的观念。由于莫里哀的经历比同时代作家丰富，对人情世态的观察广泛而深入，而且在同下层人物的接触中莫里哀又形成了进步的民主思想，所以，莫里哀对喜剧功能的认识大大高于同时代人，在反映现实、揭露现实问题方面，具有深刻的思想内容。

莫里哀对大贵族作了无情的抨击。莫里哀把侯爵作为“今日喜剧的取笑对象”，不管他们“地位有多高”，也要向他们开火。他讽刺贵族沙龙的虚荣风气，揭露贵族糜烂堕落的生活，还刻画了没落贵族和中小贵族的种种丑相。

莫里哀讽刺资产阶级的虚荣心和夫权思想；批判资产阶级目光浅陋为宗教骗子所利用；批判高利贷者的贪得无厌和爱钱如命；讽刺资产阶级趋附贵族的丑态。

莫里哀对下层人物的描绘没有偏见，无论是对仆人、厨师，还是对农民、穷人，尤其是对仆人。如《伪君子》中的桃丽娜（又译道丽娜）、《悭吝人》中的雅克师傅、《贵人迷》中的妮考耳、《女博士》中的马丁娜、《无病呻吟》中的唐乃特等，他们头脑清醒、性格开朗、言语锋利、大胆泼辣，富有反抗意识，其精神境界往往高于他们的主人，这些形象比旧喜剧的仆人更有生气。莫里哀的喜剧也因此具有强烈的战斗精神和民主性。

第二，莫里哀改造了喜剧的形式，把多种喜剧因素有机地融合在一起。

首先是民间闹剧因素。民间闹剧的一个明显特点是插科打诨。莫里哀的喜剧在舞台表演过程中，都有满台乱跑、打耳光、摸口袋、藏在桌子下偷听等动作。这些动作都是民间闹剧所特有的动作，它是不符合古典主义的典雅性的，然而莫里哀不受古典主义约束，在他的喜剧中加进了这些闹剧因素，增强了作品的喜剧性。在我国，北京人民艺术剧院在演出《悭吝人》时，演员特别突出了这种民间闹剧性，不仅让阿巴贡满台跑，而且在剧场里乱跑，嘴里喊着“钱呀，我的钱呀”，使得整个剧场气氛十分活跃。民间闹剧因素增加了戏剧滑稽戏谑的情趣。

其次是传奇喜剧因素。在剧情发展过程中莫里哀比较喜欢设置一些关系人物命运的贯穿道具，如《伪君子》中的秘密文件匣子，《悭吝人》中阿巴贡的小钱箱，同时还安排一些情人之间的无端争吵与和解的情节，这些都是传奇喜剧的因素。传奇喜剧因素加强了戏剧的偶合性和紧张性。

再次是风俗喜剧因素。莫里哀的喜剧大都是家庭喜剧，充分反映了人情世态。如《伪君子》中老夫人和子孙们的争闹。奥尔恭（又译奥尔贡)的专横,玛丽亚娜(又译玛丽雅娜)的解释,达米斯的反抗及其被撵出家门等,都是风俗喜剧的因素。风俗喜剧因素渲染、浓化了戏剧的生活气息。

另外,莫里哀喜剧中还穿插有一些悲剧因素。这一点在《伪君子》中表现得十分突出。《伪君子》结尾时玛丽亚娜和瓦赖尔之间的爱情几乎演成悲剧,奥尔恭几乎被弄得家破人亡、妻离子散,这些都是悲剧因素。由于作者要忠于古典主义为王权服务的宗旨,在结尾安排了大团圆结局,让英明的国王派使臣出面,拘捕了答尔丢夫,使戏剧转悲为喜。悲剧因素使剧情发展更为紧张,矛盾更为尖锐,更加充分地暴露了反面人物的丑恶本质。

第三,莫里哀的喜剧在塑造人物方面,着重刻画同类人物的共性特征,表现人物的某种情欲,从而突出人物的主导性格特征。

莫里哀塑造的喜剧形象多以主导性格而著称,剧中人物往往成为某种性格或者某类人的代名词。莫里哀塑造的喜剧人物性格是定型的,是作家经过高度概括塑造出来的,以至这些喜剧人物同样成为世界文学中不朽的艺术典型。

《伪君子》塑造了伪善典型答尔丢夫。莫里哀在塑造答尔丢夫时,虽然也表现了答尔丢夫的贪食、贪睡、贪财、贪色等多方面的情欲,然而,这些性格都是为人物的伪善性格服务的,表现得真实而深刻。所以,伪善成为答尔丢夫唯一的主导性格特征,答尔丢夫也成为"伪君子"和"宗教伪信士"的代名词。

《悭吝人》塑造了吝啬典型阿巴贡。阿巴贡是一个被吝啬的绝对情欲所支配的典型,他并非没有别的情欲,他有女仆、马夫和厨子,不过为了省钱,他把马夫和厨子用一人担任。他也请客喝酒,不过在菜谱上打算盘,在酒里掺水。他也谈恋爱,要娶儿子的情人,只不过当儿子用偷走的钱箱威胁他,他才放弃和儿子争夺情人的打算。然而,这些情欲都被支配他的金钱欲所控制,莫里哀抓住他的这一绝对情欲,进行艺术夸张,使其比现实生活中的这种缺点更加突出和可笑,这是对性格的深化。正如别林斯基所说:"阿巴贡自然像名手画的一幅讽刺画那样好。"莎士比亚笔下的吝啬鬼夏洛克在哭喊他的银钱被女儿偷走时,还一口一个"我的女儿,我的银钱""我的银钱,我的女儿",表现出他既心痛银钱又心痛女儿的复杂心理；夏洛克也可以为了报别人骂他是“犹太狗”的宗教信仰之仇而借出三千块钱却不要利息。阿巴贡在丢了钱箱时的疯狂是夏洛克所不能比的，他一口一个“我毁了，我死了”“我要请求把所有的人都给绞死，如果我不能把我的钱重新找回来，我自己也得去上吊。”不仅没有亲子之情，而且自己也被支配他的金钱欲所压倒到发狂的状态和痛不欲生的地步。因此，阿巴贡成了“吝啬鬼”的代名词。

《无病呻吟》塑造了极端利己主义的典型阿尔冈。阿尔冈没病找病，无病呻吟，成天躺在椅子上叫唤“我怎么没病？我怎么没病？”“天啦，他们会让我死在这儿不管我的”“你要把我气疯啦！”他要全家人都围着他的病转，甚至强迫女儿嫁给医生，好方便他治病，这是一种极端的自私自利。

第四，莫里哀的喜剧注重刻画喜剧化的形体动作。

戏剧是动作的艺术。黑格尔认为，能把个人的性格、思想和目的最清楚地表现出来的是动作，人的最深刻方面只有通过动作才能见诸现实。莫里哀的喜剧注重刻画让观众窥见人物内心活动的喜剧化的形体动作，这是他的喜剧艺术的一大特色。这些喜剧化的形体动作不仅引人发笑增加了喜剧性，而且有助于推动剧情发展。这一特色与莎士比亚喜剧不同。莎士比亚的喜剧动作强调的是人物的语言，通过人物精美幽默的语言取胜，莫里哀的喜剧动作强调的是形体动作，通过人物身体动作的表演获得喜剧性效果。

这些形体动作的设计好似文学作品中的神来之笔，既精炼又惊人，干净利落。比如答尔丢夫出场时摸出手帕，假惺惺要桃丽娜遮住袒露胸口的动作，他的目的是标榜自己禁欲苦修而不近女色，但是对于一个习见的女仆的着装都能够引起下流欲念，这恰恰暴露了他肮脏的内心。谁又能看不透这个所谓虔诚信士的假招子呢！再如阿巴贡一出场就去搜仆人的裤脚的动作，他边摸边说：“这么肥大的灯笼裤天生就是隐匿贼赃的好地方，我恨不得让人绞死他们几个才痛快。”还有，阿巴贡要请客，叫厨师说说打算准备些什么菜。雅克师傅刚说了打算准备四大盆汤五大盘菜，阿巴贡就心疼地叫了起来，好像这些东西已被吃掉似的，慌忙去捂雅克师傅的嘴巴，企图阻住财源，不要他再说下去——他怕厨师把他的财产全"说光了",所以要去捂厨师的嘴巴,既不准吃,也不准说。这是个双关的喜剧动作。再比如史嘉本帮助小主人去敲诈老主人的钱,老主人吉隆特一方面心疼钱,另一方面心痛儿子被抢,好不容易掏出钱袋做出要交给史嘉本的样子,但却怎么也交不出,史嘉本伸着手去接,却怎么也接不到。最后老主人竟把钱袋又放回了自己的口袋,却对伸着手的史嘉本说:"去吧,快去把少爷赎回来。"这个动作增强了幽默讽刺的喜剧气氛,也活画出吉隆特老爷的迂腐、刻板与贪财。

第三节 《伪君子》分析

《伪君子》,又译《达尔杜弗》,是莫里哀的代表作。《伪君子》以高度的思想性和艺术成就赢得声誉,成为欧洲古典喜剧中成就最高的作品。

一、《伪君子》的喜剧情节

《伪君子》是一出五幕诗体喜剧,剧情发生在巴黎富商奥尔恭的家中,写一个伪装成虔诚的天主教信士的答尔丢夫,用欺骗手段博得了笃信天主教的巴黎富商奥尔恭的信任,最后骗局被揭穿原形毕露的故事。

答尔丢夫本是外省的一个没落贵族,后来穷得连双鞋子也没有,于是伪装成为虔诚的天主教信士,招摇撞骗。奥尔恭在教堂里结识了答尔丢夫,马上被答尔丢夫苦修节欲的"虔诚"所打动,不仅施舍钱给他,还把他接回家中,尊为圣徒,奉为良心导师。答尔丢夫受到宠信,便处处以宗教道德标准约束奥尔恭一家人的行为。奥尔恭外出,答尔丢夫贪吃贪睡,贪图享受。奥尔恭回来,还想把女儿玛丽亚娜嫁给答尔丢夫。玛丽亚娜已经与瓦赖尔订婚,两人正处于热恋中,所以坚决反对父亲的这个愚蠢的决定。

奥尔恭的妻子欧米尔(又译艾耳密尔)为了帮助女儿,预备与答尔丢夫好好谈一谈。女仆桃丽娜请出了答尔丢夫,他一出场,就是要仆人把他苦修用的鬃毛紧身衣和鞭子藏起来,第一个动作则是丢给桃丽娜一块手帕，让她："把胸脯遮起来"，以免"看了灵魂受伤，引起不洁的念头。"欧米尔来了，答尔丢夫却马上百般向她调情，甚至动手动脚。他没料到，他的这些情话，恰被躲在一边的奥尔恭的儿子达米斯听到。正巧奥尔恭进来，达米斯当即把答尔丢夫的这一丑行告诉了父亲。答尔丢夫却哭叫起来抵赖辩解。奥尔恭被他感动，认定答尔丢夫蒙受了不白之冤，于是将儿子赶出家门，不仅剥夺了儿子的财产继承权，还写下契约把全部家产赠送给答尔丢夫，又决定当天晚上就让答尔丢夫和玛丽亚娜结婚。

在这严重的局面下，女仆桃丽娜挺身而出，她为了让奥尔恭明白真相，劝说并帮助女主人欧米尔设下巧计，说服奥尔恭，让他藏在桌子下，然后叫人去请答尔丢夫。答尔丢夫果然露出色鬼本相，立刻要得到"实惠的爱情"占有欧米尔。紧要关头，忍无可忍的奥尔恭冲了出来，大骂答尔丢夫。此时，答尔丢夫眼看再也骗不过去了，便露出狰狞面目，宣布全部财产都是自己的，还扬言要揭穿奸计，还要去揭发奥尔恭私藏的机密文件。答尔丢夫在国王面前告发了奥尔恭，并领来了宫廷侍卫官预备逮捕奥尔恭。但是最后，侍卫官逮捕的却是答尔丢夫。原来，国王明察秋毫，决断英明，认出答尔丢夫就是有人向他报告过的那个出名的骗子。国王念奥尔恭旧日有功，原谅了他的过错，发还了他的家产。奥尔恭感恩不尽，高兴之余，答应玉成瓦赖尔与女儿的婚事。

二、《伪君子》的禁演与反禁演

《伪君子》的最初上演十分困难。面对贵族和教会反动势力禁演《伪君子》的情势，莫里哀经过了 5 年的艰苦斗争，才使得全剧公演。

《伪君子》的第一次演出是在 1664 年 5 月，剧本只有 3 幕，莫里哀在凡尔赛宫演给路易十四看。受到反动教会的攻击。路易十四的忏悔教师、巴黎大主教亲自出面向国王提出控告。保守势力的代表王太后也反对《伪君子》的演出。路易十四不得不下令禁止公演。有一次国王问孔德亲王，人们为什么对莫里哀的《伪君子》这样不满？孔德亲王回答："莫里哀戏里演的就是他们本人，所以他们就不能忍受。"

在禁演期间，莫里哀在私人宅地和大臣贵族家里朗读和演出剧本,并写成5幕,1664年11月在孔德亲王的私宅里演出了全剧。1667年8月,《伪君子》在王宫剧场正式上演。莫里哀为了减少公演时阻力,对剧本做了一些修改,将宗教人士答尔丢夫改为半僧半俗的巴纽夫,却依然遭到最高法院院长的禁止,他派出警察将观众赶出剧场,然后封闭大门。莫里哀当即派人去最高法院交涉,并写了陈情表上书国王,请求支持。他说:如果答尔丢夫之流得逞,那我就无须再写喜剧了。国王接到莫里哀的陈情表,见双方态度都很强硬,没有明确表态,把事情拖了下来。教会并不罢休,贴出告示,凡看《伪君子》或听这出戏朗诵的人,一律革除教籍,驱逐出教会。所以一时间再没有人敢看《伪君子》,莫里哀气得大病一场。

1669年1月,路易十四与罗马教皇缔结"教会和平条约",宗教迫害有所收敛。莫里哀抓住时机,第三次向国王上陈情表,请求撤销禁演《伪君子》的成命。路易十四批准了这一请求。1669年2月5日《伪君子》正式公演,莫里哀取消了第二稿的修改,恢复了原样,主人公又叫答尔丢夫,只是答尔丢夫的装束由僧侣黑袍改为世俗的打扮。

《伪君子》禁演与反禁演的斗争,说明了当时天主教会势力的强大和反动,也表现了莫里哀反封建反教会斗争的艰苦与坚定。《伪君子》是莫里哀创作中战斗性最强的一部作品,他以锐利的锋芒,揭穿了宗教的虚伪性和欺骗性,击中了它的要害,危及封建制度的精神支柱。封建教会反动势力之所以拼命反对它,阻止它的上演,原因概出于此。

三、答尔丢夫形象分析

《伪君子》是莫里哀最杰出的性格喜剧,莫里哀在剧中全力塑造了一个伪善者的典型形象答尔丢夫。

(一)答尔丢夫的性格核心是伪善:虚伪是他唯一的本钱和武器

首先,答尔丢夫伪装虔诚。答尔丢夫本是一个外省的没落贵族,几乎成了叫花子。他看清社会上有很多保守、顽固、愚蠢的善男信女,掌握了他们以宗教虔诚为时髦的社会心理,深知通过宗教发财的奥妙,所以把自己打扮成虔诚的信士,靠着他在贵族社会中养成的一套伪善手腕,用假虔诚骗取了资产者奥尔恭的信任。答尔丢夫最初是通过他在教堂的虔诚祷告博得奥尔恭好感的:每天他都到教堂,和颜悦色地紧挨着奥尔恭，双膝着地跪在他前面，做作地一会儿长叹，一会儿闭目沉思，时时刻刻像捣蒜似的毕恭毕敬用嘴吻地。奥尔恭见这个身上一文不名的叫花子竟有这么高的宗教热忱，立刻爱上了他。他送钱给答尔丢夫，答尔丢夫每次都客气地退还一部分，说："太多了"，并且当着奥尔恭的面将钱撒给穷人。奥尔恭为此把他接到家里，作为自己的"良心导师"。奥尔恭一家除了奥尔恭和他的母亲外，其他的人都很憎恶答尔丢夫的假虔诚。

在剧中，答尔丢夫直到第三幕第二场才登台，这个姗姗来迟的假虔徒，一出场的"亮相"动作就是吩咐仆人收起他的修行苦衣和教鞭。修行苦衣是苦修的修士贴身穿的衣服，用山羊毛或其他动物的粗毛编织成，扎人的皮肤。苦修士穿这衣服，并经常用教鞭抽打自己，表示苦修。答尔丢夫也有这么一套行头，但那是准备做给人看的。他上场看见女仆桃丽娜，就叫仆人把它收起，好像他刚刚把自己抽打过似的，并嘱咐说，有人找他，就说他去监狱行善去了。这是说给桃丽娜听的。机智泼辣的桃丽娜才不信他这一套，揭穿他说："真会装蒜、吹牛！"答尔丢夫气得无可奈何，可是还要把他的假象扮演下去。莫里哀为他设计了一个掏手帕的戏剧动作，把他的假正经暴露无遗。

"答尔丢夫（达尔杜弗）：（从他的衣袋内掏出一条手绢。）啊！我的上帝，我求你了，在说话之前，先给我拿着这条手绢。

桃丽娜（道丽娜）：干什么？

答尔丢夫：盖上你的胸脯。"[①]

答尔丢夫这个掏手帕的动作和虚伪的表白，是为了标榜自己禁欲苦修而不近女色，桃丽娜针锋相对的讥刺，揭穿了这个所谓正人君子的假招子，让他在舞台上现出了骗子的原形。

答尔丢夫的假装虔诚，在奥尔恭要赶走儿子时表现得登峰造极。奥尔恭的儿子向父亲告发答尔丢夫调戏继母时，答尔丢夫装出一副忍辱负重的样子，跪在地上说："我看上天有意惩罚我，才借这个机会，考验我一番。别人加我以罪，罪名即使再大，我也不敢高傲自大，有所声辩。""我应当受到更多的羞辱，这一点点，根本就算不了什么。""我愿

① 莫里哀．喜剧六种［M］．李健吾，译．上海：上海译文出版社，1978：157.

意跪下来拜领奇耻大辱。”“我宁可忍受最可怕的痛苦，也不愿意他为我的缘故，皮肤上拉破一点点小口子。”“由他去吧。需要的话，我跪下来，求你饶他……”答尔丢夫这番话是一箭双雕，既骗得奥尔恭对他更加信任，又火上浇油使奥尔恭对儿子更加愤恨，以致一怒之下赶走了儿子，把全部财产的继承权都赠给了答尔丢夫。这正是答尔丢夫求之不得的。他从地上跳起来，对奥尔恭一躬到地说：“愿上天的旨意行于一切。”巧取豪夺，霸占别人的财产，正是他伪装虔诚的最终目的。[①]

（二）答尔丢夫的行为动机是贪婪，中心动作是对女色的追求

答尔丢夫是个地道的贪婪之徒：贪食、贪睡、贪财、贪色，贪图享受。

他贪食，一顿晚饭，一个人“吃了两只鹌鹑，还有半条切成小丁儿的羊腿。”第二天早晨起来，早点的时候，“喝了满满四大杯的葡萄酒”，吃得又胖又肥，红光满面，嘴唇红得都发紫了。他贪睡，“用过晚饭，有了困的意思，就走进他的房间，立刻躺到暖暖和和的床上，安安逸逸，一觉睡到天明。”[②]他贪财，把别人家的财产，“信以为实地赶紧接受下来”。他贪色，既要娶奥尔恭的女儿，又要去勾引奥尔恭的妻子欧米尔。见到欧米尔，一边表白没有丝毫恶意，一边动手动脚，捏捏她的手指尖，把手放在她的膝上，摸她的帽子；口里还不停声的嗔怪说是欧米尔的美丽眼光包含着的无法形容的温暖击退了他内心顽强的抵抗，禁食、祈祷、眼泪，任什么也抵挡不住这种温柔，表白说他的全部心愿都移转在了夫人的美貌多姿上面。

把答尔丢夫的欺骗伪装与贪欲结合在一起，就成为集一切虚伪之大成者。按照答尔丢夫的骗子逻辑和虚伪表白，占人财产是“替上帝增光”；夺人妻女是“赞美上帝的光辉”——因为“自己动机纯洁上帝不会怪罪”，因为“只有张扬出去的坏事，才叫坏事……私下里犯罪不叫犯罪”。[③] 这是答尔丢夫伪善性格的自画像。

（三）阴险狠毒是答尔丢夫的护身法宝

答尔丢夫不仅表里不一、品性恶劣，而且是一个心怀叵测、阴险狠

① 莫里哀.喜剧六种[M].李健吾，译.上海：上海译文出版社，1978：165-170.
② 莫里哀.喜剧六种[M].李健吾，译.上海：上海译文出版社，1978：128-129.
③ 莫里哀.喜剧六种[M].李健吾，译.上海：上海译文出版社，1978：181-182.

毒的恶棍。他披上宗教外衣混进良心导师的队伍，目的是鲸吞别人的财产、勾引别人的妻子。在“遵照上帝的意旨办事”的幌子下，将“凡是世人尊敬的东西”当成挡箭牌，他什么坏事都做得出来。当宗教还不够用来掩饰他的恶行时，他又搬弄出王法。他的伪善面目被彻底揭穿后，他就原形毕露，欲置主人奥尔恭于死地。他串通法院，以执行“契约”为名，要赶走奥尔恭，还向国王控告奥尔恭是政治犯，妄图把他置于死地，达到永远霸占他财产的目的。正如剧中人克莱昂特所说的那样：“没有比假意信教、貌似诚恳，和那些大吹大擂的江湖郎中、自卖自夸的信士更可憎的了。他们亵渎神明，假冒为善，欺骗众人……这些人唯利是图，把虔诚当作了职业和货物，单凭眼皮假动几动，装出一副兴奋模样，就想买到信用和职位……他们容易动怒，报复心切，不守信义，诡计多端；为了害一个人，他们就神气十足，以上天的利益，掩盖他们狠毒的私忿[①]。他们拿起世人尊敬的武器对付我们；他们的偏激得到世人的赞扬；也正由于偏激，他们想用神圣的利刃暗害我们；所以他们大怒起来，也就分外危险。”[②]幸亏国王贤明，察情断案，将答尔丢夫绳之以法，奥尔恭才避免了一次财产被骗、家破人亡的悲剧和灾难。

（四）答尔丢夫形象的审美意义

答尔丢夫的伪善与恶行是对17世纪的法国上流社会，尤其是集虚伪和丑恶之大成的“圣体会”的讽刺与嘲弄。莫里哀在撕破答尔丢夫伪善画皮的时候，着重暴露了他的恶棍本相，揭露了他未能得逞的、奸险恶毒的用心以及这种伪善罪恶所必然产生的严重危害，以激起人们对宗教伪善者的痛恨和警觉。答尔丢夫的骗子行径和伪善，揭露了当时一些教会神职人员的虚伪荒淫，一定程度上揭示了教会的虚伪性、欺骗性、危害性。这也是当时教会禁演《伪君子》的根本原因。

答尔丢夫的伪善概括了人类社会中所不齿的一切伪君子的恶德，是迄今为止的人类社会各个时代都有的伪君子典型。它揭示了社会的复杂性和人性的多面性。俄国戏剧家斯坦尼斯拉夫斯基认为，答尔丢夫是全人类答尔丢夫的总和。答尔丢夫的高度概括性已使他的名

① 同“私愤”。

② 莫里哀.喜剧六种[M].李健吾，译.上海：上海译文出版社，1978：132-133.

字成为“伪善”“伪君子”的同义语、代名词。莫里哀从美学的高度概括了这个伪君子的普遍意义。

四、《伪君子》的艺术特点

（一）严格按照戏剧的“三一律”规则进行创作

《伪君子》的全部情节是在24小时内完成的。第一幕开始是当天早上，第五幕结局是第二天早晨。整个情节从开端、高潮到结局都是在奥尔恭家里的一间房子里进行，地点的一致也十分明显。剧中的情节线索只有一条——围绕答尔丢夫的伪善特征，揭露伪善的社会罪恶。

《伪君子》是运用“三一律”创作原则的典范。“三一律”不仅没有妨碍作者的创作，反而有利于作者更好地描写人物，对于刻画人物性格，揭示主题起了积极作用。比如剧中答尔丢夫两次向欧米尔调情，第一次达米斯透过门缝偷看到，第二次奥尔恭钻在桌子下偷听到。如果没有地点的一致，不在室内进行，就没法进行这些表演而使观众信服。

（二）精巧的戏剧结构

《伪君子》在戏剧结构方面被人们所称道的是它的开场。

它的第一幕第一场被歌德认为是“现存最伟大和最好的开场”。在这一场里，通过奥尔恭的母亲柏奈尔夫人跟一家人吵架，揭开了在围绕答尔丢夫所展开的家庭矛盾中每个人物的身份以及他们在与答尔丢夫冲突时的地位和态度。

第一幕第四场也是有名的场次，奥尔恭从乡下回来，不关心正在生病的太太，只是一个劲地追问答尔丢夫的情况，一连重复了四次“答尔丢夫呢?”“可怜的人!”这样两句话，造成了强烈的喜剧效果。

答尔丢夫是直到第三幕第二场才出场，莫里哀说过：“整整地用两幕，准备我的恶棍上场”。一个五幕剧，整整两幕不让观众看见中心人物的身影，但他却无时不在，形成先声夺人之势，使观众深知其人。这种结构技巧和侧面表现的手法在戏剧创作中别出心裁，为答尔丢夫的出场作了厚重的铺垫，造成极大的悬念，使观众带着极大的期待心情去关注剧情的发展。从第一幕到第三幕第二场答尔丢夫上场前的两幕戏，常被人们称为“伟大的开场”。

莫里哀是伟大的喜剧家，他的喜剧作品，达到了思想的深刻与艺术的精湛，为法国文学以及世界文学增辉添彩，对后世的戏剧创作产生了深远的影响。

思考题

1. 简述莫里哀喜剧创作的主要成就。
2. 分析莫里哀喜剧艺术的特点。
3. 分析答尔丢夫形象。

推荐阅读图书

莫里哀. 喜剧六种[M]. 李健吾，译. 上海：上海译文出版社，1978.

附　录　《伪君子》精彩篇章选读①

第四幕
第一场

（克莱昂特，达尔杜弗。）

【克莱昂特】　是的，人人在谈论这事，你可以相信我的话，事情张扬出去，满城风雨，对你的名声并不有利。先生，机缘凑巧，我遇见你，我就简单几句话，把我的想法说给你听吧。旁人怎么解说，我不深究，也就不谈了，不过从最坏的角度看看问题，也有好处。我们假定大密斯做事欠考虑，不该告你一状，可是宽恕过错，取消一切报复的心思，不是基督徒的本分吗？难道由于你们吵闹，你就忍心看父亲把儿子赶出家门吗？我还是干脆对你全讲了吧，不分贵贱，人人听了气愤。你还是听我的劝告，化大为小，化小为无，不要把事情弄僵了才好。为了上帝的缘故，你就息息怒，让他们父子和好如初吧。

【达尔杜弗】　哎呀！说到我这方面，我倒真心诚意希望这样做。

① 莫里哀. 喜剧六种[M]. 李健吾，译. 上海：上海译文出版社，1978：171-185.
郑克鲁. 外国文学作品选：上[M]. 北京：高等教育出版社，2005：147-154.

先生，我决不记仇；我宽恕他一切，不说一句责备他的话，愿意尽我的能力帮他，不过上天利益所在，上天不会同意我这样做的！他前脚进门，我就后脚出去。他干下了空前绝后的坏事，我和他再有来往，就要惹人议论了。上帝晓得大家一下子想到什么上头！大家会以为我完全是在耍手段，到处说我良心不安，对告发人装出一副慈悲面孔，假意热心，其实是我心里怕他，不得不敷衍他，希望私下里买住他的嘴，不声张出去。

【克莱昂特】 你说来冠冕堂皇，可惜全是空口搪塞。你的种种理由，先生，未免离题太远。上天的利益何劳阁下操心？难道上天降罪，也要劳动我们的大驾？上天要报复，就由上天自己去报复吧，你只要想着上天指示我们宽大为怀，也就成了。你既然惟上天之命是听，人世的评论，还是丢开了不管的好。什么？为了虚无缥缈的小小利益，居然放弃行好事的荣誉？不，不，我们顶好还是按照上天的指示行事，不要多操闲心，给自己制造混乱吧。

【达尔杜弗】 我已经对你讲过了，我宽恕他。先生，这就是上天的指示。可是经过今天这场辱骂以后，上天不指示我和他在一起安居下去了。

【克莱昂特】 先生，上天也指示你听他父亲的一时之见，接受送给你然而你绝对无权过问的财产吗？

【达尔杜弗】 知道我的人，就不会想到这是我有私心的结果。尘世的财宝和我无缘，它们的光彩，照耀人眼，可是迷惑不了我。他父亲愿意把家私赠送给我，我之所以决计接受，说实话，只是因为我怕这份财产落在歹人手中，他们分到这笔家私，在社会上胡作非为，不像我存心善良，用在上天的荣誉和世人的福利上。

【克莱昂特】 得啦，先生，别为旁人担忧了吧。你这样一来，倒要引起合法继承人的抱怨。还是让他继承他的财产，担当风险，你也不添麻烦。与其落一个明抢暗夺的坏名声，你想想看，倒不如由他乱用的好。我所奇怪的是，你会无愧于心，容纳这种建议。因为说到最后，真正的信士几时有过一条规定，可以抢夺合法继承人的财产的？万一和大密斯在一起安居下去，上天在你心中留下不可克服的困难，那么，与其让人家为了你的缘故，违反常理，把儿子赶出家门，何如自己放聪明，规规矩矩离开？先生，相信我吧，这样一来，你就显出自己为人正直了……

【达尔杜弗】 先生，现在是三点半钟，我要到楼上去做圣课，原谅我这样快离开你。

【克莱昂特】 啊！

第二场

（艾耳密尔，玛丽雅娜，道丽娜，克莱昂特。）

【道丽娜】 求您啦，先生，跟我们一道儿帮她动动脑筋吧！她快难过死了。她父亲说定今天黄昏举行订婚仪式，她一听这话，无时无刻不在死去活来。她父亲就要来了。我们合伙儿想个主意，文的也好，武的也好，我求您了，打消这搅乱我们大家的害人的主张吧。

第三场

（奥尔贡，艾耳密尔，玛丽雅娜，克莱昂特，道丽娜。）

【奥尔贡】 啊哈！你们聚在一起，我见了喜欢。（向玛丽雅娜）我带的这份契约，能叫你眉开眼笑。你已经晓得这话的意思。

【玛丽雅娜】 （跪下来）爸爸，天晓得女儿有多痛苦。您就看在上天分上，收起您的铁石心肠，权且放弃生父的权利，饶了我这回吧。把您那无情的家法搁在一边，千万不要逼我，到天父跟前，抱怨您不该生我养我一场。这条性命是您给我的，哎！爸爸，您可不要让我这样命苦啊。我先前抱的美好希望，您即使不赞成，不许我嫁给我斗胆喜爱的男子，我跪在您面前，求您大发慈心，至少也要减轻我的痛苦，不拿您的威权统统用在我身上，逼我嫁给我厌恶的男子，把我朝绝路上赶。

【奥尔贡】 （觉得心软）嗐，我的心，坚强些，不许有人的弱点。

【玛丽雅娜】 您待他好，我并不难过；您就跟他好下去吧，把您的财产给他好了，嫌不够，连我名下那一份也送他。我是真心同意，完全由您处分；不过至少，给我留下一个自由的身子，允许我进修道院修行，消磨上天给我规定好了的凄凉岁月。

【奥尔贡】 啊哈！我算遇到啦，父亲一同她们的爱情作对，她们就要当女修士！起来！你越是不肯嫁他，你就越该嫁他！一样是吃苦修行,你就应了这门亲事,别再同我哆嗦啦。

【道丽娜】 什么……?

【奥尔贡】 你给我住口;有话,找你那一帮人说去。我干脆就是不许你开口。

【克莱昂特】 假如你允许我回答的话,我倒有两句话劝告……

【奥尔贡】 舅爷,你的劝告是世上最好的劝告,理由充分,我极其重视,不过我不采纳,你就免了吧。

【艾耳密尔】 (向她的丈夫)我看了这半天,不晓得说什么才好,奇怪你怎么会成了睁眼瞎子。今天的事,明摆在眼面前,你还不信,你是迷上了他,有心向着他。

【奥尔贡】 对不起,我相信外表。我知道你讨好我那捣蛋鬼儿子,他打算对这可怜的人使坏,你怕泄了他的底。实有其事的话,你当时就要显出一副激动的神情了,总而言之,你太安静了,没人会相信的。

【艾耳密尔】 人家不过表示了一下爱慕的意思,我们就该为了名声,大惊小怪吗?难道人除了眼中冒火,破口相骂,就没有别的法子应付了吗?拿我来说,我听了这一类话,也就是一笑而已。我顶不愿见的,就是一言不合,大吵大闹。我喜欢我们女人有克制,凡事通情达理。我根本讨厌那些疾言厉色的正经女人,张牙舞爪,保护名声,等闲一句话,就要抓破旁人的脸:愿上天保佑我,不守那种妇道!我要的一种美德,就是决不急躁。我相信拒绝追求,不言不语,冷冷淡淡,不见得就不生效。

【奥尔贡】 反正我心中有数,决不上当。

【艾耳密尔】 我再说一回,我奇怪一个人会这样入迷。我们对你讲的是真事,你偏不信,可是我要是叫你亲眼看见,你怎么回答我呢?

【奥尔贡】 看见?

【艾耳密尔】 是啊。

【奥尔贡】 瞎掰。

【艾耳密尔】 什么?要是我有法子叫你清清楚楚看见,你怎么样?

【奥尔贡】 瞎话三七。

【艾耳密尔】 真有这种人！至少你也回答我一句呀。我并不一定要你相信我们，可是假定我们现在找得出这么一个地点，你能看得明，听得清，你这时候，还有什么话讲你那位品德高尚的人？

【奥尔贡】 这样嘛，我就讲……我什么也不讲，因为不会有这事的。

【艾耳密尔】 谬见太深了，倒把我说成了撒谎的人。哪怕是为了取乐，大家说过的话，我也要叫你此时此地亲眼看见。

【奥尔贡】 好，一言为定，就这么着吧。我倒要试试你的本事，看你怎么实现这句大话。

【艾耳密尔】 把他给我请过来。

【道丽娜】 他这人诡着哪，不见得会那么容易上钩。

【艾耳密尔】 会的！一个人闹恋爱，就容易叫对方骗了的。再说自尊心也会叫他上自己的当的。把他给我请下来吧。（向克莱昂特和玛丽雅娜）你们出去吧。

第四场

（艾耳密尔，奥尔贡。）

【艾耳密尔】 我们把那张桌子抬过来。你钻到桌子底下。

【奥尔贡】 什么？

【艾耳密尔】 把你藏好了，是一个紧要关键。

【奥尔贡】 为什么要在这张桌子底下？

【艾耳密尔】 嗐，我的上帝！你就别管啦。我自有安排，你回头看好了。听我的安排，钻到底下去，待在底下，当心别叫人看见，也别叫人听见。

【奥尔贡】 我承认，我现在十分迁就你，不过你这事，我一定要看到底。

【艾耳密尔】 我相信，这样一来，你就没有话驳我了。（向桌子底下的丈夫）听好了！我要办一件希罕[①]事，你可千万动怒不得。不管什么话，都得由着我说，我方才说好了的，这是为了说服你。我要拿话媚

① 同“稀罕”。

他，因为我非这样做不可，也只有这样做，才能让这伪君子摘下假面具，煽起他恬不知耻的欲火，放胆胡作非为。我只是为了你，也为了更好地收拾他，回头才装出依顺他的模样，你一明白过来，我就不做下去了，事情也就是做到你不要做的地方停住。你觉得事情进展到了相当程度，无须乎再继续下去，那么，打断不打断他的疯狂热情，爱惜不爱惜你女人，要不要我做到你清醒为止，就全看你自己啦！这是你自己的事，该你做主才是，再说……他来了。待好，当心身子别露出来。

第五场

（达尔杜弗，艾耳密尔，奥尔贡。）

【达尔杜弗】 有人告诉我，您愿意和我在这地方谈谈。

【艾耳密尔】 是的。我有几句秘密话要和您讲。不过在我说给您听以前，先把那扇门关好，再四处张望张望，别叫人撞见了。我们现在可千万别像方才那样，再来那么一回了。我从来没有那样吃惊过。大密斯闹得我为您担惊受怕到了极点；您也不是看不出来，我尽力劝他平心静气，收回他的主张。我当时也的确心慌意乱之至，简直没有想到否认他那些话；可是感谢上天，结果反而再好没有，我们倒更有保障了。由于我丈夫对您的敬重，满天的乌云散了，他对您也不会起疑心了。为了杜绝坏人的流言蜚语，他要我们时时刻刻守在一起；这样一来，我就不怕别人责难，能像现在一样，关好了门，一个人和您待在一起，也才敢不避嫌疑，向您表白我的衷肠，不过我接受您的情意，也许显得有点儿太快了。

【达尔杜弗】 夫人，我不大了解您这番话的意思，方才您说话，可不是这样来的。

【艾耳密尔】 哎呀！您要是为了先前没有答应，就怒气冲冲的，可也真叫不懂女人的心啦！她明明是半推半就，您会看不出她的意思，也真叫不在行啦！男人在我们心里引起了好感，我们当时由于害羞，总要抵抗一阵子的。爱情在我们心里扎下了根，即使理由十足，可是当面承认，我们总有一点难为情的。我们开头不肯，可是人一看我们的模样，就知道我们心里其实愿意，面子上尽管口不应心，那样的拒绝也就等于满口应承。我对您表心显然过于露骨了些，很少顾到我们女人的廉耻，不过既然话已出口，我倒要请您说说看，我有没有用心劝阻大密斯？我有没有腼腼腆腆，耐着心烦，听您谈情说爱？我要是不喜欢听您谈情说爱，会不会像您看见的那样行事？婚事宣布以后，我要亲自劝您退婚，情急到了这般地步，您倒说说看，不是对您有意又是什么？我要整个儿心是我的，这门亲事成功的话，起码就有一半儿心给了别人，您说我会不会难过？

【达尔杜弗】 夫人，听心爱的人说这些话，当然是万分愉快！句句话像蜂蜜一样，一长滴又一长滴，沁人心脾，那种香甜味道，我从来没有尝过。我用心追求的幸福，就是得您的欢心，我把您能见爱看成我的正果。不过我对我的幸运，还是请您许我斗胆怀疑一下吧。您这番话，我可能当做[1]一种权宜之计，要我取消就要成为定局的婚事。我不妨把话对您明说了吧，我决不相信甜言蜜语，除非是我盼望的恩情，能有一点实惠给我，保证情意真挚，让我对您的柔情蜜意，能在心里树立经久不渝的信念。

【艾耳密尔】 （她咳嗽，警告她的丈夫）怎么？您想快马加鞭，一下子就把柔情蜜意汲干？人家好不容易把心里最多情的话也给您掏出来了，您还嫌不够，难道不把好处全给您，真就不能满足您了吗？

【达尔杜弗】 人越觉得自己不配，越不敢希望幸福到手。长篇大论也难保证我们的希望不落空。命运太辉煌了，人反而容易起疑心，要人相信，先得现享现受。拿我来说，我就相信自己不配您的慈悲，疑心我的唐突不会有好结果。夫人，我是什么也不相信，除非您有实实在在的好处，能够满足我的爱情。

【艾耳密尔】 我的上帝！您的爱情活像一位无道的暴君，压制人心，惟我独尊[2]，予取予求，漫无止境，我就心慌意乱，不知道怎么办才好！什么？人就不能逃避您的追求，连喘气的时间您也不给？您一步也不放松，为所欲为，不留回旋余地，而且明明知道人家对您有意，还这样迫不及待地逼人，不也太过分些了吗？

【达尔杜弗】 您既然怜悯我的赤诚，青眼相加，为什么又不肯给我确实的保证？

---

① 同“当作”。

② 同“唯我独尊”。

【艾耳密尔】 不过您口口声声全是上天，我同意您的要求，岂不得罪上天？

【达尔杜弗】 如果您只有上天和我的爱情作对，去掉这样一种障碍，在我并不费事，您大可不必畏缩不前。

【艾耳密尔】 可是人家一来就拿上天的裁判吓唬我们！

【达尔杜弗】 夫人，我能帮您取消这些可笑的畏惧，我有解除顾虑的方法。不错，上天禁止某一些享受(这是一个恶棍在说话)；不过我能叫它让步的。有一种学问，根据不同的需要，放松束缚我们的良心的绳索，也能依照我们动机的纯洁，弥补失检的行为。夫人，我会教您这些秘诀的；您只要由我引导就成了。不要害怕，满足我的欲望吧！一切有我，有罪我受。夫人，您咳嗽得厉害。

【艾耳密尔】 可不，我直难受。

【达尔杜弗】 你要不要来一块甘草糖？

【艾耳密尔】 我害的一定是一种恶性感冒，我看现在就是全世上的糖，也无济于事。

【达尔杜弗】 这可真糟。

【艾耳密尔】 是啊，说不出来有多糟。

【达尔杜弗】 说到最后，解除您的顾虑并不困难。您放心好了，事情绝对秘密。只有张扬出去的坏事才叫坏事。世人的议论是获罪于天的根源，私下里犯罪不叫犯罪。

【艾耳密尔】 (又咳嗽了一阵之后)说到最后，我看，我非横下心来依顺您不可了，我非同意样样应允您不可了，不这样做的话，我就不必妄想人家心满意足，明白过来。走到这一步，的确糟糕；不守妇道，在我也是身不由己。不过人家既然是执意要我走这条路，不肯相信一切能说出来的话，要更有说服力的证据，我就非横下心来，满足人家不可。万一我同意这样做，事情本身有获罪于天的地方，谁逼我这样出丑丢人，谁就活该受着吧，反正罪过决不[①]该归我承当。

【达尔杜弗】 对，夫人，由我承当，事情本身……

【艾耳密尔】 请您把门开开，看看我丈夫在不在那边廊子。

---

① 同“绝不”。

【达尔杜弗】 您有什么必要顾虑到他？没有外人，我就说给您听吧，他是一个我牵着鼻子走路的人。他以我们的全部谈话为荣；我已经把他摆布到这步田地：看见什么，不信什么。

【艾耳密尔】 不管怎么样，请您先出去一会儿，在外面四处仔细看看。

第六场

（奥尔贡，艾耳密尔。）

【奥尔贡】 （从桌子底下爬出来）这家伙，我承认，是一个大坏蛋！我说什么也料想不到，简直把我气死。

【艾耳密尔】 什么？这么快就出来啦？你在寻人开心。回到桌毯底下去，还不到时候；你就等水落石出，看明白了吧，将信将疑的事，还是不相信的好。

【奥尔贡】 不，从地狱里出来的鬼怪，没有比他再坏的了。

【艾耳密尔】 我的上帝！千万轻易相信不得。有了证据，再明白过来也不迟。千万着急不得，小心弄错了。

（她把丈夫藏在背后。）

第七场

（达尔杜弗，艾耳密尔，奥尔贡。）

【达尔杜弗】 夫人，天公作美，一切如我的意。我把这所房子全看过了；不见一个人；我是心花怒放……

【奥尔贡】 （拦住他）慢来！你调情也调得太没有分寸了，你不该这样情急才是。嗐！嗐！品德高尚的人，你骗苦了我！你多经不起诱惑！你要娶我的女儿，又要偷我的女人！我好半天不信这是真事，我直以为你会改变腔调，可是证据已经够充分的了，我这方面也用不着再添新的了。我知足了。

【艾耳密尔】 （向达尔杜弗）我这样做，并非出于本心；我也是万不得已，才这样对付你的。

【达尔杜弗】 什么？你相信……？

【奥尔贡】 得，别辩啦，我求你。滚吧，别拘礼啦。

【达尔杜弗】 我的本意……

【奥尔贡】 废话少说：马上离开这所房子。

【达尔杜弗】 你说起话来，倒像主人，不过应该离开的，是你。房子是我的，回头就叫你知道。你们想出这些下流的鬼主意，故意和我为难，是白费心思。你们以为可以平白无故地作践我一顿，没有那么容易。我有本事揭穿骗局，处罚骗子，为受害的上天报仇，叫那些现在夸口撵我走的人懊悔不及。你们看着好了。

第六章　歌德与《浮士德》

学习本章，要求了解歌德所处时代18世纪欧洲的启蒙文化与德国文学史上的“狂飙突进运动”，熟悉歌德生平及主要创作成就，重点掌握《浮士德》这部伟大作品的思想内涵和艺术成就，正确理解“浮士德精神”和“浮士德难题”。

第一节　18世纪欧洲的启蒙运动与德国的“狂飙突进运动”

一、18世纪欧洲的启蒙运动

17世纪后期到19世纪初叶是西方资本主义上升和发展时期，而18世纪资产阶级的启蒙运动，正是为这种上升和发展向封建阶级夺取政权、逐步确立资产阶级的统治在思想上所作的准备。

启蒙运动是18世纪欧洲思想文化的主潮，欧洲资产阶级学者往往把这个思潮称为“光明观念”运动。启蒙运动是西方资产阶级继文艺复兴之后进行的第二次反对教会神权和封建专制的文化运动，它是文艺复兴的继承和发展。“启蒙”一词，原意为“照明”和“照耀”。启蒙思想家主张以理性的启迪和科学的光明去战胜经院哲学的无知和封建势力的黑暗，照亮人们的头脑，建立“理性王国”，故有“启蒙”之称，也即“光明观念”的含义。启蒙运动追求政治和学术思想上的自由，它有两大特点，一是反对宗教蒙昧主义，宣扬理性与科学；二是反对封建专制制度，宣扬民主与法制。

启蒙运动是一场除旧布新的思想文化运动，它的主要任务是要清算旧时代的社会制度和封建统治阶级的文化思想，建立新时代的生活秩序和资产阶级的思想体系，为1789年法国资产阶级大革命做了必要的思想准备。总的说来，启蒙运动要以资本主义关系反对封建制度秩序，以民主主义代替君主专制，以科学知识代替宗教迷信，以自由主义代替独裁主义，矛头直指绝对王权、封建制度、教会权威。

在18世纪，由于各国社会发展不平衡，因而各国启蒙运动所面临的任务不同，特点也不一样。18世纪的英国已经是先进的资本主义国家，启蒙运动的任务即巩固“光荣革命”建立的君主立宪政权，清除封建残余。18世纪的法国，封建经济占统治地位，专制王朝的统治极其残酷。但是，资本主义工商业已经有了很大发展，在当时的欧洲仅次于英国。法国的封建制度已经成为资本主义进一步发展的严重障碍，资产阶级与封建制度的矛盾日益激化。与此同时，广大人民与封建统治者的矛盾也不断加深。法国的启蒙运动，是一场声势浩大的资产阶级思想文化革命，出现了孟德斯鸠、伏尔泰、狄德罗、卢梭等一批卓有成就的启蒙思想家。这些资产阶级思想家要求破除宗教迷信，摧毁宗教偶像，反对贵族特权，主张在法律面前人人平等，进而推翻封建统治，建立合乎资产阶级理想的社会。

18世纪德国的启蒙运动，是在法国启蒙运动的影响下开展起来的，而且德国启蒙运动局限在文艺和文化思想领域内进行革新，偏重于理论的斗争和理论的建树。当时，德国还没有摆脱17世纪“三十年战争”的阴影，政治上陷于封建割据状态，数以百计的小邦国和一些帝国城市各自为政，每一个小邦国都是一个小封建国家，“国君”自封为“上帝的代表”，他们腐败、残暴、专横和好战；工农业落后，资产阶级力量薄弱，而且各自封闭地依附于本土的小朝廷。因此，当时德国呈现为“一团糟”的“鄙陋状态”。资本主义虽然有所发展，但是工商业落后，资产阶级依赖宫廷和贵族。这些情况决定了德国资产阶级的软弱性和妥协性。

18世纪德国的历史情况决定了德国的启蒙运动不可能导致政治联合。德国知识界在英法启蒙运动影响下率先觉醒，但由于现实落后，他们只能在精神领域里构筑理想王国。这便造成了德国的社会鄙陋和文学辉煌的强烈反差，正如恩格斯所说，这个时代在政治和社会方面是可耻的，但是在德国文学方面却是伟大的。封建割据的局面使德国不可能产生强大的资产阶级。德国资产阶级依靠为宫廷服务而生活，他们的生产主要是满足宫廷的消费。经济上依附封建统治阶级的地位，决定了德国资产阶级政治上的妥协性与思想上的软弱性，由此，也就决定了德国启蒙运动的特点。德国的启蒙思想家认为：通过建立统一的民族文化和民族戏剧，促进民族的统一，这是他们的当务之急。所以，德国启蒙运动的主要目的是反对封建割据，争取德国的民族统一。

二、18 世纪德国的启蒙文学与“狂飙突进运动”

18 世纪德国启蒙文学也是在法国启蒙文学的影响下发展起来的。由于德国启蒙运动的主要目的是反对封建割据，争取德国的民族统一，而不是像法国那样直接为资产阶级的政治革命制造舆论，所以，德国启蒙文学的首要任务是要建立具有近代意义的德国民族文学，反对照搬外来的古典主义文学，并弘扬自我，突出个性，以反抗社会的反叛精神促进鄙俗气十足的市民阶级的觉醒。18 世纪的德国启蒙文学经历了从古典主义到“狂飙突进运动”的浪漫主义过程。

德国启蒙文学起步于 18 世纪 20 年代，代表人物是莱比锡大学教授高特舍德。高特舍德模仿布瓦洛的《诗艺》写的《为德国人写的批判诗学试论》以及他翻译和创作的古典主义剧作，在反对各邦国低级粗俗的戏剧和文学方面，在克服语言的混乱和初创德国统一的民族文学方面，都做出了贡献。但高特舍德忽视法国古典主义的反封建内容，并且坚持它的死板教条，便不能不受到后来者的批判。

到 18 世纪中期以后，德国启蒙文学开始繁荣，主要作家有诗人克洛布施托克、戏剧家莱辛和小说家维兰德。其中，莱辛是德国启蒙文学的伟大代表，是德国民族文学的真正奠基人、现实主义美学家、文艺理论家和剧作家。

莱辛以美学名著《拉奥孔》、戏剧评论集《汉堡剧评》及一系列优秀的剧作把德国文学引向正确的发展轨道，并使德国民族文学终于形成。《汉堡剧评》反对古典主义文学教条，为德国现实主义戏剧理论的发展奠定了基础。《拉奥孔》探讨诗画关系，划清两种艺术的界限，认为画适宜描绘物体美，是空间的艺术；诗适宜表现事物的动态美，是时间的艺术。莱辛对诗画界限的严格划分和强调，在当时具有革命意义，打破了古典主义的宫廷艺术趣味和创作方法，排除了诗中没有生气的抽象事物，强调诗应该表现人的个性和情感，描写斗争。后来黑格尔在《美学》中对艺术的分类也有类似的划分。莱辛和黑格尔的划分，形成了传统美学的艺术分类，音乐、诗歌被称为时间艺术，雕塑、绘画被称为空间艺术。

莱辛一生从事戏剧创作，其剧作《萨拉·萨姆逊小姐》是德国也是欧洲文学中第一部市民悲剧。莱辛的悲剧代表作《爱密丽亚·迦洛蒂》，写的是封建小邦的"国君"对子民的强暴——一个市民父亲不愿女儿被公国统治者霸占，杀死了女儿，从道德上对抗封建统治者。莱辛为了该剧能在国内演出，施展了"为了享用火，必须忍受烟"的策略，把戏剧冲突的背景设在意大利，用的是罗马故事，但人们一望便知，剧本是对小暴君的最尖锐的揭露抨击。这部市民悲剧，对席勒和歌德的戏剧创作影响很大。

在18世纪70年代，发生了德国文学史上第一次全德规模的文学运动"狂飙突进运动"，德国的启蒙文学得到深入迅猛的发展。

"狂飙突进运动"是1770年至1785年间德国资产阶级发动的一场声势浩大的全国性的文学运动，这场运动因参加者克林格尔的剧本《狂飙与突进》而得名。这一运动的纲领制订者是文艺理论家赫尔德尔。赫尔德尔于1770年在斯特拉斯堡与歌德相会，被认为是这场运动的开端。赫尔德尔在《论德国现代文学片断》等著作中，大力论述文学的民族性、个性、天才和自然性，推崇荷马、莎士比亚，有力地影响了参加"狂飙突进运动"的作家。运动参加者反对封建枷锁，鼓吹个性，崇拜天才，主张民族统一和创作具有民族风格的文学；重视学习中世纪留传下来的民歌和民谣；接受卢梭"返归自然"的口号，把现实社会的文明视为假文明，要建立合乎"自然人性"的理想社会，歌颂大自然、儿童和淳朴的普通人民；受英国感伤主义和卢梭的影响，虽不反对理性，但更强调感情，有时歌颂放纵本能的狂热的人。"狂飙突进运动"的作家多是市民阶级出身的青年，尤其是青年歌德和席勒以其高水平的创作成为这一运动的中坚力量。

歌德抨击古典主义的清规戒律，创作发表的《铁手骑士葛兹·冯·伯利欣根》，和《少年维特的烦恼》是"狂飙突进运动"的力作。

席勒(1759—1805年)是德国18世纪重要的美学家、剧作家、诗人，“狂飙突进运动”的代表之一。他著有《审美教育书简》《论素朴的诗和感伤的诗》等。席勒的美学建立在人类学的基础上，从人的本质和历史演进来确定美学的地位；感伤的诗的理想不能超过人性概念的现实范畴，否则便是虚假和荒谬，素朴的诗不能流于自然主义描写，需要对自然加工选择，以体现现实的内在必然性；真正美的艺术是素朴的诗和感伤的诗的结合。这是关于现实主义和浪漫主义相结合的创作方法的最早表述。席勒从康德那里发展来的“游戏说”，成为近代美学中著名的“席勒-斯宾塞游戏说”，对研究艺术起源影响很大。

席勒的著名剧本《强盗》充满批判热情和抗暴精神，体现了德国资产阶级青年对封建专制的反抗。他的代表作是市民悲剧《阴谋与爱情》，描写了宰相的儿子裴迪南与平民少女露伊斯的爱情遭到宰相的阴谋破坏，酿成悲剧。《阴谋与爱情》反映了贵族与市民的冲突，爱情与宫廷政治阴谋的矛盾。恩格斯称它是德国“第一部有政治倾向的戏剧”。

“狂飙突进运动”的主要精神是反对封建割据，提倡个性解放和创作自由，强调民族风格。作为德国文学史上第一次全国性的文学运动，“狂飙突进运动”反映了资产阶级和民众反封建、要求民族统一的愿望，促进了民族意识的觉醒和民族文学的发展，把启蒙文学推向了一个崭新的阶段。由于德国社会落后，该运动未能发展为政治革命，到 18 世纪 80 年代中期之后便沉寂下来。

随之而来的是德国的“古典文学时期”(1796—1804 年)。这时期的德国文学同德国古典哲学、古典音乐一起，形成了德国古典文化的一个灿烂时代，使德国跃居世界文化发展的前列。这一文学高峰的出现与歌德去意大利游历有关，并由歌德和席勒的合作而形成。歌德和席勒从艺术史家温克尔曼关于希腊艺术的著作中看到了希腊人所体现的理想的曙光，并接受了温克尔曼关于希腊艺术的优点在于“高贵的单纯和静穆的伟大”的观点，力图以此为方向创造出肃穆恬静、优雅庄重、内容和形式高度完善统一的美的作品。

上述的思想和艺术主张，既体现在歌德和席勒这一时期的著作以及他们大量的通信中，也艺术地体现在他们的文艺创作里，他们这时期的许多优秀作品，不仅是德国文学的珍品，而且是世界文学的珍品。

这一时期，德国文学的最主要代表、最著名的伟大作家是歌德。歌德是文艺复兴以来欧洲资产阶级思想发展和文学发展中最具总结性的艺术大师。

第二节　歌德的生平与文学成就

歌德(1749—1832 年)，是 18 世纪中叶到 19 世纪初期德国伟大的诗人、剧作家、小说家和思想家，德国“狂飙突进运动”和古典时期的代表人物。歌德是德国民族文学的最杰出代表，也是欧洲最重要的作家之一。歌德的创作和文学成就，把德国文学带入了世界文学的先进行列。歌德的代表作《浮士德》，与荷马史诗、但丁的《神曲》、莎士比亚的《哈姆莱特》齐名，并称为欧洲文学史上的四大古典名著。

一、歌德的生平与创作

(一) 童年和莱比锡求学时期 (1749—1769 年)

歌德于 1749 年 8 月出生在德国中部莱茵河畔的法兰克福。歌德的外祖父曾是这个城市的市长、首席官员。祖父原是个裁缝，后来经商致富。父亲是一个富裕的市民，取得法学博士学位，学识渊博，曾做皇家顾问，是市里的参议员。母亲身为市长之女，活泼精明，富于幻想。歌德是长子，在父亲的严格管教和母亲的抚爱下度过童年时期。因为家境富裕，他受到了良好的教育，很早就学习多种语言，包括拉丁文、法文、希伯来文、意大利文和英文。歌德聪明早慧，八岁那年过新年时，他献给外祖父母一首诗，十一岁时还根据神话编写了一个剧本。

早在童年时代，歌德就从街头的木偶戏中看到过浮士德的故事。在七年战争期间(1756—1763 年)，他还看到过法国随军剧团演出的高乃依、拉辛、莫里哀的戏剧。这些都培养了他的文学兴趣。

1765 年，16 岁的歌德按照父亲的意愿进入莱比锡大学学习法律，但他对文学艺术和自然科学更感兴趣。歌德学习文学和绘画，还选修了医学和哲学课程。由于少年初次离开家庭的约束，歌德在莱比锡大学过的是一种逍遥放纵、离不开酒馆和剧院的“花花公子”式生活。在他的自传《诗与真》中曾对这段荒唐的生活有过记载，《浮士德》有些场景的描写源于这段生活的体验和感受。但是同时，他也开始了文学创作活动，在宫廷文学和古典主义文学的影响下，学习写作诗歌和剧本。1768 年，歌德因病不得不回家休养。养病期间，他还钻研过炼金术和神秘主义哲学，对自然科学尤其是化学实验产生了浓厚兴趣。

（二）在斯特拉斯堡学习和“狂飙突进运动”时期（1770—1774 年）

1770 年春天，恢复了健康的歌德转学去斯特拉斯堡继续学习法律，次年获得法学博士学位。在斯特拉斯堡学习时期，是歌德一生中相当重要的时期，因为这里是“狂飙突进运动”的中心。同时，斯特拉斯堡接近德法边境，是两国文化交流的中心。歌德在这里接受了来自多方面的影响：他阅读了伏尔泰和卢梭的著作，深受他们的反封建、追求自由精神的影响；他接受了荷兰犹太裔哲学家斯宾诺莎的泛神论，促进了他唯物主义世界观的形成；更重要的是，在这里歌德结识了“狂飙突进运动”文学纲领的制定者、理论家和精神领袖赫尔德尔和一批文学青年。赫尔德尔介绍他去读荷马和莎士比亚的著作，向民间文学学习。在这些影响之下，歌德摆脱了宫廷文学和古典主义文学的束缚，摆脱了辞藻华丽、矫揉造作的风格，加上由于和一个牧师的女儿布里翁的爱情，他写出了他最早闻名诗坛的抒情诗，如《野玫瑰》《五月之歌》等。这些诗歌情感真挚、旋律优美、民歌色彩浓郁，许多诗歌被当时和后世的音乐家谱成歌曲，广为传唱，享誉世界。歌德也因之被称为德国近代抒情诗的真正创始者。

1771 年 8 月，获得博士学位的歌德回到法兰克福，开办了一家律师事务所，同时也为《法兰克福学者通报》撰稿。他抨击古典主义的清规戒律“三一律”，成了“狂飙突进运动”的旗手。

1772 年 5 月，遵照父亲的安排，歌德去威茨拉尔的帝国高等法院实习，在一次乡村舞会上他与友人的未婚妻相遇。无望的爱情使歌德极度痛苦，他甚至在床头放了一把价格昂贵的短剑，想到了自杀。几个月后，歌德听说在莱比锡时期的大学同学在威茨拉尔自杀的消息。据说该同学自杀的原因是爱恋同事的妻子遭到拒绝，在工作中又受到上司的挑剔，在社交界被贵族轻慢。这件事对歌德触动很大，也为《少年维特的烦恼》提供了主要的创作素材。

当时德国文学上的“狂飙突进运动”正蓬勃开展，这种席卷全国的热情也影响了歌德，他在后来大约三年多的时间里创作出了包括剧作《铁手骑士葛兹·冯·伯利欣根》、抒情长诗《普罗米修斯》和书信体小说《少年维特的烦恼》在内的一系列作品，体现出“狂飙突进运动”文学的明显特点，特别是崇尚自我、个人反抗社会的激情和叛逆精神。其中，《少年维特的烦恼》使他名满文坛，声誉大振。

（三）魏玛时期和意大利漫游（1775—1793 年）

1775 年秋，已经名满欧洲的歌德，接受了萨克森魏玛公国奥古斯特公爵的邀请，来到魏玛，开始了长达 10 年的为官生涯。

魏玛是个人口不过万的小公国。初到魏玛，歌德视魏玛公爵为“开明君主”，以为投身开明君主，从事政治，可以施展才能，实现抱负。于是决定留在魏玛做一番事业。歌德于到魏玛的第二年取得公民权，任枢密顾问，以后又担任了宰相职务。歌德积极为宫廷服务，想在实际工作中实现自己改良社会的理想，把魏玛治理成一个模范的国家。歌德改善行政管理、协调皇家领地的分封、精简军队、修筑公路、恢复矿山、减免农民的赋税。歌德逐渐脱离了“狂飙突进”运动。

在魏玛，随着岁月流逝，歌德终于发现自己的天才被庸俗埋没了，自己那些改革根本改变不了魏玛公国的沉疴痼疾，而且改革也越来越遭到公爵本人的反对，他已经委屈退让，走上妥协之路，但内心非常痛苦。与此同时，宫廷中的虚伪和钩心斗角使歌德感到厌倦。歌德在魏玛的十年间，除写出一些应制作品外，很少进行文学创作，在为数不多的抒情诗歌里，真实地表现了他的矛盾和痛苦。1786 年 9 月，他再也忍受不了令人窒息的环境，隐名换姓，逃离魏玛，前往他心仪已久的意大利。

1786—1788 年间在意大利的漫游生活，使歌德获得精神和艺术的新生。意大利丰富的文化遗产和淳朴的民间生活重新激起歌德的创作欲望。歌德研究古希腊罗马艺术和自然科学，画了 1000 多幅画，对人体解剖、芭蕾舞、音乐、歌剧等均产生了兴趣，其中尤其对古典艺术产生了浓厚的兴趣。

在艺术观点方面，歌德接受了艺术史家温克尔曼（1717—1768 年）的观点，认为古代艺术中蕴涵着宁静、和谐的理想美，体现出一种现代罕见的“高贵的单纯”和“静穆的伟大”。用这样的艺术对人、对社会进行审美教育，可以创造和谐的人，进而创造和谐的社会。于是，歌德逐渐形成了文学中的古典主义观念。

1788年，歌德回到魏玛。公爵允许他辞去一切职务，只担任剧院、魏玛美术学院和耶拿大学总监，兼管矿业。置身于艺术的氛围中，歌德再次成了艺术家。他不再参与政务，回顾和批判了自己的过去，放弃了“狂飙突进”时期的幻想，转而追求古典美的理想，进入了又一个创作丰收期。

这一时期，歌德完成了《伊菲格尼亚在陶里斯》《哀格蒙特》等作品。歌德把每天的印象和感触都写进日记。1814年，歌德将这些日记和一些书信整理出版，题名为《意大利游记》。

1789年法国大革命爆发，震撼了世界。起初，歌德欢迎革命，为之热情欢呼，说“法国革命对于我也是个革命”“从此时此地，展开了一个世界史的新时代”。但后来随着革命暴力的扩大，他开始不满，反对革命所使用的暴力手段，特别是1793年之后的革命恐怖，他非常憎恶。他主张改良、进化，反对过激行为，并写了一些表明自己观点的作品。

（四）与席勒合作时期（1794—1805年）

1794年，45岁的歌德与35岁的席勒结交，开始了两位作家密切合作的10年。两人在年龄、经历、社会出身、经验、观点等诸方面分歧很大，但是二人在繁荣民族文化的合作计划方面，具有共同的目标。他们希望以古希腊的古典艺术为榜样，以完美的形式、纯洁的语言来表达人道主义的思想内容。所以说，他们的合作是精神上志同道合的典范，二人开创了德国民族文学新的发展时期——灿烂的古典时期。他们在魏玛办剧院，主编文艺刊物，合作创作了警句诗《馈赠》。1797年，二人竞赛似的创作了一系列叙事谣曲，在德国文学史上叫作“叙事谣曲年”。与此同时，他们还一起讨论文艺问题，还各自写下了一些重要作品，对德国古典文学的进一步发展起到了重大作用。

这段时间，歌德迎来了又一个创作丰收时期，长篇小说《威廉·麦斯特》的第一部《威廉·麦斯特的学习时代》、叙事长诗《赫尔曼与窦绿苔》、诗体哲理剧《浮士德》第一部，都是歌德在此期间完成的重要作品。

1805年席勒逝世，歌德说“我失去了一位朋友，失去了我生命的一半”。席勒的去世，也标志着德国文学古典时期的结束。

（五）晚年时期（1806—1832 年）

1807 年，歌德前往耶拿，度过了一段恋爱的激情与审慎的理智纠葛变化时期，后来他把这些情感纠葛升华，创作完成了小说《亲和力》。

这一阶段，他还钻研阿拉伯和波斯的诗歌、中国和印度的文艺和哲学，神游东方世界，又到大自然中旅行，写作了诗歌集《西东合集》。在看了《好逑传》《玉娇梨》《花笺记》等中国小说和诗歌的译本之后，他大为赞赏，甚至模仿中国诗歌的风格写了 14 首抒情诗，题为《中德四季晨昏吟咏》。1824 年以后的 8 年，他大量写作、大量阅读，与国内外名人交往，希望“促进一种我们所希望的普遍的世界文学”。歌德预见到民族文学向世界文学发展的前景，并在 1827 年提出了“世界文学”的概念。

这一时期，歌德写作了《颜色学》和自传《诗与真》，他还创作完成了长篇小说《威廉・麦斯特》的第二部《威廉・麦斯特的漫游时代》，完成了《浮士德》第二部。

1832 年 3 月 15 日，歌德得了重感冒，七天之后病逝。他留下的最后一句话是：“多一些光”。在隆重的葬礼之后，歌德的棺木葬在了魏玛公墓席勒的墓地旁。

歌德的一生是漫长的，也是不平凡的。他的思想历程与欧洲文艺复兴以来资产阶级思想发展历程具有某种相似性。他早年尊重个性自由，崇尚激情，与人文主义者的思想较为一致；在创作中期，他崇尚古典美，渴望深入实际生活并试图在具体的工作中改造社会，具有 17、18 世纪资产阶级思想家与文学家的特点；而在晚年，他从思想体系的角度探讨人与世界的关系，又明显带有 19 世纪初黑格尔哲学和空想社会主义思想的特征。所以，他是文艺复兴以来欧洲资产阶级思想和文学发展具有总结性的艺术大师。

然而，歌德漫长的一生中也充满深刻的矛盾。他生活在封建制度崩溃、资本主义上升的时代，时代的两重性、德国资产阶级的两重性、歌德生活的具体环境以及他自身的气质与性格，又使得这种矛盾显得极为鲜明。对此，恩格斯在《诗歌和散文中的德国社会主义》中曾精辟地指出：“在他心中经常进行着天才诗人和法兰克福市议员的谨慎的儿子、可敬的魏玛的枢密顾问之间的斗争;前者厌恶周围环境的鄙俗气,而后者却不得不对这种鄙俗气妥协、迁就。因此,歌德有时非常伟大,有时极为渺小;有时是叛逆的、爱嘲笑的、鄙视世界的天才,有时则是谨小慎微、事事知足、胸襟狭隘的庸人……他的气质,他的精力、他的全部精神意向都把他推向实际生活,而他所接触的实际生活却是很可怜的。他的生活环境是他应该鄙视的,但是他又始终被困在这个他所能活动的唯一的生活环境里。歌德总是面临着这种进退维谷的境地……”

歌德的作品反映了德国资产阶级知识分子,由于时代和环境的限制,以及政治上软弱,不得不在文学、哲学上创造性地寻找出路、发展自己、为人类文化做贡献而付出艰辛努力的现象。他的创作总结了一个时代,也划分了一个时代,深刻影响了后世文学的发展。

二、歌德的主要文学成就

歌德长寿也多产,是一位精力过人、兴趣广泛、多才多艺的作家。他一生中著作浩繁,总计达 140 多卷,在世界文学史上占有重要地位。

歌德的诗集共 7 部,开创了德国抒情诗的新时代。歌德一生中创作的各种剧本有 70 多部,完成数部长篇小说和一些中篇、短篇小说。歌德与席勒的通信辑成 4 卷书简,成为德国文学极为珍贵的文艺评述。在长达近 70 年的文学创作生涯中,歌德给后世留下了极为丰富的文学遗产。歌德在诗歌、戏剧、小说等各个领域都有卓越的贡献。

(一) 伟大的浪漫主义诗人

歌德是一位伟大的浪漫主义诗人,在抒情诗歌、叙事谣曲、长篇叙事诗、哲理诗等方面都卓有成就。

歌德从 8 岁开始写诗,创作诗歌达 2 500 篇以上,包括抒情诗、叙事诗、歌谣以及歌剧等。歌德诗歌的基本主题主要包括四个方面。一是歌颂爱情:歌德一生经历了多次恋爱,爱情体验成为其诗歌创作的一个重要源泉,名作如《五月之歌》《欢会和离别》《尽管你隐身藏形》《湖上》等。二是歌颂自然:他赞美自然的诗常常把自然与爱融为一体,体现了浓厚的“泛神论”思想。如《流浪者之夜歌》《野地的小玫瑰》《冬日游哈尔茨山》《水上精灵之歌》《迷娘》《渔夫》等,既表现了自然界的魔力与魅力，也探索了人与自然、爱与自然的关系，表现了神灵交往，与宇宙合一的情怀。三是对封建统治者的不满：《普罗米修斯》表达了“狂飙突进”时期歌德蔑视既存秩序的思想，《漫游者的暴风雨之歌》《戛尼梅特》《穆罕默德之歌》《列那狐》显示了诗人充满斗志和不屈的意志。四是哲理思想：《西东合集》表达了诗人对时代、历史的观察，对生命演化的探索；《中德四季晨昏杂咏》充满了深刻的智慧和哲理；《威尼斯铭语》103 首，表达了他对时事和对世界的看法。

歌德的诗歌艺术形式多样。青年时期的诗歌体现出洛可可的华丽风格。在向民歌学习后，他用自由体表达狂飙式的激情。在魏玛，歌德对自然和人生的深入观察代替了热情的歌颂。歌德晚年的诗作更是明澈的智慧和纯净的抒情完美融合。他从古希腊诗人品达的颂歌、古罗马诗人普罗珀尔提乌斯的悲歌、但丁的三联韵体诗、彼特拉克的十四行诗中吸取营养，甚至学习过波斯、阿拉伯乃至于中国的诗歌，这使他的诗歌艺术取得了极高的成就。歌德诗歌传世的经典名篇很多，《野玫瑰》《五月之歌》《普罗米修斯》《迷娘》《年岁》等都是脍炙人口、广为传颂的诗篇。

歌德著名的长篇叙事诗《赫尔曼与窦绿苔》是古典牧歌式的叙事诗，描述了法国大革命时期，德国小镇上家境宽裕的市民赫尔曼与莱茵河左岸逃来的法国姑娘窦绿苔两人的爱情故事。这部叙事诗虽然描写的是狭隘的小市民生活，但诗篇中对安静的田园生活的描写和赞美，却能给人一种健康的幸福感，使人对和平建设自己的家园产生自信的勇气和力量，感受到美好的希望。歌德反对大革命带来的混乱，歌颂宗法式的田园生活。

（二）伟大的剧作家

歌德是伟大的剧作家。他的戏剧作品完成与未完成的共有 70 多部。著名的作品有《铁手骑士葛兹・冯・伯利欣根》《伊菲格尼亚在陶里斯》《哀格蒙特》《托夸多・塔索》等。歌德的代表作哲理诗剧《浮士德》是“欧洲自文艺复兴三百年以来的总结”，表现了资产阶级改造自然的气魄和自强不息的精神。

《铁手骑士葛兹・冯・伯利欣根》是德国“狂飙突进运动”的代表剧作。主人公葛兹原是 16 世纪德意志封建诸侯割据时代的一名骑士，后来背叛自己的阶级，成了“流寇”。葛兹反对贵族与僧侣，同情弱者和被迫害者，为百姓申冤报仇。在一次战斗中，葛兹失去了右手，安上了一只铁手，因而得名“铁手骑士”。但后来，葛兹居然被招安，在教堂前忏悔，最后老死在修道院里。葛兹自己写了一本书：《铁手骑士葛兹的历史》。在剧本中，歌德将葛兹改写成农民革命的领袖、为自由而战的斗士、宁死不屈的英雄。葛兹是一个“为诸侯所厌恶、可是为被压迫的人们所依附的人”。葛兹的理想是打倒诸侯、扶持皇帝王室，建立一个中央集权的强大国家。葛兹热爱自由和解放，要求有一个能保障人“作为一个人的权利”的合法社会。但是最终葛兹还是悲剧性地失败了。葛兹临死前高呼“自由！自由万岁！”歌德通过这个理想化了的英雄，反映了“狂飙突进运动”文学反抗压迫、渴望自由的革命精神。恩格斯说《铁手骑士葛兹·冯·伯利欣根》通过戏剧形式向一个叛逆者表示哀悼和敬意。在当时鄙陋的德国，葛兹这一叛逆形象能起到振聋发聩、鼓舞人心的进步作用。这部剧作在艺术方面多有突破，剧本有意向莎士比亚学习，破除古典主义法规，不遵守“三一律”，场面丰富、情节复杂、人物众多、语言生动。

《哀格蒙特》是一部历史悲剧。取材于16世纪尼德兰人民在哀格蒙特领导下反抗西班牙侵略者的斗争历史。哀格蒙特同情人民、反对暴政，但贵族身份使他害怕流血革命，他所希望的是“开明专制”，所以当革命者凡桑出来鼓动革命时，哀格蒙特却劝说群众不要采取暴力，而要通过合法手段争取自由。西班牙统治者最终还是把哀格蒙特当作叛党处死了。剧本结尾，哀格蒙特号召一切力量为争取自由独立而团结起来。由于剧本写作开始于“狂飙突进运动”时期，所以充满了热爱自由、反抗异族统治的思想，是“狂飙突进运动”的回声。后来，伟大音乐家贝多芬为此剧谱写了悲壮的音乐，使它的流传更为广泛。

《伊菲格尼亚在陶里斯》剧作的题材取材于希腊神话。伊菲格尼亚是阿伽门农的女儿，在希腊联军远航攻打特洛伊时，为了获得希腊神的帮助而鼓起海风顺利起航，阿伽门农献祭自己的女儿伊菲格尼亚。在献祭的那一刻，女神救起了伊菲格尼亚。但是，作为代价，伊菲格尼亚必须待在陶里斯岛上的女神神庙里做祭司。在那里，伊菲格尼亚度过了无数个思乡之夜。而与此同时，她的兄弟俄瑞斯忒斯和兄弟的朋友皮拉德斯，从希腊来到陶里斯，试图从神庙里偷走女神像带回希腊。

戏剧开始，囚禁在陶里斯岛上的伊菲格尼亚，望着大海思念故乡。陶里斯国王托阿斯是个诚实正直的人，他对美丽善良的伊菲格尼亚暗生爱恋，于是向伊菲格尼亚求婚，但被拒绝。俄瑞斯忒斯和皮拉德斯来到了陶里斯岛，但是在偷盗时被伊菲格尼亚发现，她知道他们是希腊人后，暗生同情，但是，按照规定这两人必须处死，在对家乡亲人的爱和对托阿斯的忠诚中，伊菲格尼亚再三犹豫。最后，她还是决定将其中一人处死，一人偷放回国。与此同时，她也写了一封信，托俄瑞斯忒斯带回希腊给她的父亲阿伽门农。于是，真相大白，姐弟相认。最后，伊菲格尼亚还是放走了两人，她来到托阿斯面前，承认一切，并请求惩罚，但是托阿斯原谅了她，并将她放回希腊。歌德在《伊菲格尼亚在陶里斯》中，不再突出神的主宰作用，主要歌颂人。主人公伊菲格尼亚是一个理想的美好形象。她虽然身处异国他乡，却能以完美的品行、博爱的胸怀感动国王，改变那里的野蛮风俗。《伊菲格尼亚在陶里斯》体现了歌德以道德感化进行社会改良的理想。这部剧作采用古代戏剧的风格写成，标志着歌德从“狂飙突进”精神向古典主义的转化。

《托夸多·塔索》取材于意大利文艺复兴时期大诗人塔索的故事。剧情主要在塔索和大臣安东尼奥之间展开。诗人塔索天性直率、热情多幻想，而安东尼奥老于世故、精明强干。在宫廷中，塔索爱上了公主，为朝廷的等级偏见所不容。安东尼奥故意捉弄塔索，几乎使他陷入疯狂，同时又故意对他表示好感。最后，由于现实的种种教训，塔索不得不克制自己，和安东尼奥成了朋友。一个敢于揭露宫廷腐败的反抗者诗人塔索变成了一个安于现状的妥协者、庸人塔索。这个剧本反映了歌德在魏玛宫廷中的处境、诗人与大臣的矛盾，所以歌德才会说“这是我骨中的骨、肉中的肉。”

（三）伟大的小说家

歌德还是一位伟大的小说家，他的小说作品涵盖了短篇、中篇、长篇各个种类。

1794年歌德为席勒的《时代女神》杂志写了总题为《德国流亡者谈话录》的短篇小说集。这部短篇小说集的创作受到薄伽丘《十日谈》的影响，采用框形结构把几个故事串连起来，使全书浑然一体。这是当时欧洲短篇小说集的一种独特的结构艺术方式。《德国流亡者谈话录》共包括《女歌唱家安托奈丽》《商人、美人儿和律师》《神秘的敲击声》《美丽的女店主》《面纱》《斐迪南》《一条大河的故事》等七个短篇小说。歌德的短篇小说有他自己撰写的，也有取材于童话、故事、传说、逸事等民间口头文学，在此基础上加工整理再创造的。

中篇小说《少年维特的烦恼》是为歌德带来世界性声誉的作品，使歌德一跃成为世界知名的青年作家。受英国感伤小说的影响，这部作品采用第一人称的书信体形式表现主人公维特的思想感情。出身市民的青年维特爱上了已经和别人订婚的少女夏绿蒂，最后绝望自杀。小说通篇围绕维特的烦恼来描写。把爱情的幸福看得高于一切的少年维特，爱上了别人的未婚妻夏绿蒂，这让维特为自己不能得到的爱而痛苦万分。维特力图通过工作摆脱烦恼，他给一个公使当秘书，受到公使的种种挑剔，他感到无法施展抱负，加重了烦恼。维特生活在一个小市民层层包围的环境中，精神郁闷。种种烦恼让维特不满，他憧憬建立一个美好和谐的社会，返回自然。但他的理想在封建等级制度下根本不可能实现。《少年维特的烦恼》出版以后，一时间出现了一股"维特热"，不少青年因失恋模仿维特穿青衣黄裤自杀。这说明18世纪封建门阀观念、婚姻制度给人造成了很大危害，德国青年知识分子精神苦闷，找不到出路。

歌德写作《少年维特的烦恼》的起因是因为他的个人失恋的体验，维特的故事以作家自己的经历为原型。歌德失恋后，用一个月的时间完成了这部小说。他让维特自杀了，自己活了下来。歌德塑造维特，表达他的被压抑的情感和反抗的声音，但不希望读者也像维特那样自杀，毕竟生命只有一次。因此在小说的第二版歌德写下了《维特与绿蒂》的卷头诗："青年男子谁个不善钟情，妙龄女子谁个不善怀春，这本是人性中的至纯至洁，为什么却有惨祸飞迸。可爱的读者呵，你哭我爱我，请从非毁之前救出自己的声名，做个堂堂的人，不要步我后尘。"①

① 吴静，刘会. 外国文学经典作品赏析[M]. 成都：西安交通大学出版社，2017：65.

长篇小说《亲和力》是歌德步入老年时所写的又一部以爱情为题材的小说。实质上，这部小说的内涵丰富深刻，可以从爱情小说到伦理小说乃至命运悲剧等多个层面去阐释和理解它。歌德用化学里的亲和力现象做比喻，书名也题作《亲和力》，就意在强调婚姻与爱情的矛盾和由此造成的无法避免的悲剧。小说的主要情节是：爱德华和妻子夏洛蒂在自己的庄园里过着安静舒适的生活。当爱德华的朋友上尉和夏洛蒂的养女奥蒂莉来到庄园，进入他们的生活时，便产生了一种化学上的亲和现象。奥蒂莉和爱德华、上尉和夏洛蒂之间产生了吸引和爱情。上尉和夏洛蒂能用理智克服感情，但爱德华和奥蒂莉却不能自拔。最后，爱德华和夏洛蒂的小孩不幸溺死，这使奥蒂莉深受震动，认为这是上帝对爱德华热恋自己的惩罚，她决心放弃这份爱，而爱德华却痴心不改。奥蒂莉绝食而死，爱德华心情抑郁，最后殉情而死。围绕着四位主人公的感情纠葛，小说对恋爱、婚姻以及相互关系这样一些重大的人生和社会问题进行了探讨。

教育小说《威廉·麦斯特》是鸿篇巨制，包含上下两部，上部《威廉·麦斯特的学习时代》写于 1796 年，下部《威廉·麦斯特的漫游时代》创作于 1829 年。上部《威廉·麦斯特的学习时代》写身为商人之子的威廉·麦斯特是个满怀理想、充满朝气的热血青年，他不满于市民阶层的平庸和唯利是图，寄希望于通过戏剧艺术和美育来改造社会，但混沌污浊的戏剧界令他的奋斗陷入迷惘。威廉四处漂泊，接触种种世态，最终结识了由开明贵族组成的高尚团体，成为不断追求人性完善和崇高社会理想的探求者，献身于社会的改良事业。下部《威廉·麦斯特的漫游年代》写威廉·麦斯特结婚后，带着儿子费利克斯出去漫游，以实现“塔社”拯救人类的理想。经过漫游，威廉把儿子送进教育区，自己认识到固定职业的重要，做了外科医生。通过威廉曲折多变的生活道路，表现了资本主义上升时期资产阶级的生活理想，也反映了作者晚年的社会理想和教育主张，具有明显的空想乌托邦色彩。

（四）造诣深厚的美学家

歌德也是近代作家中一位具有深厚文艺修养和科学修养，并有丰富创作经验的美学家。他的美学思想是他的创作实践和对各门艺术体会的总结，散见于《诗与真》《箴言与回忆》《关于艺术的格言和感想》《歌德谈话录》等文集中。他主张浪漫主义与古典主义结合，古典的和浪漫的区分是现实与理想之分；他重视形象思维，强调从具体形象中表现一般，艺术与自然的关系是主客观的辩证关系。歌德以历史发展的观点看问题，提出建立民族文学的主张。歌德也是第一个提出在各民族文学交流的基础上建立世界文学观念的美学家。

第三节 《浮士德》分析

歌德的《浮士德》是诗体哲理悲剧，取材于德国16世纪的民间传说。《浮士德》全剧共12 111行，分为二部，第一部有一个序曲，25场，不分幕；第二部不分场，共有五幕。歌德从25岁左右开始创作，到82岁完成，花了近60年时间。可以说《浮士德》是歌德一生思想和艺术的总结性作品。

一、《浮士德》剧情概要与思想内容

主人公浮士德原是德国16世纪民间传说中的一个神秘性人物。传说他用自己的血和魔鬼订约，出卖灵魂给魔鬼，以换取世间的权利、知识和享受。

歌德的《浮士德》全剧构思宏伟，内容复杂，象征寓意较多，主要通过浮士德人生追求道路上的精神探索和思想发展，表现文艺复兴以来到资产阶级启蒙运动时期的基本思想和一贯精神。

《浮士德》由“两次赌赛”做基本情节架构，引出了浮士德对人生理想不断探索追求的五个阶段，即学者生活、爱情生活、政治生活、艺术生活和建设“理性王国”五个阶段。第一部写浮士德在“小世界”中进行人生理想探索的前两个阶段的学者生活和爱情生活，写他追求官能的、感性的个人生活享受。第二部写浮士德在“大世界”中追求事业的享受，包括他人生理想探索的后三个阶段：政治生活、艺术生活和建设“理性王国”。

悲剧第一部中“天上序幕”可看作全剧的一个总纲。这里，天帝代表“善”本身，魔鬼靡菲斯特则代表“恶”本身。他们谈到人类的代

表——浮士德，魔鬼和天帝打赌：魔鬼认为浮士德无限追求，永不满足，他可以引诱浮士德走上魔路；天帝认为人在努力追求的时候总是难免迷误，但一个善人，在黑暗中终会找到光明大道。天帝接受魔鬼的打赌，天帝认为人的精神容易萎靡，贪求安逸，魔鬼能起刺激作用，而不会使人停滞不前，这一赌赛，天帝相信魔鬼终会失败服输。

于是，魔鬼靡菲斯特便幻化成形前去诱惑浮士德，由此引出了浮士德对人生理想不断探索追求的五个阶段，即学者生活、爱情生活、政治生活、艺术生活和建设“理性王国”共五个阶段。

（一）学者生活阶段

《浮士德》第一部开始时，浮士德是一个年过半百的学者，他在阴暗的书斋里度过了半辈子。为了了解宇宙的奥秘，他孜孜不倦地博览群书，钻研了中世纪的各种学问。但到了老年，他才发现，自己所学的知识毫无用处，这个阴暗的书斋就像是牢狱一般，把自己和生动的大自然隔离开来。他在书斋中脱离实际去追求知识的做法完全失败。欲求而不可得，使得浮士德在精神上感到巨大痛苦。

浮士德想到自杀，幻想脱离尘世，向另一个世界去寻求出路。复活节的钟声和合唱声，使他想起了生气勃勃的大自然和童年郊游时在大自然中自由呼吸的快乐。于是，他放弃了自杀的念头，来到了城郊。在这里，他看到欣欣向荣的大自然，看到自由愉快的人群。他感到自己那些脱离实际的学问不过是“杀人的金丹”。他渴望行动、渴望投身于实际生活的新追求。这时，魔鬼靡菲斯特乘虚而入，他和浮士德订约：他充任浮士德的仆人，尽量满足浮士德的一切需求，但是，在浮士德表示满足的一瞬间，说出“你真美呀，请你暂停！”奴役便解除，浮士德的灵魂便永为魔鬼所有。

这里，阴暗的书斋象征着中世纪的思想牢笼，书斋悲剧是对中世纪思想体系的否定。浮士德对中世纪的旧的经院学问的否定，对恢复人与大自然的联系的要求，对万物之源、宇宙秘密的探求，都是文艺复兴以来先进资产阶级知识分子人生理想探索的反映。同时，诗剧中也有“狂飙突进运动”精神的反映，浮士德对于精神束缚的诅咒，他冲破牢笼、投身实际生活的强烈愿望，都表现出了“狂飙突进运动”的那种“反抗当时整个德国社会的叛逆精神”。

（二）爱情生活阶段

订约以后，浮士德走出书斋，靡菲斯特用官能享受来引诱他堕落。

靡菲斯特把浮士德引入地下酒店，一度参与无聊的吃喝；接着带他在巫厨里喝了返老还童的魔药，使他恢复了青春和对爱情的欲求。魔鬼帮助浮士德获得了一个小市民家的少女格蕾琴的爱情。为了出门和浮士德幽会，这个天真美丽的少女，因误用安眠药过量而害死了自己的母亲。他的哥哥为了阻止幽会与浮士德决斗而死在浮士德的剑下。格蕾琴悲伤绝望以至于神经错乱，溺毙了自己的婴儿，而被关进死囚牢。浮士德虽然偷进牢狱去，想劫走她，但她羞愧难当，坚决拒绝了，甘愿领受死刑。浮士德也惭愧后悔，救人不得，被靡菲斯特强行拉走。悲剧第一部到此结束。

浮士德和格蕾琴频频幽会，沉湎于情欲的官能享受，既害了格蕾琴的家人也毁灭了格蕾琴。这象征性地说明低级的官能享乐和迷离的情欲是爱情悲剧的根源，这是对早期资产阶级知识分子的“享乐人生”主张的否定。所以“格蕾琴悲剧”是必然的。一方面，作为上升时期资产阶级代表的浮士德，他的精神生活还要发展，不可能局限于个人的爱情私欲中，必然扩展到对社会政治生活的探求，这是浮士德思想性格发展的必然结果。另一方面，浮士德与格蕾琴的爱情悲剧是当时社会等级差异在爱情生活中的反映，在不同阶级男女之间的爱情中，小市民出身的女子常常陷入孤苦无援的悲惨境地。

（三）政治生活阶段

第二部第一幕开始时，浮士德卧倒在风景幽美的地方，落花缤纷，精灵载歌载舞，使他忘记了刚刚过去的一切。他一觉醒来，从生机勃勃的大自然中受到鼓舞，感到自己身上又有了“不断向最高的存在飞跃”的决心。魔鬼把他带到古罗马的一个皇帝的宫廷里，皇帝正遭遇财政困难，惶惶不安。在靡菲斯特的帮助下，浮士德用大量发行纸币的魔法，使罗马皇帝摆脱了危机，解决了王朝的财政困难。皇帝知道浮士德擅长魔术，要他召唤希腊美人海伦出现，供大家欣赏。浮士德借助魔法招来帕里斯和海伦的灵魂，当这对美男美女相互爱恋时，浮士德情不自禁，用魔术钥匙触到帕里斯身上，于是精灵爆炸，化为烟雾，浮士德也晕倒在地。

浮士德的这段政治生活经历，实际上反映了18世纪资产阶级思想家的历史经验。18世纪欧洲的封建制度已经面临崩溃。许多启蒙主义者把改革社会的希望寄托在“开明君主”身上，伏尔泰、狄德罗包括歌德自己都曾到封建宫廷里去做过官。德国的资产阶级更由于它天生的软弱性而对封建统治者持妥协态度，歌德也曾在魏玛做官妥协委屈了十年。不过，歌德从自己的经验中否定了这条道路。通过浮士德形象，歌德指出：为封建王朝服务不可能有所建树，在没落的封建朝廷里从政只能以悲剧告终。这是对为封建王权服务的妥协道路的否定，启蒙思想家寄希望于封建的“开明君主”改革社会的政治理想只是幻想。

（四）艺术生活阶段

第二幕转回浮士德从前的书斋。靡菲斯特把他背了回来。浮士德从前的助教瓦格纳制造出一个“人造人”。这个装在玻璃瓶里的小人儿，看出浮士德在昏迷中所梦想的是古希腊美女海伦，于是带领浮士德和魔鬼飞到古希腊的神话世界。浮士德得巫女之助，感动地狱女主人，使海伦复回阳世。

第三幕里，浮士德已成为一个城堡主人，海伦害怕被丈夫墨奈劳斯所伤害而去投奔他。于是浮士德与海伦结合，生下儿子欧福良。欧福良生下不久，就无限制地向上追求，很快因高飞而陨逝。随着儿子的消失，母亲海伦也消逝了。她只留下衣裳，化为云气，托着浮士德回到北方。

浮士德与海伦结合这段寓意性的故事，表达了现代人与古典美相结合的思想。海伦的形象就是古典美的化身。这也是许多资产阶级思想家的历史经验，当然也是以歌德为代表的德国资产阶级知识分子的经验。在德国，由于缺乏进行政治革命的现实条件和资产阶级本身的软弱性，启蒙主义者不可能像法国那样把革命的理想付诸革命的行动，因而转向艺术的探求。以歌德为代表的古典派认为，古希腊艺术体现了最崇高、最理想的美，用这种美来陶冶人们的精神，启迪人们的思想，便可以实现社会改良。欧福良的陨落和海伦的消失，形象地说明了用古典美来消除现代丑恶这一幻想的破灭。因此，可以说，歌德在这里总结了历史经验，否定了通过“古典主义”来改造社会的幻想，否定了17世纪古典主义者和18世纪德国的思想家向古典美去寻找出路、试图通过艺术来改造社会的主张。

（五）建设“理性王国”阶段

在第四幕，浮士德结束了对古希腊神话世界的虚幻探求，重新回到现实。他立在高山之顶，俯瞰海滨潮汐涨落，顿起雄心，想围海砌堤，填平海滩荒地，为千百万人开疆辟土。这时正值古罗马帝国发生内战，浮士德借助魔鬼的魔术，帮助国王平息了内战的叛乱，得到了国王赏赐的一块海边的封地。

第五幕里，浮士德在海边的封地填海造田，希望建造一个平等自由的乌托邦式的人间乐园。为了实现他的宏大理想，他吩咐靡菲斯特用各种方法，“报酬、引诱甚而强迫”多多招募工人。其中有一对老夫妻不愿意搬离海滨，靡菲斯特采用暴力手段捣毁了他们的家园，烧死了他们。此时的浮士德已年近百岁，每日的劳顿和愁烦袭来，忧愁女神趁机吹瞎了浮士德的眼睛。双目失明的浮士德听到铁锹叮当作响的声音，以为是民工在动工填海造田兴建乐园，他非常高兴，而实际上却是靡菲斯特招来死灵，为浮士德挖掘墓穴。此刻，听着叮当作响的掘石挖土的声音，他领悟到“人要每天每日去争取生活与自由，才配有自由与生活的享受”，在这“最高的一刹那”，浮士德情不自禁地说出了“你真美呀，请你暂停！”于是他倒地而死，靡菲斯特根据契约，正要去攫取浮士德的灵魂，但天界仙使飞来，驱走魔鬼，将浮士德的灵魂拯救上天国。全剧结束。

“你真美呀，请你暂停！”——浮士德在劳动和开拓新世界的理想事业中得到了满足。虽然他倒地死去，结束了现世的生命，但是浮士德“自强不息”的灵魂，却被天使们接到了天上。歌德以此象征着人类的光明前景，肯定了劳动对于开拓新世界的意义，也肯定了只有在为民众、为人类幸福的共同事业中才能获得生命的意义。浮士德所建设的“理性王国”，从某种意义上说，是歌德对未来的一种憧憬，反映了歌德用劳动建造人间乐园的理想，从中可以看到19世纪初期的空想社会主义思想的影响。

二、浮士德形象的多重意义

浮士德形象具有丰富性和典型性，具有多重意义。

第一，浮士德作为资产阶级启蒙思想的代表，具有不断探索、不断进取、永不满足现状的精神，即“浮士德精神”。

浮士德敢于和魔鬼打赌，是因为生活经验告诉他，每种欲望满足之后，又会产生新的欲望；每种希求达成之后，又会唤起新的希求。剧情的发展逐步证实了这一点。在靡菲斯特的引诱和帮助下，浮士德经历了不同的感性享受和事业享受的阶段，均未得到满足。他和格蕾琴的爱情却造成了惨痛的悲剧；他为腐败的宫廷服务，并未有积极的建设，只被封建皇帝当作可供玩弄的魔术师；他神游古典艺术世界，与海伦结合，结果海伦母子消逝；最后，他在海滨筑堤，填海造田，这是一种幻想的、在当时不可能实现的计划。浮士德双目已盲，看不见真实情景，他在幻想的预感中第一次得到满足，但是契约应验，他倒地死去。然而，“凡是自强不息者，到头我辈均能救”——正如天使们所歌唱的一样，不断探索、勇于实践的人，必然能够得救。

浮士德在探求人生理想的过程中，表现出了鲜明的特征，他具有坚忍不拔、执着努力的毅力和品格，具有永不满足、知错必改、不断向上向善的美德和精神。这种勇于实践，探索不息的性格特征，是他性格的主导方面，即典型性格。这种性格不但是资产阶级先进知识分子精神品格的反映，更是人类创造性本质的典型化概括。浮士德不断探索的五个阶段，浓缩了16世纪文艺复兴以来至19世纪初，欧洲资产阶级先进知识分子的精神奋斗历程和思想发展历程。

歌德与启蒙运动时期的许多资产阶级思想家一样，把本阶级看作全体人民的代表。在“天上序曲”中，天帝与靡菲斯特关于人类前途的争论，就是以浮士德为例来进行的。在歌德的笔下，浮士德是人类的象征。浮士德对人生理想的探索，象征着人类的历史将何去何从。

第二，浮士德的性格充满着灵与肉、善与恶的矛盾斗争，具有二重性，即“浮士德难题”。

在《浮士德》第一部的“城门前”一场中，歌德写道：

"在我的心中啊，盘据[①]着两种精神，
这一个想和那一个离分！
一个沉溺在强烈的爱欲当中，
以固执的官能贴紧凡尘；
一个则强要脱离尘世，
飞向崇高的先人的灵境。
哦，如果空中真有精灵，
上天入地纵横飞行，
就请从祥云瑞霭中降临，
引我向那新鲜而绚烂的生命！"[②]

这种相互冲突的两种"精神"，是人性的正常存在。每个人在追寻人生的价值和意义时，都将无法逃避"灵"与"肉"、自然欲求和道德灵境、个人幸福与社会责任之间的两难选择。这也是人类共同的难题。歌德的浮士德面临的正是这种两难心态，即"紧贴凡尘的爱欲"与"向崇高的灵境飞驰"的矛盾。

怎样使个人欲望的自由发展与接受社会和个人道德所必需的控制、约束协调一致起来？怎样谋取个人幸福而不出卖个人的灵魂？从哲学上讲，这就是康德所探讨的"自然欲求与道德律令"之间的矛盾。康德认为，道德必须脱离人的动物本能（去苦求乐）而诉诸超人性的纯粹理性；在康德看来，道德与情欲的冲突是绝对的，而道德的崇高是在扼制人的情欲中实现的。

实质上自然欲望与道德本体的和谐才是人与社会、人与人自由和谐发展的前提。理性的人永远都是"灵"的一面、"善"的一面居于主导地位。以浮士德为代表的人类，能从各种迷途与错误中，找到正确的道路，实现崇高目标。浮士德的灵魂最后被拯救，其原因正在于此。

歌德在谈到《浮士德》时，强调了结尾的几行诗。天使在搭救浮士德时唱道："凡是自强不息者，到头我辈均能救。"歌德认为，浮士德得救的秘诀就在这几行诗里，浮士德身上有一种活力，使他日益高尚和纯洁化，到临死，他就获得了上界永恒之爱的拯救。通过浮士德性格

① 同"盘踞"，下同。

② 歌德.浮士德[M].董问樵，译.2版.上海：复旦大学出版社，2001：58.

内在矛盾的描写，歌德强调了人具有克服自身矛盾、克服人的理想与丑恶现实之间的矛盾的智慧和力量。在否定中提升自我，正是人类发展历史的写照。“浮士德难题”是对人类刚走向成熟时对情感与理智、自然欲望与精神追求、个人发展与社会改造等矛盾的严峻思考。

第三，浮士德形象还具有哲学探索的意义，显示了“肯定”与“否定”二元关系的复杂性。

歌德的《浮士德》贯穿着辩证的精神。浮士德与靡菲斯特是贯串全剧的两个主要形象。实际上这是人的一体两面，所以两者是合二为一的，浮士德是人的积极的或肯定的一面，靡菲斯特是人的消极的或否定的一面。这一人一魔，一主一仆，相生相克，相反相成，如影随形，如呼如吸。

歌德把辩证的哲学思想赋予了笔下的人物。在他笔下，浮士德是肯定精神的具体化，是“善”的代表；靡菲斯特是否定精神的具体化，是“恶”的代表，又是“作恶造善的力之一体”。“善”与“恶”、“肯定”与“否定”，其二元关系是复杂的、辩证的。浮士德与靡菲斯特订约，本质上是时时提醒浮士德、激励浮士德不向恶屈服，而向善的境界百折不挠地前进。靡菲斯特不相信人的向善，否定理性，否定人的努力，因而他时时表现出一种否定精神，一种与“善”对立的本质。他声称：“犯罪，毁灭，更简单一个字，恶，这便是我的本质。”因此，靡菲斯特对浮士德的每一次服役，都以阻碍浮士德的努力，重新拉浮士德走入迷途为目的。靡菲斯特并非只是歌德时代的人物，他具有全人类性的普遍意义，如同莎士比亚的伊阿古，莫里哀的答尔丢夫，巴尔扎克的伏脱冷。歌德揭示了人类本性中存在的恶，并将它凸显出来，给人们提供了一面镜子，引人思考。

同时，歌德还借天帝之口，肯定了靡菲斯特的“作恶造善”作用：人们精神总是易于弛靡，动辄贪爱着绝对的安静；我因此才造出恶魔，以激发人们的努力为能。

靡菲斯特从作恶的动机出发，企图引诱浮士德堕落，但却从反面促成了浮士德向善。他一次次地诱惑，却一次次地失败，激励着浮士德冲破一团团人生迷雾，一步步地向前探索，从错误中吸取教训，追求更高的需要层次。正是在这个意义上，我们说靡菲斯特具有“作恶造善”的作用。这说明了“肯定”与“否定”二元关系的复杂性，也揭示了人类发展历史的规律：在否定中提升自我。

当然，靡菲斯特之所以最终未能使浮士德堕落，根本的原因在于浮士德是一个探索者、追求者，他的那种永不满足、锲而不舍的品格，也就是他对于理想境界的追求精神，在他身上始终占有主导地位。对于这样的人，恶能使他犯错误，却不能使他沉沦。

从浮士德与靡菲斯特的辩证关系中，歌德告诉人们：人类前进的道路是曲折的、充满着矛盾斗争的，但是只要人类一心向善，就不会堕落，否定力量不但不能阻碍人类前进，反而会促进人类前进；在前进的道路上，由于客观上恶势力作祟和自身矛盾的作用，人类可能犯错误，甚至酿成悲剧，但人类总能克服矛盾，不断前进，而且也只有在矛盾斗争中才能更好地前进。

三、《浮士德》的艺术成就

《浮士德》在艺术上取得了多方面的成就。

（一）现实主义与浪漫主义相结合的创作方法

诗剧《浮士德》包括了古往今来的各种人物和各种场面，构成了一幅千变万化、丰富多彩的历史画卷。全诗的基本精神是描写理想与现实的冲突，探索现实的出路。但是，为了突破时间与空间的限制，总结历史经验，自由地表现精神探索的历史，诗人的想象纵情驰骋，大胆地利用了各种虚构的、幻想的、神话的形象。诗中的一些片段，如关于封建朝廷与德国市民社会的描写，具有较大的真实性，格蕾琴的悲剧也是以当时法兰克福发生的一桩溺婴案为基础而写成的。但《浮士德》全篇的构思却是幻想性的。诗中大量采用古代、中世纪的神话传说，具有无比丰富的想象力。

浮士德的形象也是现实与幻想相结合的产物，他的精神和经历具有现实基础，但整个形象却是传奇式的虚构。因为，单纯的写实手法无法表现这一形象所包容的丰富而广泛的含义，当时德国鄙陋的现实也不可能提供这样富有诗意的理想人物，于是歌德借助于民间传说，写出一个象征性的人物。

(二)象征手法贯穿全剧

《浮士德》的特色之一是象征手法的运用贯穿全剧。丰富多样的象征形象,充满了朦胧色彩,使作品的含义也变得十分丰富。

浮士德的形象具有多重象征含义:第一,浮士德在很大程度上是歌德的化身,浮士德的追求与歌德的生活经历有许多相似,浮士德的性格特征寄寓着歌德自己的生命活力。第二,浮士德是西欧近代先进知识分子的象征,尤其是德国知识分子的理想化象征。浮士德离经叛道、上下求索、不怕失败,反映了近代思想家不满足于现实,要将理论见诸实践,将人生艺术化的追求。第三,浮士德是人类积极精神的象征,是新兴资产阶级巨人形象的象征。浮士德从中世纪挣扎出来,上天入地,最终投入改造大自然,创造"理性王国"的伟大事业,体现了资产阶级巨人开拓进取的活力。浮士德永不知足的实践冲动是植根于人类本性的,天帝说他是"一个善人"这一评价正是歌德对人类积极精神的概括。

此外,其他人物也有象征意义。如浮士德的学生瓦格纳是一个书斋知识分子的形象,对知识的狂热追求象征着传统的知识分子精神,等等。

(三)丰富多变的诗歌表现手段

从体裁来看,《浮士德》是一部诗剧,同时具有戏剧和诗歌的特点。作品通过分幕分场表明主人公生活的不同阶段,通过人物对话展开戏剧冲突,具有戏剧的艺术效果。同时全剧运用了欧洲出现过的各种诗体形式,既有古希腊无韵自由体颂歌和哀歌、北欧古典的长短格五步无韵诗、意大利的行会剧和活报剧的形式,又有德国民歌和浪漫主义的短行诗。总之,民歌体、古典诗歌体、悲剧诗体的自由体、八行体、双行押韵体、三行隔句押韵体等,雅俗兼具,古今交融,非常完美地、充分地呈现了这部伟大作品的丰富蕴涵和深刻哲理。

思考题

1. 怎样理解少年维特的烦恼?

2. 何谓"浮士德难题"?结合浮士德形象和自己的实际问题试做分析。

3. 为什么靡菲斯特说“我是作恶造善的力之一体”?

推荐阅读图书

歌德.浮士德[M].钱春绮,译.上海:上海译文出版社,2013.
歌德.浮士德[M].董问樵,译.2版.上海:复旦大学出版社,2001.

附 录 《浮士德》精彩篇章选读

《浮士德》第一部 城门前[①]

瓦格纳

哦,伟大的人物,人们对你这般尊敬,
你究竟是何种心情!
哦,真幸福呀,谁能凭自己的才能,
享受这份光荣!
做长辈的把你介绍给儿孙,
人人都挤上前来不住探问,
提琴中止,跳舞暂停。
你一走过,他们便雁行静等,
挥舞帽子表示欢迎,
有人差点儿就要跪拜,
好像是圣体来到的情形。

浮士德

再走几步就到达上边的磐石;
咱们走累了可以在石上休息片时。
我常常独坐在石上沉思,
用祈祷和斋戒来苦我自己。
希望无穷,信仰坚实,

① 歌德.浮士德[M].董问樵,译.2版.上海:复旦大学出版社,2001:54-59.

我流着眼泪，搓手，叹息，
恳求天帝
彻底驱除瘟疫。
现在群众的赞美在我听来好似讽刺。
哦，你倘使能够体察我的内心，
就知道我们父子
对这种光荣多么不值！
我父亲是个隐居君子，
对大自然和圣境的研究煞费心思，
他的态度非常诚恳，
他的方法却十分别致；
他结交一些炼金术士，
自己躲进黑暗的丹厨，
按照无数的丹方，
把古怪的东西融汇一炉。
他使红狮，大胆的求爱者，
在温水中匹配百合仙子，
再用明火锻炼，
把两者从这一寝室逼入另一寝室。
后来五色缤纷，
年轻女王出现在玻璃杯里；
丹药便告成功，病人相继死亡，
从来无人过问：有谁获得健康？
我们就用这种杀人的丹方，
在山谷间不断来往，
这比瘟疫流毒还要猖狂。
我亲自施舍过毒药的人就有几千，
他们渐渐凋谢枯干，我却遇见
今天人们反把厚颜无耻的凶手称赞！

瓦格纳

先生何必为此烦恼！

本是别人传授你的医道，
既然尽心负责地行医，
这样诚实的人难过还不够好？
你年轻时尊敬令尊，
自然乐意向他领教；
你成年后又增进学识，
将来令郎必定达到更高的目标。

浮士德

哦，还能希望从错误大海中浮起的人，
真是幸运！
用非其所知，
知非其所用—
不过咱们别让无端的愁绪，
把眼前的良辰美景葬送！
你瞧，那些绿荫围绕的茅屋，
闪烁着斜阳的晚红。
落日西沉，白昼告终，
乌飞兔走，又促进新的生命流通。
哦，可惜我没有双翅凌空，
不断飞去把太阳追从！
要有，我将在永恒的斜晖中间，
瞧见平静的世界在我脚下显现，
万谷凝翠，千山欲燃，
银涧滚滚，流向金川。
深山大壑纵然凶险，
也不足以把我的壮游阻拦；
阳光照暖了港湾，
大海在惊异的眼前开展。
太阳女神似乎一去不返；
然而新的冲动苏醒，

我要赶去啜饮她那永恒的光源。
白昼在前,黑夜在后,
青天在头上,波涛在下边。
一场美丽的梦,可是太阳已经去远。
唉! 肉体的翅膀
毕竟不易和精神的翅膀做伴。
可是人人的天性都一般,
他的感情总是不断地向上和向前,
有如云雀没入苍冥,
把清脆的歌声弄啭;
有如鹰隼展翼奋飞,
在高松顶上盘旋;
有如白鹤飞越湖海和平原
向故乡回转。

瓦格纳

我也常有胡思乱想的时候,
却不曾这样好高骛远。
原野和森林容易看厌,
鸟儿的羽翼我不垂涎。
精神的快乐来自另一方面,
这就是逐册逐页地攻读简篇!
于是寒冷的冬天也美好堪羡,
幸福的生机把四肢百骸温暖,
啊! 要是你翻读贵重的羊皮宝卷,
那末[①],整个天宇都下降到你的身边。

浮士德

哦,你只懂得一种冲动,

① 应为"那么"。

永不会把另一种认清！
在我的心中啊，盘据着两种精神，
这一个想和那一个离分！
一个沉溺在强烈的爱欲当中，
以固执的官能贴紧凡尘；
一个则强要脱离尘世，
飞向崇高的先人的灵境。
哦，如果空中真有精灵，
上天入地纵横飞行，
就请从祥云瑞霭中降临，
引我向那新鲜而绚烂的生命！
不错，但愿有魔衣一领，
载我到奇邦异国去远征！
它将是我的无上珍品，
那些珠玑黼黻对我不值一文。

瓦格纳

妖魔遍布在云雾中间，
你千万别把它们召唤，
它们从四方八面
给人带来千万种危险。
北方恶魔，利齿巉巉，
它刺你时舌尖如箭；
东方厉鬼，干瘪怪状，
它饱食你的六腑五脏；
南方旱魃，遣自沙漠，
重重烈火，烧你头颅；
西方水精，初若解渴，
田园人畜，继遭淹没。
它们喜爱谛听，乐祸幸灾，
貌似柔顺，毒如蛇虺。

它们装作是天上派遣，
说谎时故作天使一样低声——
咱们走吧！天色已经黄昏，
大气寒冷，雾幕下沉！
人到晚间才珍视家庭——
你还站在那儿惊望作甚？
在昏暗中还有什么袭击你的心神？

《浮士德》第二部第五幕　子夜[①]

浮士德

我只是匆匆地周游世界一趟；
劈头抓牢了每种欲望，
不满我意的，我抛掷一旁，
滑脱我手的，我听其长往。
我不断追求，不断促其实现，
然后又重新希望，尽力在生活中掀起波澜，
开始是规模宏伟而气魄磅礴，
可是如今则行动明智而谨慎思索。
我已经熟识这攘攘人寰，
要离尘弃俗决无[②]办法；
是痴人才眨眼望着上天，
幻想那云雾中有自己的同伴；
入要立定脚跟，向四周环顾！
这世界对于有为者并非默然无语。
他何必向那永恒之中驰骛？
凡是认识到的东西就不妨把握。
就这样把尘世光阴度过；
纵有妖魔出现，也不改变道路。

① 歌德. 浮士德[M]. 董问樵，译. 2 版. 上海：复旦大学出版社，2001：655-659.
② 应为“绝无”。

在前进中他会遇列痛苦和幸福，
可是他呀！随时随刻都不满足。

忧愁

谁一旦被我占据，
全世界一无是处，
永恒的朦胧降临，
太阳不升不没。
外部的官能健全，
内心却一片黑暗，
纵有奇珍异宝，
他也不会掌管。
吉凶一样忧郁，
富有却怕饿死，
不管欢乐困苦，
一概推到明日，
只是期待将来，
永远不会如意。

浮士德

别说了！你这样不能和我接近！
那些无聊的废话我不爱听。
快去吧！你那恶劣的祷辞，
会使聪明绝顶的人受到蒙蔽。

忧愁

究竟是来还是去？
转辗拿不定主意；
在康庄大道上摸索，
跨半步也要犹豫。
勇气愈来愈低，

万事尽不顺遂，
既苦人而又苦己，
不住喘气和窒息；
未断气已无生命，
不绝望其心不死。
似这样翻来覆去，
舍去心疼，做来没趣，
时而解脱，时而抑郁，
朦胧不醒，难得快愉，
使得他寸步难移，
只好准备送他进地狱。

浮士德

不祥的幽灵！你们把人类
拨弄了百次千番；
连平淡的岁月也搅成一片混乱，
重重苦恼，处处纠缠。
我知道恶魔不易摆脱，
灵界的联系难于割断；
忧愁啊，你的潜力纵然强大，
我却不会承认它！

忧愁

你不妨试试我的威力！
我诅咒你而飘然离去。
人的一生都是盲目无睹，
浮士德，你如今到了末路！
（向浮士德吹一口气）

浮士德（失明）

黑暗似乎越来越深沉，

但内心中闪耀着灿烂的光明；
我想做的事必须赶快动工；
只有主人的话才举足轻重。
佣工们，大伙儿都从床上起来！
我的宏规巨划须让我悦目开怀！
拿起工具！挥动铁铲和铁锹！
规定的工作必须立即动手。
要严守秩序，加紧努力，
才能获得最高的奖励；
为了这浩大工程的圆满完成，
有赖于指挥千手的一种精神。

《浮士德》第二部第五幕　宫中宽广的前庭①

浮士德

有一片泥沼延展在山麓，
使所有的成就蒙垢受污；
目前再排泄这块污潴，
将是最终和最高的任务。
我为千百万人开疆辟土，
虽然还不安定，却可以自由活动而居住。
原野青葱，土壤膏腴！
人畜立即在崭新的土地上各得其趣。
勇敢勤劳的人筑成那座丘陵，
向旁边移植就可以接壤比邻！
这里边是一片人间乐园，
外边纵有海涛冲击陆地的边缘，
并不断侵蚀和毁坏堤岸，
只要人民同心协力即可把缺口填满。

① 歌德．浮士德[M]．董问樵，译．2版．上海：复旦大学出版社，2001：662-664．

不错！我对这种思想拳拳服膺，
这是智慧的最后结论：
人必须每天每日去争取生活与自由，
才配有自由与生活的享受！
所以在这儿不断出现危险，
使少壮老都过着有为之年。
我愿看见人群熙来攘往，
自由的人民生活在自由的土地上！
我对这一瞬间可以说：
你真美呀，请你暂停！
我有生之年留下的痕迹，
将历千百载而不致湮没无闻——
现在我怀着崇高幸福的预感，
享受这至高无上的瞬间。
（浮士德向后倒下，死灵们将他扶起，放在地上。）

后 记

仰赖中国矿业大学教学改革和教学研究项目中的“中国矿业大学教材建设工程”的资助和中国矿业大学出版社各位编辑的辛勤付出，这本《欧洲文学简编：古希腊文学—启蒙运动时期文学》得以出版，呈送在了读者面前。这部教材是我们的“外国文学”示范课程的教学改革探索成果，后续还有教材的下编《欧洲文学简编：浪漫主义文学—批判现实主义文学》。

考虑到教学对象的需求，以及广大外国文学爱好者提高个人文学素养和人文情怀的需要，在教材的编写过程中，我们加强了对经典作品的情节介绍，深化了经典作品的阐释分析，还特别精选了经典作品中的精彩篇章作为附录，供读者阅读欣赏；同时，还为读者推荐了国内一流翻译家的经典译本——我们认为：作家和翻译家的才华与修养，双倍地决定了译本的成色，所以绝好的翻译也是真正的经典。

在教材的编写过程中，首先，我们吸收借鉴了国内外前辈专家学者的教材编写经验和相关学术成果；其次，我们还充分听取了多届大学生的合理化建议和学习需求意见。在此，对前辈专家学者表示深深的敬意和谢忱！对青年大学生的支持表示衷心的感谢！同时，也衷心感谢中国矿业大学相关职能部门对本教材出版给予的资助，衷心感谢中国矿业大学出版社各位编辑的辛勤付出！

由于编者的学识水平有限，教材中难免存在不足和疏误，敬请读者批评指正。

魏凤娥

2020 年 6 月